Diogenes Taschenbuch 22752

de
te
be

Guy Cullingford

Schritt ins Verderben

Roman

Aus dem Englischen von Irene Holicki

Diogenes

Titel der 1964 bei Geoffrey Bles, London,
erschienen Originalausgabe:
›Brink of Disaster‹

Umschlagzeichnung von
Tomi Ungerer

Deutsche Erstausgabe

100/94/43/1
ISBN 3 257 22752 3

1

Hol den Wagen, Robert«, herrschte Joyce ihren Mann an. »Wir fahren zu meiner Tante.«

Wenn sie so richtig wütend auf ihn war, verwendete sie immer seinen vollen Namen anstelle des zwangloseren ›Rob‹.

Er blickte erschrocken auf, das Gesicht nach dem leidenschaftlichen Geständnis bis zur Unkenntlichkeit verheult und verzerrt.

»Aber was ist mit Katie...«, wandte er schüchtern ein. »Wir können Katie doch nicht allein im Haus lassen.«

»Mitnehmen können wir sie erst recht nicht. Aber wir können das Licht brennen lassen. Sie schläft inzwischen tief und fest. Und nun beeil dich und mach möglichst wenig Lärm. Du kannst es dir nicht leisten, daß jemand aufmerksam wird.«

»Aber ich verstehe nicht... es ist doch nicht... ich würde lieber...«

»Tu, was ich dir sage«, befahl sie streng. »Aber wasch dir zuvor noch das Gesicht. Kühle dir die Augen mit Leitungswasser. Nein, nicht oben, sonst weckst du mir Catherine noch auf. Geh an die Spüle, du kannst dich mit dem Küchenhandtuch abtrocknen.«

Sie griff nach ihrer voluminösen, schwarzen Handtasche und öffnete sie. »Da hast du einen Kamm. Mach dich ein wenig zurecht, aber beeil dich.«

Wie immer zwang sie ihn mit ihrer Willenskraft in die

Knie. Gewohnt, seiner Frau zu gehorchen, schlurfte Robert Cave in die Küche der kleinen Doppelhaushälfte.

Sie selbst benötigte den Kamm nicht. Der vernichtende Schlag, der sie getroffen hatte, war an ihrer makellosen Frisur spurlos vorübergegangen. Obwohl sie der Form halber stets eine billige Puderdose mit sich herumtrug, machte sie keinen Gebrauch davon. Ihr Gesicht war zwar blaß, aber das war es immer. Auch an der gewohnt strengen Miene hatte sich nichts geändert. Die kalten, grauen Augen hatten ihren herausfordernd ruhigen Blick bewahrt, und die dünnen Lippen waren nicht fester zusammengepreßt als sonst, wenn sie ihren täglichen Pflichten nachging. Sie wirkte so, wie sie tatsächlich war: eine charakterfeste Frau mit starren Überzeugungen und wachem Verstand. Nur ihre Bewegungen verrieten, unter welchem Druck sie stand. Sie konnte nicht still stehen, sondern lief wie gehetzt in dem kleinen Zimmer umher, um alle Spuren ihrer abendlichen Beschäftigung zu beseitigen, packte Socken und Stopfei in den Nähkorb, verschloß ihn mit der dafür bestimmten Schlaufe und stellte ihn an seinen Platz im Eckschrank. Sie schüttelte – ganz rastlose Hausfrau – kräftig die beiden Sofakissen auf, und als sie in der kleinen Diele seine Schritte hörte, ging sie hinaus. Ohne ein Wort nahm sie seinen noch feuchten Mantel vom Haken und half ihm hinein. Mit einem letzten, unterwürfig flehenden Blick in ihr steinernes Gesicht wandte er sich ab und trat aus dem Haus. Stumm griff sie nach ihrem eigenen, derben Tweedmantel, der auf dem Bügel hing. An der billigen, häßlichen Flurgarderobe befand sich ein kleiner, quadratischer Spiegel, aber sie streifte ihn mit keinem Blick, als sie sich den formlosen Filzhut auf den Kopf stülpte, der sich der Form ihres Haarknotens angepaßt hatte. Dann zog sie ein Paar Stoffhandschuhe an und kehrte ins Wohnzimmer zurück, um dort zu warten, bis der Wagen am Tor vorfuhr.

Im ersten Stock saß Katie Cave aufrecht auf ihrem Bett, und ihr Herz pochte wie immer in solchen Momenten so wild, daß es gar nicht zu ihr zu gehören schien, sondern sich anfühlte, als habe sich ein fremder, behaarter Mann unter ihrem Bett versteckt und schlüge im Rhythmus ihrer Atemzüge mit dem Kopf gegen die Matratze. Das Gesichtchen vor dem Kopfteil aus Eichenholz war so blaß wie das der Mutter, spiegelte aber auch die Labilität des Vaters wider. Als einziges Zugeständnis an ihre Angst vor der Dunkelheit war die Zimmertür angelehnt. Andere Mütter hätten vielleicht ein Nachtlicht erlaubt, für Katies Mutter kam das nicht in Frage. Die Kleine hatte tatsächlich im ersten, tiefen Schlaf gelegen. Aufgewacht war sie davon, daß sie unten Stimmen hörte, nicht die lauten, aber unwirklichen Stimmen aus dem Radio- oder Fernsehgerät, an die sie gewöhnt war, sondern die ganz anderen Töne eines handfesten Streits unter Erwachsenen. Auch ohne unsanft aus tiefem Schlaf in die erschreckende Wirklichkeit gerissen worden zu sein, wäre es ihr unmöglich gewesen, einzelne Worte zu verstehen oder, falls doch, sie in einen vernünftigen Zusammenhang zu bringen. Doch die schrille Wut aus dem Mund ihrer Mutter und die Verzweiflung in den Antworten ihres Vaters hätten sich nicht krasser vom normalen Umgangston der beiden unterscheiden können. Nicht nur das Bett, die ganze Welt des Kindes erbebte.

Mit einem Mal war der Streit verstummt, doch die darauffolgende Stille wirkte noch beklemmender. Was ging jetzt wohl da unten vor? Katie lechzte nach einem Schluck Wasser! Ihre Kehle war ganz trocken vor Angst, die Zunge viel zu dick für ihren Mund. Mit ungeheurer Erleichterung vernahm sie endlich Schritte, die langsamen, schweren Schritte ihres Vaters auf dem Weg zur Küche. Dann wurde der Wasserhahn aufgedreht. Vielleicht hatte er auch Durst – wie sehr sie ihn beneidete. Nach einer Weile kehrten die Schritte zurück. Kurz darauf trat jemand aus der Haustür, und jemand anders ging wieder ins Wohnzimmer. Aber wer hatte was getan? Katie wagte nicht zu rufen. Wenn da unten Daddy gewesen wäre, hätte sie es riskiert, aber bei Mutter lagen die Dinge anders. Wenn sie einen erst einmal zu Bett gebracht hatte, war endgültig Schluß. Wehe, wenn man sich dann noch muckste. Das Fenster der kleinen Kammer, in der sie schlief, ging zur Seite des Hauses hinaus und stand oben stets offen. Die Vorhänge waren nicht zugezogen, und heftige Windböen peitschten die Regentropfen gegen das Glas. Als Katie die Ohren spitzte, glaubte sie, das Surren der Selbstbedienung für das Tor der primitiven, an die Außenwand geklebten Garage zu vernehmen. Also mußte Daddy hinausgegangen sein. Nur gut, daß sie den Mund gehalten hatte. Sie hatte kaum Zeit, sich darüber zu freuen, schon spürte sie, daß wieder jemand in die Diele getreten war. Die Haustür wurde geöffnet und diesmal ganz behutsam wieder zugedrückt. War Daddy zurückgekommen? Nein! Sie hielt den Atem an. So gespannt lauschte sie, so konzentriert, daß ihr der leiseste menschliche Laut wie

Donner in den Ohren gedröhnt hätte. Doch da war nichts. Nichts. Überhaupt nichts.

Das vor Nervosität zitternde Kind brauchte vielleicht zehn Sekunden, um sich darüber klarzuwerden, daß nun niemand mehr im Haus war. Man hatte sie allein gelassen. Das versetzte ihr einen weit größeren Schock als die häßlichen Stimmen, fast so, als habe sich das Unmögliche doch als möglich herausgestellt. Wenn ihre Eltern gemeinsam ausgingen, kam jedesmal die alte Mrs. Franks von nebenan herüber. Meistens, wenn sie nur die Großtante besuchten, fuhr sie jedoch mit, auch wenn sie dadurch spät ins Bett kam. Nie, niemals ließ man sie allein. Nun gewannen die nächtlichen Ängste erst richtig die Oberhand. Es nützte einfach nichts, wenn sie sich vorsagte, was ihre Mutter immer behauptete, daß nämlich im Dunkeln alles genauso war wie bei Licht. War der Morgenmantel an seinem Haken an der Tür etwa auch bei Tag eine Hexe? Oder würde sich der Stapel ordentlich zusammengefalteter Kleider auf dem Stuhl neben ihrem Bett auch morgen früh noch heben oder senken, als wolle sich ein kleines, kaum zu beschreibendes Wesen an die Oberfläche kämpfen? Der schmale Streifen des Garderobenspiegels wimmelte von grauen Gespenstern. Die schmutzigbraune Decke drohte sich auf sie herabzusenken, und darüber vergaß sie ganz den Mann in seinem Versteck, der nur darauf wartete, nach ihren Knöcheln zu greifen. Die Angst spornte sie an. Sie strampelte die Laken weg und hastete mit bloßen Füßen über das kalte Linoleum, bis sie das angenehme Kribbeln des Teppichs am Treppenabsatz spürte. Da stand sie nun, lehnte sich gegen das knochenharte Geländer und blickte furchtsam in die leere Dielenhöhle hinab. Im Schein der schwachen Glühbirne, die man angelassen hatte, traten die geheimnisvollen Ecken und Winkel noch stärker hervor. Der Raum mochte nicht mehr als ein schmales Rechteck sein, für das Kinderauge dehnte ihn die Einsamkeit ins Unermeßliche.

Plötzlich ertönte von hinten aus dem leeren Kinderzimmer ein Rasseln, ein Schnarren und dann ein metallisches »Kuckuck!« Das Kind sah sich schnell um, aber diesmal ohne Angst. Die Feder hatte nicht nur den lächerlichen Vogel befreit. Katie begann mitzuzählen. »Eins, zwei, drei, vier...«, bis sie beide bei neun angelangt waren. Genau so alt war sie. Was immer sonst geschehen sein mochte, der Kuckuck tat wie gewohnt zuverlässig seine Pflicht, und ganz plötzlich zog es sie zu ihm. Sie huschte zurück in ihr warmes Bett. Den Kopf tief ins Kissen gedrückt, gelobte sie sich: ›Ich werde nicht einschlafen, bis sie wiederkommen, wo immer sie waren. Ich werde wach liegen, und dann werde ich ihnen sagen, was ich von ihnen halte. Geschieht ihnen recht, sie sind ja so gemein. Ich werde sagen... ich werde sagen.‹ Dann überwältigte sie die Müdigkeit. Die Worte, die sie zu sagen gedachte, gingen ihr noch immer durch den Kopf, als sie bereits wieder fest schlief.

Katies Eltern saßen im fahrenden Wagen, dicht nebeneinander und doch wie in zwei verschiedenen Welten. Der Regen, den das Kind gegen die Fenster prasseln hörte, floß in Strömen über die Windschutzscheibe und wurde unermüdlich von einem einzigen Scheibenwischer entfernt, der dem Fahrer ein halbkreisförmiges Guckloch freihielt, während der Beifahrer nur Wasserspritzer und Lichtreflexe sah. Doch Joyce Cave war ohnehin vollauf mit ihrem Innenleben beschäftigt. Eine andere Frau hätte sich vielleicht an ihrem Zorn wärmen können, und das wäre durchaus angebracht gewesen, denn trotz des Gebrauchtwagenmiefs herrschte im Auto eine Eiseskälte. Doch Joyces Zorn war stets wie beißender Frost und an diesem Abend zudem noch unversöhnlich. Das hatte sie jedoch nicht daran gehindert, die Lage rasch einzuschätzen, und es hielt sie auch jetzt nicht davon ab, weitere Pläne zu schmieden, um ihre eigenen Interessen und die Zukunft ihrer Tochter zu schützen. Wenn Robert auf diesem Wege obendrein vor den Folgen seiner Dummheit bewahrt wurde, so hatte das nichts damit zu tun, daß sie ihn schonen wollte, das eine war einfach vom anderen nicht zu trennen. So saß sie schweigend da und überlegte sich, was sie am Ende der Fahrt sagen wollte und wie sie es am besten vorbrachte.

Robert lenkte den Wagen wie in Trance, denn diese Fahrt von einem Vorort zum anderen gehörte schon seit Jahren zu seinem Alltag. Er kannte jeden Zoll der verhaßten Route, die anhand von praktischen Erfahrungen so ausgelegt war, daß sie die kürzeste Entfernung zwischen zwei gegebenen Punkten darstellte. Sobald er die Hauptstraße überquert hatte, führte der Weg durch etliche heruntergekommene Reihenhausstraßen, wo die unbehausten Fahrzeuge der Bewohner nur in der Mitte eine schmale Durchfahrt freiließen. Weit und breit war niemand zu sehen. Das Wasser strömte von den Blechdächern oder sammelte sich in Pfützen auf schützenden Planen. Während er um die vertrauten Kurven fuhr und den Wagen in den nächsten, feuchten Tunnel aus verrußten Ziegelmauern steuerte, hätte er eigentlich Zeit gehabt, darüber nachzudenken, wie merkwürdig es doch sei, daß er die schrecklichste Tat seines ganzen Lebens vorerst nur in der ganz alltäglichen, kleinen Hölle abbüßen sollte, bei einem Besuch bei Onkel und Tante. Aber er war wie benommen, zu keinem klaren Gedanken fähig, und stand völlig unter dem Einfluß eines stärkeren Willens. Nicht einmal seine eigenen Hände am Lenkrad schienen ihm zu gehören. Die Straßenbeleuchtung veränderte sich, die Straße wurde breiter; sie hatten einen anderen Stadtteil erreicht. Und zwanzig Minuten, nachdem sie ihr eigenes Haus verlassen hatten, standen sie vor einem Gebäude, das von ein und demselben Bauunternehmer hätte stammen können, freilich wäre dessen finanzieller Spielraum in diesem Fall um tausend Pfund größer gewesen. Erst jetzt kehrte Robert mit einem Schlag in eine annähernd reale Welt zurück und ging um den Wagen herum, um seiner Frau die Tür zu öffnen. Dabei fragte er ängstlich: »Was wirst du sagen?«

»Wart's ab«, antwortete sie und hatte die Worte kaum ausgesprochen, als ihre Lippen auch schon wieder bedrohlich schmal wurden.

Sie drückte auf die Klingel, worauf die Lampe über dem im Pseudo-Tudorstil gehaltenen Eingang aufleuchtete und Tante Em in bester Begrüßungslaune in der Tür erschien. Sie war in mehrere dicke Strickjacken eingemummelt, aus deren Tiefen ihr Schildkrötenhals und der Kopf mit dem faltigen Gesicht und dem spärlichen Knoten hervorragten.

Die hinter den dicken Brillengläsern wie geliert wirkenden Augen quittierten die Ankunft der Gäste mit einer Mischung aus Überraschung und Freude.

»Joycey, ich habe dich erst morgen erwartet. Nur herein. Wo ist Katykins? Wo hast du mein liebes, kleines Katykins gelassen?«

Sie drückte Joyce einen Kuß auf die Wange, von Robert nahm sie keinerlei Notiz.

»Was hast du nur für abscheuliches Wetter mitgebracht. Laß den Mantel in der Diele, mein Liebes. Ich dachte zuerst, du willst für irgend etwas sammeln.«

»Wo ist Onkel Joe?« fragte Joyce. Sie nahm ihren Hut ab, während sie das Geplapper einfach an sich vorbeirauschen ließ – die einzige Möglichkeit, um ihre Tante zu ertragen.

Tante Em legte einen gichtigen Finger an die Lippen. »Er sitzt über den Rechnungen, mein Liebes. Im Hinterzimmer. Miss Rudd hat sich krank gemeldet. Es ist wirklich ein Problem. Er mußte Janey an die Kasse setzen. Aber den Rechnungen ist sie natürlich nicht gewachsen. Sie kann zwar herausgeben, aber nicht addieren – das ist die Erziehung, die sie heutzutage mitbekommen. Wir sollten ihn lieber noch nicht stören. Komm mit ins Wohnzimmer. Ich habe ferngesehen, aber ich schalte gleich aus. Es ist nur so ein albernes Ratespiel, und ich werde sowieso nicht schlau daraus.«

Sie ging voran in einen behaglich, aber ohne Geschmack eingerichteten Raum, wo eine Stehlampe mit abgrundtief häßlichem Schirm den Ton angab. Die schweren Samtvorhänge unter dem gestärkten Querbehang waren zugezogen, ein Gasofen brannte auf höchster Stufe und erzeugte eine Hitze wie in den Tropen. Tante Em hatte dicht vor dem Fernsehapparat gesesssen, als wolle sie sich von den Worten und Gesten, für die sie jährlich vier Pfund bezahlte, nicht das Geringste entgehen lassen. Auch dieses Gerät war voll aufgedreht. Als sie es ausschaltete, hätte sich eigentlich wohltuende Stille über den Raum senken müssen. Doch diese Stille war so laut, daß sie sogar Tante Ems greisenhafte Verwirrtheit durchdrang und ihr den schrillen Ausruf entlockte: »Was ist los? Was ist passiert?«

»Robert steckt mal wieder in Schwierigkeiten. Ein Mädchen«, stieß Joyce verbissen hervor.

»Ach, du meine Güte, ach, du meine Güte.« Eine Pause trat ein, dann sagte die Tante, als wäre sie mit ihrer Nichte allein und nähme ein vertrauliches Gespräch wieder auf: »Du hättest ihn nicht heiraten sollen. Ich hab's dir gesagt, du hättest ihn niemals heiraten sollen.«

»Ist es dafür nicht ein bißchen zu spät?« bemerkte Joyce ungeduldig.

»Er ist einfach nicht unseresgleichen, mein Liebes. Und du hast die beste Erziehung genossen, die Joe dem Kind seiner armen Schwester ermöglichen konnte. Ich werde nie vergessen, wie stolz wir immer auf dich waren, wenn die Schulpreise verliehen wurden. Da warst du so richtig in deinem Element. Und ich erinnere mich noch gut...«

»Tante Em«, unterbrach Joyce schroff. »Die Vergangenheit ist vorbei, wir leben in der Gegenwart. Du und Onkel Joe, ihr wart immer sehr großzügig zu mir. Aber jetzt brauche ich eure Hilfe mehr denn je!«

»Ich… ich hoffe, es geht nicht um Geld.« Tante Ems Unterlippe begann zu zittern.

»Nein, das nicht. Ich will nur, daß ihr eine bestimmte Aussage macht. Ihr sollt sagen, daß wir seit sieben Uhr hier bei euch sind.«

»Aber das wäre gelogen, mein Liebes.«

»Nun, bei dieser Lüge mußt du bleiben, wenn du nicht Schmach und Schande über uns alle bringen willst.«

»Aber ich gehe doch kaum noch aus dem Haus. Wer soll mich denn danach fragen, Liebes?«

»Die Polizei«, sagte Joyce.

»Ach, du meine Güte, ach, du meine Güte.«

»Ich muß mit Onkel Joe sprechen«, fuhr Joyce entschieden fort.

»Er wird niemals zustimmen.«

»Er wird zustimmen, verlaß dich drauf. Ich gehe jetzt zu ihm.«

»Er läßt sich nicht gerne stören, wenn er erst einmal in Schwung ist.«

»Wenn er sich nicht anhört, was ich ihm zu sagen habe, wird er im nächsten Monat nicht mehr sehr viele Rechnungen zu schreiben haben.«

»Was du nicht sagst!« Starr vor Entsetzen sah Tante Em ihrer eigensinnigen Nichte nach, als diese das Zimmer verließ und die Tür fest hinter sich schloß.

›Darauf will sie also hinaus‹, dachte Robert. ›Das unerschütterliche Alibi.‹ Komisch, daß er nicht selbst auf die Idee gekommen war – allerdings hätte er es auf eigene Faust auch nie geschafft. Dazu haßten ihn die beiden Alten viel zu sehr. Als er den Wagen aus der Garage holte, hatte er noch angenommen, Joyce wolle vielleicht um Geld bitten, um ihn außer Landes zu bringen, eventuell auch vorfühlen, ob sie für sich und Katie auf ein neues Zuhause rechnen könne, wenn sie ihn verließe. Aber dieser Plan war viel einfacher und hatte mehr Aussicht auf Erfolg, denn er verlangte von den beiden nichts weiter als eine einzige Lüge, um ihren ach so kostbaren Ruf zu retten. Zum ersten Mal regte sich ein wenig Hoffnung in ihm. Wenn ihn niemand gesehen hatte... wenn ihn niemand gesehen hatte... Seine Knie begannen zu zittern, er mußte sich setzen.

Bisher hatten ihm die zwei Frauen keinerlei Beachtung geschenkt. Erst als er sich bewegte, wurde er existent. Tante Em nahm ihre Brille ab, putzte sie und sagte: »Schämst du dich denn gar nicht, Robert?« Sie sprach mit ihm wie mit einem kleinen Kind, und er gab keine Antwort.

»Es ist schließlich nicht das erste Mal. Was war denn damals, als du einen ganzen Monatsverdienst auf der Rennbahn verloren hast? Fünfzig Pfund mußte Joyces Onkel Joe aufwenden, um euch beide über Wasser zu halten. Dann hast du den guten Posten bei Casey's hingeworfen, nur weil dir die Nase des neuen Geschäftsführers nicht paßte. Du wärst arg in Verlegenheit geraten – als Buchhalter ohne Referenzen –, wenn Joseph sich nicht bei seinem Freund Mr. Glover im Großhandel für dich eingesetzt hätte. Eine persönliche Gefälligkeit für Onkel Joe war das, nichts sonst. Ich will gar nicht davon reden, wie du damals mit dem Geld für die Miete die Autoreparatur bezahlt hast und meine arme Joycey fast ohne ein Dach über dem Kopf dagestanden hätte.«

Robert machte immer noch keine Anstalten, sich zu verteidigen.

»Sich in diesem elenden Dorfwirtshaus herumzutreiben, während deine Frau zu Hause sitzt und näht und flickt, damit ihr euch überhaupt sehen lassen könnt. Und ein so reizendes kleines Mädchen wie Katie hast du überhaupt nicht verdient.«

»Halt den Mund!« fauchte Robert.

Die alte Dame war zu Tode erschrocken. So hatte er noch nie mit ihr gesprochen. Um ihre Nerven zu beruhigen, griff sie nach ihrer Konfektdose, entnahm ihr ein Bonbon und wickelte es aus. Bald lutschte sie hingebungsvoll, während sie ihn mit fassungsloser Empörung musterte. Bei jedem Nuckeln war es ihm, als fahre eine rauhe Tierzunge gnadenlos über seine zum Zerreißen gespannten Nerven. Da saßen sie nun, sie vergreist, er zutiefst hoffnungslos, und fochten noch immer den Kampf aus, der bei seiner Hochzeit mit Joyce begonnen hatte. Die Zeit schien sich ins Unendliche zu dehnen. Es war wie eine Erlösung, als die Tür aufging und Onkel Joe eintrat, dicht gefolgt von Joyce. Joseph Clark sah aus, als sei er aus dem vorigen Jahrhundert übriggeblieben. Der knorrige, bärtige Hüne wirkte an diesem Abend mehr denn je wie ein kleiner Prophet – ein Unheilsprophet. Robert erhob sich mit angsterfülltem Herzen und sah ihn an. Onkel Joe mit seiner vorgewölbten Stirn, den buschigen Brauen und den kräftigen Zügen bot durchaus einen furchterregenden Anblick, obwohl er gurren konnte wie ein Täubchen, wenn er hinter seinem Ladentisch stand.

»Du brauchst nichts mehr zu sagen«, erklärte er mit

schroffer, heiserer, vor Verachtung bebender Stimme. »Das hat deine Frau schon für dich erledigt. Wenn es wirlich zum Schlimmsten kommt und ich das Heil meiner unsterblichen Seele aufs Spiel setzen muß, um dir beizustehen, dann nur um ihretwillen, gewiß nicht für dich. Und jetzt verlaß mein Haus und kehre zurück zu deinem unschuldigen Kind. Du wirst uns weiterhin regelmäßig besuchen müssen, Joyce, aber mit diesem Menschen will ich nicht öfter zusammenkommen als unbedingt nötig. Am Ende vergesse ich mich noch und drehe ihm seinen elenden Hals um.«

»Und Tante Em?« fragte Joyce. »Was ist mir ihr?«

»Deine Tante wird tun, was ich sage«, erklärte der Ehemann knapp. Tante Em biß vor Schreck auf ihr Bonbon und brachte damit einen falschen Zahn in Gefahr.

Es regnete noch immer, als sie nach Hause fuhren. Nur einmal brach Joyce das Schweigen.

»Warum hast du das getan, Robert? Warum?« Wie auf alle Fragen, so gab es auch auf diese eine Antwort, aber er konnte sie ihr nicht geben.

2

Nach der Fahrt mit der U-Bahn hieß es Schlange stehen, um dann in den Bus zu steigen. An der Haltestelle in der Nähe seines Hauses sprang er ab. Wie üblich war er völlig erledigt, abgestumpft von der täglichen Schufterei und den Strapazen des Stoßverkehrs. Eine Handvoll ›Mitsklaven‹, wie er sie bezeichnete, ergoß sich mit ihm auf den Gehsteig und eilte mit einem Eifer in verschiedene Richtungen davon, den er nicht nachempfinden konnte. Er kannte sie und kannte sie doch nicht – die Bekanntschaft beruhte einfach darauf, daß man morgens zur gleichen Zeit aufbrach und abends zur gleichen Zeit zurückkehrte. Ihr Leben war vermutlich nicht minder trostlos als das seine; sie verbrauchten ihre gesamte Energie damit, die paar Pfund zu verdienen, die sie brauchten, um sich zu ernähren und zu kleiden, um in regelmäßigen Abständen in die tristen Vorstädte zurückzukehren und ein paar Stunden Freiheit zu genießen. An einer Schwermut verbreitenden Backsteinkirche mit einer zweibeinigen Anschlagtafel, die der gleichgültigen Öffentlichkeit schon jetzt die Termine für die Ostergottesdienste bekanntgab, bog er schlurfend um die Ecke. Die Straße war breit, geradlinig und langweilig, eingefaßt von vielen schmächtigen Bäumen, die bereits blaßgrüne Schöpfe trugen. Zu beiden Seiten des Asphaltbandes schienen sich die Fenster verschiedener, aber im Stil einheitlicher Häuser so unverhohlen zu beäugen, als verdächtigten sie einander, sich im Wettbewerb um Ehre und Ansehen an die Spitze drängen zu wollen. Vor jeder Front hielt ein eigenes kleines Regiment von Tulpen und Narzissen Wache. Nachlässig, nur für oberflächliche Eindrücke empfänglich, streifte Robert die Frühlingsboten lediglich mit einem flüchtigen Blick, während er an den niedrigen Einfassungsmauern entlangging. Plötzlich öffnete sich eine der Haustüren in ihrer tiefen Nische, und er erblickte einen Mann, den er vom Sehen kannte, einer der bessergestellten Stammgäste des *Bunch of Grapes*, der *Traube*. Wie von selbst hob sich seine Hand, um den erwarteten Gruß zu erwidern, doch ehe sie Schulterhöhe erreicht hatte, hatte der andere schon auf dem Absatz kehrtgemacht, war ins Haus zurückgegangen und hatte die Tür geschlossen. Dieser Augenblick machte alle trügerischen Hoffnungen auf ein ganz normales Alltagsleben zunichte, denen er sich noch hingegeben haben mochte. Das klare, unbewegte Zwielicht taumelte der Dunkelheit entgegen, und Robert Cave befand sich erneut im Dschungel und hatte die ganze Natur auf den Fersen. Das war ihm in den letzten Wochen immer wieder passiert. Jedesmal wenn er sich einbildete, die Erinnerung überwunden zu haben, riß ihn irgendeine Bagatelle unversehens in die Vergangenheit zurück und zwang ihn, sein Verbrechen noch einmal und jedesmal mit noch erschreckenderer Deutlichkeit zu durchleben. Oft setzte er nach außen hin wie gerade jetzt seinen Weg fort, während sein Unterbewußtsein, wie um ihn mit der Nase darauf zu stoßen, ein weiteres Detail ausspie, an das er bis dahin nie gedacht hatte. So war es auch in diesem Augenblick. Anstatt der sich perspektivisch verengenden Straße erblickte er, verschwommen, als befinde er sich zu dicht davor, einen hellen Fleck und erkannte darin den Metallverschluß ihrer Plastikhandtasche, der auf der dunklen, regennarbigen Wasserfläche des Kanals noch einmal kurz aufgeblitzt war. Er wußte, daß diese Tasche als erstes gefunden worden war, aber bis zu diesem Augenblick hätte er geschworen, sie nach Midges Verschwinden bestimmt nicht noch einmal gesehen zu haben. Der helle Fleck wurde immer größer, bis Robert den Eindruck hatte, ihn nicht mehr nur aus nächster Nähe anzustarren, sondern regelrecht davon aufgesogen zu werden. Der Fleck umschloß ihn. Er befand sich mittendrin und zwang seine Beine zum Laufen, wie sie in jener Nacht durch den windgepeitschten Regen und die lichtergesprenkelte Dunkelheit gelaufen waren, über die Kanalbrücke und den Verbindungsweg hinter den Häusern, genau diese Straße entlang, auf demselben Gehsteig, wo er jetzt ging. Ja, er ging noch immer, totenbleich und zitternd, und wie das Pferd eines betrunkenen Bauern brauchten seine Füße keine Anweisungen von ihrem Herrn, sondern trugen ihn von allein sicher zu einer Bank, die man dort aufgestellt hatte, wo die breite Hauptstraße sich in mehrere, zu der Siedlung *Goulders Housing* führende Stichstraßen teilte. Hier ließ er sich niederfallen und schlug die Hände vors Gesicht. Nachdem er eine Weile gesessen hatte, wurde er allmählich ruhiger, sein Verstand arbeitete wieder normal. Doch auf halbem Wege zu dem Stadium, wo er die Erinnerungen verdrängen würde, um sich selbst zu schützen, sanken seine Hände wie protestierend herab. Er ertappte sich dabei, wie er immer noch auf das Mädchen einredete, immer noch in dem aussichtslosen Unterfangen begriffen war, sie zur Vernunft zu bringen.

›Aber Midge, du weißt doch, daß alles nur Spaß war. Ich kann Joyce nicht einfach sitzenlassen – sie würde nie auf Katie verzichten. So unerfahren warst du doch nun wirklich nicht. Das nehme ich dir nicht ab. Du hast ganz genau gewußt, wie man sich schützen kann. Deine Mutter wird dir schon helfen. Mir sind die Hände gebunden…‹

Er hatte angefangen, hörbar vor sich hinzumurmeln und dabei die Lippen zu bewegen, als sein Selbsterhaltungstrieb erwachte und er sich umsah, ob er beobachtet würde. Aber die Straße war so leer, als sei sie unbewohnt. Nun, Zorn und Angst hatten ihn zum Handeln getrieben, zu einer Tat, die teils Zufall, teils Absicht war. Wer wollte entscheiden, was von beidem überwog, wenn er selbst sich darüber noch nicht klargeworden war?

Er starrte auf die Hände hinab, die auf seinen Knien ruhten, als erkenne er erst jetzt, daß sie ihm gehörten. Er drehte die bloßen Handflächen nach oben. Überreizt, wie er war, spürte er unter den Fingerspitzen den rauhen Stoff ihres Mantels und darunter das Fleisch, als er sie von sich stieß, die glitschige Böschung hinab, ins Wasser hinein. Warum hatte sie nicht geschrien? War sie zu überrascht gewesen? Warum, zum Teufel, hatte sie sich nicht gewehrt? Wie lange hatte es gedauert, bis sie unterging? Minuten? Oder nur Sekunden? Was hatte er dann getan? Ehe er zu rennen anfing. Ehe ihn die Panik erfaßte und ihn nur noch der eine Gedanke beherrschte, zu Joyce zu laufen und sich alles von der Seele zu reden, zu Joyce, die das Kommando übernehmen würde, wie immer, wenn Not am Mann war.

Er zitterte heftig. Dabei hatte er sein Gleichgewicht inzwischen wiedergefunden. Nur fror er jetzt bis ins Mark, als habe er sich eine Erkältung geholt. Er zwang sich zum Aufstehen und setzte teilnahmslos und matt wie ein Rekonvaleszent, der zu früh das Bett verlassen hat, seinen Heimweg fort.

Als er die Tür aufschloß und in den Flur trat, kam Joyce aus dem Speisezimmer. Schroff und voller Argwohn fragte sie: »Wo bist du gewesen? Warum kommst du so spät?« Er nuschelte etwas vor sich hin, während er seinen billigen Überzieher aufhängte.

»Ich habe gefragt, wo du gewesen bist.«

»Ich habe mich eine Weile hingesetzt, wenn du es unbedingt wissen willst. Oben an der Straße.«

»Hört sich komisch an. Dein Essen ist fertig. Schon lange. Setz dich lieber gleich zu Tisch. Frischmachen kannst du dich auch hinterher.«

Er fügte sich, denn zum Widerspruch war er in seiner momentanen Verfassung nicht fähig. Lustlos sah er zu, wie sie ihm einen Teller mit aufgewärmtem Fleisch und Gemüse, die Reste von ihrem und Katies Mittagessen, vorsetzte und ihm eine Tasse Tee einschenkte. Sein Lunch bestand gewöhnlich aus einem Sandwich und einem Glas Bier. Dann übernahm sie die Rolle des Beobachters.

»Mußt du so herumstochern? Was ist los? Schmeckt's dem Herrn etwa nicht?«

Sie waren wieder im alten Fahrwasser, standen sich gegenüber wie zwei Todfeinde. Dabei hatte die Krise sie vorübergehend wieder vereint. Joyce hatte all ihren Verstand zusammengenommen, um ihn zu retten. Sie hatte ihm seine Rolle eingepaukt. Während sie abwarteten, wie sich die Dinge entwickelten, hatte sie ihn mit Geduld und Beharrlichkeit dahin gebracht, daß er völlig sicher und ohne Stocken das Richtige sagte, als es soweit war. Ja, er kannte Midge Turner – aber rein freundschaftlich. Ja, sie hatten ein paarmal ein Glas zusammen getrunken. Nein, seine Frau hatte nichts dagegen. Warum sollte sie?

›Nein‹, hatte sie ihrerseits erklärt. ›Ich selbst halte nichts vom Trinken, Inspektor. Ich käme nie auf die Idee, ein Pub zu betreten. Das liegt an meiner Erziehung. Aber Männer sind anders. Wenn Rob gern auf ein Bier und ein Schwätzchen ins *Bunch of Grapes* gehen will, halte ich ihn nicht zurück. Ich habe das Mädchen nie persönlich kennengelernt, aber er hat mir von ihr erzählt. Sie war wohl eine von der Sorte, die viel Wert auf Männerbekanntschaften legt – Rob war nicht der einzige.‹

Eine raffinierte Taktik.

›Schrecklich, was mit ihr passiert ist. Rob war ganz erschüttert. Für ihn war es ein schwerer Schock, und das ist ja auch verständlich. Man hätte ihn schließlich mit hineinziehen können, nicht wahr? Da sieht man wieder einmal, daß man nicht vorsichtig genug sein kann...‹

Fast ohne zu kauen und ganz sicher, ohne etwas zu schmecken, würgte er einen Bissen Fleisch hinunter. Nachdem er mit einem Schluck Tee nachgespült hatte, fragte er:

»Wo ist Katie?«

Seine Frau verzog das Gesicht. »Bei Ma Franks.«

»Daß sie so viel mit der Alten zusammen ist, gefällt mir nicht. Das ist nicht gut für sie.«

»Bei ihrem Vater wäre sie wohl besser aufgehoben, was?«

»Ich habe also richtig vermutet. Du hältst sie absichtlich von mir fern. Ich habe mich schon gewundert, warum sie nie da ist, wenn ich heimkomme; immer spielt sie mit ihren Freunden oder ist nebenan zu Besuch. Aber eines kann ich dir sagen, Joyce, da mache ich nicht mit. Sie ist mein Kind ebenso wie deins.«

»Leider. Nun hab dich nicht so, Robert. Ich bin in

gewissen Dingen zu einer Entscheidung gelangt. Du kannst daran nichts ändern.«

»Wenn du mir Katie ganz entziehen willst, dann hält mich hier nichts mehr.«

»Tatsächlich?« Ihr Gesicht wurde hart. »Ich sehe das ein wenig anders. Ein falscher Schritt, und schon sitzt dir die Polizei wieder im Nacken. Du glaubst doch wohl nicht, daß die von deiner Unschuld überzeugt sind? Du läufst nur deshalb noch frei herum, weil sie keine Beweise haben. Und natürlich wegen des Alibis.«

Damals, als die Leiche geborgen wurde, als die Polizei zum ersten Mal den Fuß in ihr Haus setzte, da war sie ganz anders gewesen. Die liebende Ehefrau. Wie sie sich an seinen Arm klammerte; die zärtlichen Blicke, die sie ihm zuwarf. ›Was Mädchen angeht, Inspektor, so habe ich zu Robert volles Vertrauen. Dafür ist er einfach nicht der Typ.‹

Und bei diesem Verhalten war es geblieben, sogar wenn sie allein waren. In diesen ersten kritischen Tagen kam es ihm vor, als seien sie wieder jung verliebt und hätten sich verschworen, um Tante Emmie, Onkel Joe oder alle beide zu überlisten. Aber das war alles Lüge gewesen. Ihr Plan zielte nur darauf ab, sich selbst und Katie zu schützen. Zu diesem Zweck mußte sie ihm neuen Auftrieb geben, damit er bei den Verhören nicht zusammenbrach. Nachdem diese Tortur glücklich überstanden war, konnte sie sich die Heuchelei sparen. Sie hatte ihn da, wo sie ihn haben wollte – in ihrem eigenen Privatgefängnis, streng bewacht von ihr selbst, Tante Emmie und Onkel Joe.

Er gab es endgültig auf, den Essenden zu mimen, und

erhob sich mit zornrotem Gesicht, so hastig, daß er den Tisch zu ihr hinüberschob.

»Zum Teufel mit dem Alibi. Noch ein Wort davon, und ich lasse es platzen!«

»Oh, nein, das wirst du nicht«, sagte sie ruhig. »Dazu hast du viel zuviel Angst um deine kostbare Haut. Damit wir uns richtig verstehen, Robert, hast du wirklich geglaubt, ich merke nichts, als du angefangen hast, dich mit dieser dreckigen, kleinen Schlampe herumzutreiben? Was meinst du, wie mir zumute war, wenn du nach Hause kamst, mit dem Gestank ihres billigen Parfüms in den Kleidern, das Gesicht von ihrem Lippenstift verschmiert?«

Sein Zorn verrauchte, er senkte den Blick. »Anfangs war es doch nur Spaß«, murmelte er fast unhörbar in sich hinein.

»Das nennst du Spaß?«

»Nun ja, für die meisten Leute ist das ganz normal. Bei dir durfte ich ja nie…«

»Der Zweck der Ehe ist die Zeugung von Kindern«, sagte sie streng. »Du hattest Katie. Hättest du mehr verdient, sie wäre nicht die einzige geblieben. Aber wozu Kinder in die Welt setzen, wenn man ihnen keine ordentliche Erziehung bieten kann?«

Diese Kluft war unüberwindlich. Sein Blick fiel auf das schmutzige Geschirr. »Du kannst abräumen«, sagte er. »Ich habe genug.« Jawohl – mehr als genug.

Während sie die Sachen auf das Tablett stellte, um sie in die Küche zu tragen, sagte sie, nun wieder in ihrem gewohnt nüchternen Tonfall: »Du kannst dich ja vor den

Fernseher setzen – wenn du so dringend Unterhaltung brauchst. Ich mache den Abwasch, und danach wird es Zeit, daß ich Katie zu Bett bringe.«

Während sie das Tischtuch zusammenfaltete und in eine Schublade legte, fügte sie noch hinzu: »Wenn du ins Bad willst, dann geh lieber gleich.«

Zumindest in Kleinigkeiten wie etwa der Körperpflege schaffte er es noch, ihr die Stirn zu bieten. Sein weichlicher Mund verzog sich trotzig; er wartete, bis sie das Zimmer verlassen hatte, dann schaltete er das Fernsehgerät ein. Mit leisem Knistern beschwor es seine Scheinwelt herauf. Doch als sich das Bild verfestigte, sah man nur einen Reporter, der irgend jemanden interviewte. Für diese Rededuelle hatte er nichts übrig. »Aus Ihrer Sicht, Sir George, könnte es also das Verhältnis zwischen Arbeitern und Angestellten verbessern, wenn...« Bla, bla. Robert schickte die Diskussion und ihre Teilnehmer wieder in den Äther zurück, trat hinaus auf den Flur, zog Mantel und Schal an und streckte den Kopf durch die Küchentür, um eine Kriegserklärung auszusprechen.

»Ich gehe ins *Grapes*.«

Ehe sie Gelegenheit hatte, sich dazu zu äußern, war er schon aus der Tür. Unterwegs gab sein Zorn ihm Halt und verlieh seinem Schritt eine ganz ungewohnte Dynamik und Entschlossenheit.

Joyce hatte ihm wie immer Unrecht getan. Spaß war für ihn nicht nur das eine. Spaß, das war übermütiges Gelächter, Albernheiten, Neckereien, alles, was einen den Alltagstrott vergessen ließ. Und Midge mochte billig gewesen sein, ordinär, mochte mit jedem gegangen sein, bevor er auftauchte, aber wie hatte sie sich über alles freuen können, was sich zufällig ergab! Bis sie auf die Idee kam, ihn mit dem ältesten Trick der Welt hereinlegen zu wollen, um zu erreichen, daß er ihr ein Heim gab und sie von ihrer Mutter wegholte. Hereinlegen wollen? Sie *hatte* ihn hereingelegt, und was hatte sie damit nicht alles angerichtet! Aber darüber wollte er nicht schon wieder nachdenken. Er ging schließlich ins *Grapes*, um zu vergessen, nicht um Erinnerungen zu pflegen. Er würde mit den anderen Jungs zusammen einen trinken und sich so vollaufen lassen, wie das mit Bier möglich war; für harte Sachen hatte er kein Geld.

Zum *Grapes* waren es gut zehn Minuten zu Fuß, über die Hauptstraße und weiter ins ›Dorf‹, wie die Leute immer noch sagten, obwohl davon inzwischen nur noch das Pub, die Kirche und eine Reihe baufälliger Cottages standen. Bald würde man auch den Rest abreißen, um Platz für eine neue Umgehungsstraße zu schaffen, doch bis dahin gab es noch eine Galgenfrist. Merkwürdigerweise hatte sich der Ort sein ländliches Flair bewahrt, und das Pub war noch ein richtiges Pub, ganz anders als die neue, von Plastik und Chrom strotzende Trinkstube, wo die meisten Siedlungsbewohner verkehrten. Mit seinem erleuchteten Erkerfenster, das so unerschrocken in den Hof hinausragte, und dem alten, soliden Wirtshausschild an seinem derben Pfosten schien es einen richtig willkommen zu heißen. Robert hatte seit der Katastrophe nicht mehr gewagt, sich hier blicken zu lassen, doch das kam ihm nun töricht vor, so als habe er einem Freund den Rücken gekehrt. Er ging in den Schankraum. Da waren die Jungs ja schon, einige drängten sich um den Tresen, andere standen drüben am Darts-Brett, ein paar saßen an den Tischen, und alle fühlten sich wohl in dieser Atmosphäre zwanglosen Einvernehmens, in einer Umgebung, die außer Toleranz in gesellschaftlichen Dingen keinerlei Ansprüche stellt.

»Abend miteinander«, sagte er.

Alle Köpfe wandten sich ihm zu. Niemand antwortete auf seinen Gruß. Das Gespräch versiegte wie Bier, wenn man den Hahn zudreht – kein einziger Tropfen sickerte mehr heraus. Wie bei einem lange geprobten und sekundengenau abgestimmten Manöver wich man zurück, um ihm freien Zugang zur Bar zu gewähren. Er schritt durch die Gasse und bestellte ein Bier, das vom Wirt schweigend ausgeschenkt und von ihm schweigend bezahlt wurde. Während er trank, waren alle Augen auf ihn gerichtet, die Feindseligkeit im Raum hatte etwas Erschreckendes. Als er fertig war, blieb nur eines. Er stellte das leere Glas auf die Theke zurück und ging.

Sobald die Tür hinter ihm zufiel, brandete das Gespräch wieder auf.

»So eine Frechheit!«

»Du hättest ihn nicht bedienen sollen, Charley.«

»Dann wäre er vielleicht unangenehm geworden«, entschuldigte sich der Wirt und wischte einen Bierring von der Mahagoniplatte.

»'n verdammten Mörder brauchste nicht zu bedienen«, rief eine hitzige Stimme. »Genausowenig wie 'n Zigeuner.«

»Halt den Mund. Wir wollen schließlich keine Anzeige wegen Verleumdung.«

»Die Sache war doch ganz klar, oder? Jemand hat se umgebracht. So hat's bei der Voruntersuchung geheißen.«

»Ja, aber er hat, verdammt noch mal, 'n Alibi. Die Verwandten seiner Frau. Anständige Leute. Haben geschworen, daß er den ganzen Abend bei ihnen war.«

»Du würdest nicht glauben, wozu anständige Leute fähig sind, wenn man sie unter Druck setzt. Das Alibi hätte die Polizei schnell auseinandergenommen. Aber sie konnte ihm nichts beweisen, und das hat ihn gerettet. Aus Mangel an Beweisen laufen viele frei herum, die eigentlich an den Galgen gehören.«

»Reiß das Maul lieber nicht so weit auf, alter Knabe.«

»Zum Henker, warum denn nicht? Wir sind doch hier unter Freunden. Ein fremdes Gesicht ist allerdings dabei. Du bist doch hoffentlich kein Polizeispitzel, was, Kumpel?«

Der kräftige Mann in Sportjackett und Flanellhose, der etwas abseits an einem Ende der Bar stand und sich auf einmal im Mittelpunkt des Interesses sah, nahm die Pfeife aus dem Mund und sagte bedächtig: »Ich mische mich nie in Dinge ein, die mich nichts angehen.«

»Na also. Mit dir würd' ich sofort einen trinken, Kumpel, aber mit 'nem Killer nicht.«

»Du trinkst mit niemandem mehr, nicht einmal mit dir selbst. Du hast genug«, bemerkte der Wirt anzüglich.

»Wenn man ehrlich sein will«, begann ein anderer, »war's eigentlich nicht schade um Midge Turner. Die hat sich doch jedem an den Hals geworfen. Seit sie weg ist, geht's hier viel vernünftiger zu.«

»Aber sie hatte ein Recht zu leben, genau wie wir alle.

Er hätte sich eben nicht mit ihr einlassen dürfen. Übrigens war sie nicht mal in anderen Umständen, das wäre bei der Untersuchung erwähnt worden. Und selbst wenn er sie loswerden wollte, man schubst ein lästiges Frauenzimmer nicht einfach mitten in der Nacht in den Kanal, da gibt's doch andere Möglichkeiten.«

»Welche denn?« fragte eine Stimme und löste damit allgemeines Gewieher aus.

»Ich bin bloß froh, daß sie nicht unter meinem Kahn hängengeblieben ist«, sagte ein rauher Bursche im grobgestrickten Fischerpullover, der mit einem Wurfpfeil herumspielte. »Ich hätt' mich sonst noch verantwortlich gefühlt.«

»Schon gut. Ihr könnt lachen, soviel ihr wollt. Aber ich warne euch. Diese Typen lassen's nicht bei einem Mal bewenden. Wenn ich 'ne Freundin hätte, würd' ich dafür sorgen, daß sie entweder mit mir ausgeht oder zu Hause bleibt. Bis bald. Nacht, Charley.«

Wieder fiel die Tür zu.

Der kräftige Mann nahm die Pfeife aus dem Mund und fragte...

»Wie heißt er denn?«

»Wer? Ach, der? Joey Green«, antwortete der Wirt.

»Nein, der Mann, über den Sie eben gesprochen haben.«

»Ach so, Cave. Rob Cave. War oft bei uns, bevor – Sie wissen schon. Wohnt irgendwo in der Siedlung. Keine Sorge. Den kriegen wir hier nicht mehr zu sehen.«

Er ahnte nicht, daß er mit diesen Worten dem Schicksal Tür und Tor geöffnet hatte.

3

»Da geht er hin!« sagte Katie. »Und jetzt hat sie ihn gekriegt.« Wie zum Beweis stießen die beiden Murmeln in der Laufrinne des Solitärbretts zusammen.

Mrs. Franks machte ein leicht betretenes Gesicht. Manchmal traf Katie mit ihren skurrilen Phantastereien ein wenig zu sehr ins Schwarze. Wieso mußte sie als Mann die kleinere und weniger prächtige Murmel nehmen? Wieso wurde der Mann von seiner Partnerin permanent und manchmal so entschlossen verfolgt, daß sie ihn über den Rand drängte und auf den Teppich stürzen ließ?

»Warum spielst du das Spiel nicht so, wie ich es dir gezeigt habe?« fragte sie.

»So ist es interessanter«, antwortete Katie. Das Wort war ihre neueste Errungenschaft, und sie gab jeder der fünf Silben ein besonderes Gewicht. »Außerdem«, fügte sie mit entwaffnender Offenheit hinzu, »weißt du ja gar nicht mehr, wie man es spielt. Damit der in der Mitte nicht allein übrigbleibt.«

»Ich hab's einmal gekonnt«, sagte Mrs. Franks. »Aber das ist schon so lange her.«

»Von wem hast du die hübschen Murmeln?« fragte Katie und streichelte eine davon mit der Fingerspitze. Die gläsernen Kugeln mit den leuchtendbunten Wirbeln und Schnörkeln in ihrem Inneren wären für jedes Auge, ob jung oder alt, anziehend gewesen. »Wie kommen die Farben denn da hinein?«

Das wußte auch Mrs. Franks nicht, und so widmete sie sich lieber der ersten Hälfte der Frage. »Ich glaube, sie stammen aus meinem zweiten Haushalt«, sagte sie. »Das war eine große Familie mit kleinen Kindern. Die hatten alle möglichen Sachen.«

Mrs. Franks hatte ihr Leben als Haushälterin in – wie sie sich auszudrücken pflegte – ›besseren Häusern‹ verbracht. Falls sie jemals verheiratet gewesen war und es überhaupt einen Mr. Franks gegeben hatte, so erwähnte sie ihn nicht, und keiner der vielen Schätze, die sie gehortet hatte, ließ sich auf seine Großzügigkeit zurückführen. Mrs. Franks war eine menschliche Elster, und wenn ihr bei einem ihrer Arbeitgeber ein Stück aufgefallen war und ihre Phantasie beflügelt hatte, so war es irgendwie, fast ohne daß sie selbst es merkte, in ihren Besitz übergegangen. Zum Glück war keines dieser Dinge von besonderem Wert. Bei Katie erregten sie freilich allesamt höchstes Entzücken, denn sie verkörperten die unausgesprochenen Sehnsüchte eines intelligenten Kindes.

›Katie und ich sind im gleichen Alter‹, hatte Mrs. Franks Joyce mitgeteilt. ›Nur mache ich die Runde schon zum zweiten Mal.‹

Bis zu einem gewissen Punkt hatte sie damit recht. Die Beziehung der beiden hätte vollkommener nicht sein können, nichts wurde in Frage gestellt, man genoß jeden Augenblick wie ein Geschenk des Himmels. Nur gelegentlich zog Mrs. Franks die Möglichkeit in Erwägung, unerwartet abberufen zu werden, während dieses Fest für zwei noch in vollem Gange war. Für diesen Fall hatte sie ihrer letzten Spielkameradin alles vermacht, ohne je ein Wort davon zu erwähnen. Die großzügige Pension, die ihr von ihrer letzten Familie ausgesetzt worden war, hatte es ihr gestattet, ihre bescheidenen Ersparnisse unangetastet zu lassen. Wenn Katie einundzwanzig, wenn sie von ›ihnen‹ frei war, würde ihr alles zufallen. Geld sollte man haben, solange man noch jung war und es genießen konnte, das wußte Mrs. Franks, aber Katies Liebe zu ihrem Vater, der alles verschleudern würde, und ihre Angst vor ihrer Mutter, die darauf bestehen würde, daß sie es sparte, waren der alten Frau nicht geheuer. Nein, gerade diesem Tauziehen wollte sie das Mädchen nicht aussetzen. ›Wenn ich gehen muß...‹, dachte Mrs. Franks und verdrängte diese unerfreuliche Aussicht auf der Stelle wieder.

Doch ein Gedanke führt zum nächsten.

»Steck die Murmeln lieber in den Beutel zurück, Katydid«, sagte Mrs. Franks. »Deine Mutter wird jeden Moment klopfen.«

»Warum nennst du mich Katy-did?« fragte Katie, um das Unvermeidliche hinauszuschieben. »Ach, ich weiß schon, sie kam im Fernsehen. Sie fiel von einer Schaukel und wurde plötzlich ganz brav.«

»Ich kenne sie aus einem Buch, lange bevor sie auf diesem Teufelsding zu sehen war«, erklärte Mrs. Franks streng. »Und eines kann ich dir sagen, nach meiner Erfahrung wird niemand durch Schmerzen ein besserer Mensch. Du brauchst dir also nicht erst das Rückgrat zu brechen, um es zu beweisen.«

Katie kicherte. »Namen sind etwas Komisches«, sagte sie, während sie widerwillig die schönste Murmel ganz unten in einen Segeltuchbeutel legte, der einst für die Aufbewahrung alter Goldmünzen bestimmt gewesen war. »Du weißt doch, warum ich nicht Tante zu dir sage?«

»Weil ich nicht deine Tante bin«, antwortete Mrs. Franks wie aus der Pistole geschossen.

»Das natürlich auch. Aber vor allem, weil ich meine Großtante Emmie hasse und weil ich nicht an sie erinnert werden will, wenn ich bei dir bin.«

»Man soll niemanden hassen«, mahnte Mrs. Franks, fühlte sich aber trotzdem ein wenig geschmeichelt. »Und sein eigen Fleisch und Blut schon gar nicht. Jetzt mach aber voran mit den Murmeln.«

»Ich verstehe nicht, was das mit Blut zu tun hat. Blut hasse ich auch.«

»Warum das denn? Es hat doch eine hübsche Farbe«, meinte Mrs. Franks sachlich.

»Ja, aber es ist klebrig. Es sollte bleiben, wo es ist, und nicht rauskommen. Eigentlich müßtest du genauso alt sein wie Tante Em. Oder noch älter.«

»Eine Dame spricht nicht über ihr Alter«, sagte Mrs. Franks.

»Tante Em hat jede Menge Strickwesten und Pullover. Aber sie trägt kurze Röcke. Sie ist keine richtige alte Dame so wie du.«

»Ich bin nicht sicher, ob das nicht eine Ungezogenheit ist«, bemerkte Mrs. Franks.

Doch insgeheim wußte sie, daß es ein Kompliment war. Sie und Katie hatten gleichermaßen ein Gespür für das, was sich schickte. Für jedes Alter die passende Garderobe. Aus diesem Grund trug sie immer noch tagein, tagaus ihre schwarzen Haushälterinnenkleider, so altmodisch die auch aussehen mochten. Hier und dort mußten sie weiter gemacht werden, denn mit zunehmendem Alter wurde sie auch fülliger. Aber der Vorrat war so groß, daß sie ihn gar nicht aufbrauchen konnte, und darüber war sie froh. Die Kleider kamen regelmäßig in die Reinigung, und für besondere Anlässe bewahrte sie ein neues, noch nie getragenes ganz hinten in ihrem Schrank auf. Am liebsten hätte sie ein Häubchen aufgesetzt, wie ihre Großmutter es ab vierzig getan hatte, aber sie wollte nicht exzentrisch erscheinen, und so begnügte sie sich damit, ihr spärliches, feines Haar in der Mitte zu scheiteln und die dünnen Enden zu einem Knoten zu verschlingen, wie ihn auch Joyce Cave trug.

»Ich hasse Großtante Em hauptsächlich deshalb, weil sie schuld daran ist, daß meine Mutter und mein Vater in einer dunklen, stürmischen Nacht weggefahren sind und mich allein im Haus gelassen haben«, sagte Katie.

Katie und die alte Dame standen sich sehr nahe, und deshalb spürte Mrs. Franks sofort, daß dies nur der Auftakt war – Katie redete nicht nur so daher.

»Selbst wenn das einmal vorgekommen sein sollte, wird es sicher nicht wieder passieren«, sagte sie verlegen. »Außerdem ist es schon einen Monat her. Ich würde es einfach vergessen, Katie.«

»Das kann ich nicht«, sagte Katie leise. »Ich habe das Datum in dem roten Griffelkasten, den du mir zu Weihnachten geschenkt hast.«

»Ich weiß nicht, was du damit sagen willst.«

»Ich reiße immer den Kalender auf dem Katheder in unserem Klassenzimmer ab. Miss Meadows hat es mir erlaubt. Der Kalender ist wie ein Kartenspiel mit großen schwarzen Ziffern. Man reißt jeden Tag ein Blatt ab. Das

Blatt von dem Tag habe ich in die Tasche gesteckt. Und dann habe ich es in den Griffelkasten getan.«

»Aber warum?«

»Ich hatte solche Angst. So gefürchtet habe ich mich in meinem ganzen Leben noch nicht. Deshalb mußte ich das schwarze Datum in den Griffelkasten tun.«

Kinder haben ihre Gründe, die ihnen selbst ausreichend erscheinen. Auf dieser Ebene verstand Mrs. Franks, was Katie meinte, doch auf einer anderen Ebene bedurfte es weiterer Aufklärung.

»Du bist aufgewacht, war es deshalb?«

»Ja. Aber da waren sie noch nicht fort. Sie haben miteinander geredet, und es hat böse geklungen. Und Mummy hat mehrmals ›Tante Em‹ gesagt, dabei wollte ich gar nicht lauschen. Ich hätte sowieso nichts verstanden«, gab sie mit gewohnter Offenheit zu. »Dann hat Daddy den Wagen aus der Garage geholt, und sie sind weggefahren. Ich hatte solche Angst, daß ich oben ans Geländer ging und in die Diele hinunterschaute. Sie hat ganz furchtbar gruslig ausgesehen. Dann hat mein Kuckuck gerufen, und alles war nicht mehr so schlimm. Es war genau neun Uhr.«

Mrs. Franks dachte eine Weile nach, dann sagte sie langsam: »Du könntest falsch gezählt haben.«

Katie würdigte sie keiner Antwort, sah sie nur vorwurfsvoll an.

»Und was ist dann passiert?«

»Ich bin wieder ins Bett gegangen, und obwohl ich eigentlich wach bleiben wollte, bis sie wiederkamen, um ihnen zu sagen, was ich von ihnen – und von Tante Em – hielt, muß ich wohl eingeschlafen sein.«

Nur das leise Klicken der Murmeln, die einzeln in das Säckchen fielen, störte die Stille. Endlich fragte Mrs. Franks: »Wieso erzählst du mir gerade jetzt davon, Katie?«

»Ich hab' mich mit Fiona Lewis gestritten, und sie hat gesagt, kein Wunder, daß du dich so benimmst. Du bist genau wie dein Daddy. Dann hat sie gesagt, mein Daddy hat etwas ganz Schlimmes getan, aber sie wußte nicht, was. Ihre Eltern haben ihr verboten, mit mir zu spielen oder zu mir nach Hause zu kommen, wenn ich sie einlade. Ich habe gesagt, du bist eine abscheuliche Lügnerin, mein Daddy hat nie etwas Schlimmes getan, und wann das denn gewesen sein soll, und da hat sie gesagt, ach, das ist schon viele Wochen her, aber das macht es auch nicht besser.«

Katie mußte erst einmal Atem holen.

Mrs. Franks dachte weiter nach – diesmal etwas konzentrierter.

Natürlich muß man davon ausgehen, daß sie mitbekommen hatte, was in der fraglichen Zeit nebenan vorging. In einem Doppelhaus mit einer gemeinsamen Wand und parallel verlaufenden Gartenwegen wäre es schon sehr schwierig gewesen, die Besuche der Polizei zu übersehen. Außerdem hatte sie die Lokalzeitung abonniert und den Bericht über die Voruntersuchung gelesen. Doch im Alter scheint sich so etwas wie eine gläserne Trennwand zwischen einen selbst und das zu schieben, was die anderen tun. Man bemerkt es zwar, aber es berührt einen nicht weiter, so erschreckend es auch sein mag. Der Polizei war es vielleicht nicht bekannt, doch Mrs. Franks wußte ganz genau, auch wenn sie es sich nicht eingestehen wollte, daß nur eine Katastrophe größeren Ausmaßes Joyce Cave dazu bewogen haben konnte, ihr Kind in dieser Nacht allein im Haus zu lassen. Sie mochte Joyce nicht, erkannte aber an, daß sie ihren Mutterpflichten nach bestem Wissen und Gewissen nachkam. Katie war immer hübsch angezogen. Das Geld mochte noch so knapp sein, Katie mangelte es an nichts. Hatte Katie in jener Nacht Angst gehabt, so war die Reihe nun an Mrs. Franks. Sie sah über die wundervolle Kinderwelt, in der sie und Katie lebten, die Welt der dummen Erwachsenen hereinbrechen, wo unglücklich verheiratete Schwächlinge ihre Freundinnen in Kanäle stießen und, wenn sie Pech hatten, die Folgen ihrer Tat tragen mußten. Und dabei hatte sie nur noch so wenig Zeit, um das Leben zu genießen – sie durfte keine Minute davon vergeuden.

»Ich liebe meinen Daddy. Ich hab' ihn so schrecklich lieb.« Katies Unterlippe begann zu zittern. »Und jetzt spielt er nie mehr mit mir. Wir haben überhaupt keinen Spaß mehr miteinander.«

Mrs. Franks war zu einer Entscheidung gelangt. »Katie«, sagte sie. »Du hast doch mit niemandem über dieses abgerissene Kalenderblatt gesprochen? Weder mit Fiona – noch mit sonst jemandem?«

»Nur mit dir.«

»Und du sollst auch weiter nicht darüber sprechen. Du mußt die ganze Sache vergessen. Wahrscheinlich hast du auch deiner Mummy nicht erzählt, daß du in dieser Nacht aufgewacht bist?«

»Gleich am nächsten Morgen wollte ich's tun, aber sie war so gereizt. Dann hab' ich's gelassen. Sie ist nämlich immer noch gereizt.«

»Auch das mußt du vergessen. Versprichst du es mir, Katie?«

Katie zögerte. »Ich werd' mir Mühe geben.«

»Das genügt mir schon. Wenn du merkst, daß du es nicht schaffst, dann kommst du zu mir, und wir reden noch einmal darüber. Aber komm erst zu mir, Katie, ehe du etwas anderes tust.«

»Ja, Mrs. Franks.«

»Du brauchst auch keine Angst zu haben, solange ich auf der anderen Seite der Wand bin. Du mußtest niemals Angst haben. Aber daran hast du wohl nicht gedacht, als du im Dunkeln aufgewacht bist?«

»Ich glaube nicht.«

»Wenn du mich nächstes Mal besuchst, holen wir die Spieldose heraus, ja?«

»Oh, ja. Ja.«

Nebenan begann jemand an die Wand zu klopfen. Beharrlich... hartnäckig...

»Das ist deine Mummy. Zeit zum Schlafengehen, Katie. Und noch etwas, Katie, hör einfach nicht auf Fiona. Sie hat keine Spieldose.«

In einem anderen Teil der Stadt unterhielten sich zwei Personen, bei denen die Verständigung ebenso reibungslos klappte wie bei Katie und Mrs. Franks, obwohl sie sich längst nicht so sympathisch fanden. Kommissar Carvers Büro im Polizeirevier Eastwood war weder so gemütlich noch so überladen wie das Wohnzimmer von Mrs. Franks. Die Wände waren in zweierlei Grün, einem hellen und einem dunklen Olive, gestrichen, und an Möbeln gab es

Aktenschränke aus Metall und einen ebenfalls metallenen, dunkelgrünen Schreibtisch. Der Kommissar saß auf einem Stuhl, der sich in einem Versandhauskatalog ganz passabel ausnehmen mochte, aber kein Wunder an Bequemlichkeit war. Der Sergeant dagegen stand.

Kommissar Carver und Sergeant Duff von der Kriminalpolizei waren beide schon so lange in dieser Abteilung, daß sie die Jahre nicht mehr zählten. An einen weiteren Aufstieg war bei ihrer Qualifikation nicht zu denken. Einst hatte sich der Kommissar als stellvertretender Polizeipräsident gesehen, und der Sergeant hatte sich ausgemalt, wie es sich wohl im Sessel des Kommissars saß. Oh, laßt all die eitlen Hoffnungen fahren! Nun hingen sie hier fest, gingen sich gegenseitig auf die Nerven und sehnten den Tag der Pensionierung herbei. Dabei ergänzten sich ihre Arbeitsmethoden in geradezu idealer Weise. Niemand bewies beim Sammeln von Fakten mehr Geduld und Gründlichkeit als der Sergeant, und niemand verstand es besser als der Kommissar, diese Fakten zu ordnen und sie in einen Zusammenhang zu bringen. Zwischen den beiden stand Inspektor Gibson. Er war zu Höherem berufen und würde es weiterbringen als sie, aber sie konnten ihn nicht ausstehen. Also mußten sie notgedrungen zusammenhalten. Das Mädchen im Kanal war nur eines ihrer Probleme, es gab deren viele. Das Revier war unterbesetzt, und Eastwood war gerade so weit vom Zentrum Londons entfernt, um sich hervorragend zum Abstellen gestohlener Lastwagen, als Unterschlupf für Verbrecher und ganz allgemein als Ausgangspunkt für alle möglichen Schurkereien zu eignen. Ganz zu schweigen von der Jugendstrafanstalt mitten im Ort, aus der mit erstaunlicher Regelmäßigkeit unternehmungslustige junge Burschen ausbrachen. Aber bei dem Mädchen ging es um Mord, und obwohl der Fall so gut wie abgeschlossen war, kam doch immer wieder einmal die Rede darauf.

So sagte gerade jetzt Kommissar Carver, ehe er sich auf den Heimweg machte: »Sie behalten diesen Cave doch hoffentlich im Auge.«

»Das können wir getrost seinen Freunden und Verwandten überlassen«, entgegnete der Sergeant und quälte sich noch mühsam ein ›Sir‹ ab.

»Ich hasse diese Fälle«, quengelte Carver. »Wenn man den Kerl kennt und nicht zufassen kann.«

»Gußeisernes Alibi«, bemerkte Duff.

»Genau. Einmal scharf dagegengeschlagen, und schon bricht es entzwei.«

»Dem Heiligen Joe würde ich kein Stück Butter abkaufen, weil ich fürchten müßte, es wäre ranzig«, sagte Duff.

»Über seinen angeheirateten Neffen ein gutes Wort zu verlieren, fiel ihm entsetzlich schwer, er wäre fast daran erstickt. Sorgen macht er sich nur um seine Nichte.«

»Um sein Geschäft, meinen Sie wohl. Er ist in weitem Umkreis der letzte Besitzer eines Lebensmittelladens. Wenn er ins Wackeln kommt, fällt er einem dieser großen Supermärkte direkt in den Einkaufskorb.«

»Verstehe. Allerdings muß ich ganz ehrlich zugeben, daß ich auch nicht begeistert wäre, wenn meine Nichte diesen Cave geheiratet hätte. Wenn diese ständig beleidigten, schlappen Taugenichtse erst einmal durchdrehen, schrecken sie vor nichts mehr zurück.«

»Bis dahin lag nichts gegen ihn vor«, erinnerte der Sergeant, wie um Cave, wenn auch widerstrebend, Gerechtigkeit widerfahren zu lassen.

»Bei uns nicht, aber dafür bei Onkel Joe. Aus all dem, was er uns nicht sagte, sprach doch nur, wie oft er diesem Gauner schon aus der Patsche geholfen hatte. Und so geht es Schritt für Schritt der Unterwelt entgegen.«

»Wir fanden nicht die Spur eines Beweises, und dabei haben wir uns weiß Gott Mühe gegeben. Aus dieser Häuserzeile hinter dem Verbindungsweg hätte ihn eigentlich *jemand* sehen müssen.«

»Das Problem dabei ist, daß kein Mensch an einem verregneten, stürmischen Märzabend zu einem Kanalpfad hinuntersteigt, es sei denn, er hat ein Rendezvous, bei dem er nicht gestört werden will.«

»Sie müssen sich unter der Kanalbrücke untergestellt haben. Aber seit Sherlock Holmes aus dem Geschäft ausgestiegen ist, hinterlassen die Leute keine Spuren mehr.«

»Zu dumm. Aber mir ist nicht wohl bei der Sache, Duff. Ich hätte ihn lieber hinter Schloß und Riegel. Sie wissen doch, wie das ist. Wir lassen ihm Zeit, wieder zu Atem zu kommen, und wie's der Teufel will, macht er es gleich noch mal.«

»Nicht, wenn es ein Unfall war.«

»Hm, aber war es ein Unfall?«

»Nun ja, die Böschung ist glitschig genug.«

»Warum hat er sie dann nicht wieder herausgezogen?«

Der Sergeant zuckte die Achseln. Das hatten sie alles längst durchgespielt. »Wir können nicht ganz ausschließen, daß es ein anderer von ihren Freunden war.«

»Aber wenn man ihrer alten Mum glauben will, vor der uns alle Heiligen bewahren mögen, hat sie keinen anderen Mann mehr angesehen, seit sie sich mit Cave eingelassen hatte.«

»Vielleicht ist eine alte Flamme eifersüchtig geworden.«

»Nun werden Sie nicht kindisch, Sergeant.«

»Wenn Sie mich fragen, ich habe nichts dagegen, wenn die alten Cottages endlich abgerissen werden«, sagte Duff. »Früher nannte man sie ›Diebesgasse‹, und ich fürchte, heute könnte man keinen besseren Namen dafür finden.«

»Na ja, es kann nicht mehr lange dauern. Mir tut's nur um das *Grapes* leid. Ein schönes, altes Pub.«

»Das Pub schon. Nur von den Gästen halte ich nicht viel.«

»Jetzt, wo wir davon reden, bekomme ich Durst. Ich verschwinde, Duff. Vergessen Sie nicht, was ich sagte. Behalten Sie ihn im Auge.«

»Und wenn ich hundert Augen hätte«, murrte der Sergeant, als er allein war, »würden sie nicht ausreichen, um alle Halunken in dieser Gegend zu bewachen.«

4

Der stattliche Fremde im *Bunch of Grapes*, der sich für Robert Cave interessiert hatte, hieß John Trewen Forbes. Forbes war erst vor kurzem aus den Midlands nach Eastwood gezogen, weil ihm dort der Boden zu heiß geworden war. Gefahr drohte ihm dabei nicht etwa von der Polizei, mit der er sich bestens arrangiert hatte, sondern von einer

Bande von Rennbahngangstern, der er selbst angehörte und die mit dem Rasiermesser sehr schnell bei der Hand war. Er hatte zwei Herren gedient, die beide Mammon hießen, deren Interessen einander jedoch widersprachen, und dafür war selbst dieser ausgekochte Gauner nicht ausgekocht genug gewesen. Irgendwann war jemand aus der Bande dahintergekommen, daß er als Spitzel tätig war, und von da an hätte man John Trewen Forbes keiner Versicherungsgesellschaft mehr guten Gewissens als Kunden empfehlen können. Um unnötige Komplikationen zu vermeiden, änderte er nicht etwa seinen Namen, sondern seinen Wohnort – und zwar so schnell er konnte. Die guten Wünsche der Polizei begleiteten ihn, doch allzu sehr trauerte man ihm nicht nach. Forbes ging nach London. Am liebsten hätte er sich im Stadtzentrum niedergelassen, das wäre zweckmäßig und sicher gewesen, aber er mußte Rücksicht auf seine Familie nehmen, und eine passende Wohnung war nicht zu finden. So leistete er denn in Eastwood eine Anzahlung auf ein Haus, nahm eine Hypothek auf, und als er an jenem Abend das *Grapes* aufsuchte, wohnte er bereits seit einem Monat in der Siedlung. Als er an der Bar des Pubs verkündete, er mische sich nie in Dinge, die ihn nichts angingen, hatte er die Wahrheit gesprochen. Doch dies ging ihn etwas an. Robert Cave galt als Mann, der bereits ein Mädchen umgebracht hatte und durchaus imstande wäre, auch ein zweites zu beseitigen. Und in Forbes' Haus lebte eine junge Frau, die er als überflüssig betrachtete.

Er hatte bis dahin von der Angelegenheit weder gehört noch gelesen, weil er nämlich nach dem Umzug zu sehr damit beschäftigt gewesen war, sich nach einer neuen Tätigkeit umzusehen, die seinen Fähigkeiten entsprach und auch einträglich genug war, ohne übermäßige Anstrengungen zu erfordern. Rennen kamen nicht in Frage, jedenfalls keine Pferderennen – in jedem Sport verbreiteten sich die Neuigkeiten unter den Anhängern rasch landauf und landab. Man würde sein Erscheinen bemerken und weitermelden, und dann wäre der überstürzte Umzug ganz umsonst gewesen. Also versuchte er es mit Hunderennen, fand jedoch keinen Anschluß an das Milieu. Die Szene verlor allmählich an Anziehungskraft, und wie immer, wenn die Gimpel rar werden und die Gewinne schwinden, war der Wettbewerb zwischen den einzelnen Betrügerbanden mörderisch. Außenseiter waren nicht willkommen, und Provinzler erst recht nicht. Um sich einzukaufen, fehlte es ihm an Geld, und um sich hineinzudrängen, an Persönlichkeit. Für gewöhnliche Wetten waren ihm diese Rennen zu fade und viel zu kompliziert. Was blieb dann noch übrig? Es waren magere Zeiten für John Trewen Forbes, solange er keinen neuen Schwindel fand, bei dem er mitmischen konnte.

Das Schlimmste war, daß er praktisch auf einer Goldmine saß. Zwar war es eigentlich nur ein Goldminchen, aber trotz allem nicht zu verachten. Und bisher hatte er nicht das kleinste Krümelchen Goldstaub zwischen die Finger bekommen.

Forbes lebte mit seiner Schwester zusammen, die ihm den Haushalt führte – was sie, ohne Lohn oder auch nur ein Dankeschön dafür zu bekommen, schon seit dem Tod ihrer Mutter tat, die selbst viele Jahre Witwe gewesen war.

Auf dem Totenbett hatte diese ihren Sohn John wie ein kostbares Kleinod ihrer Tochter Laura anvertraut. Sonst hatte sie kaum etwas hinterlassen. Aber sie hätte gar nicht so viel Aufhebens zu machen brauchen; Laura war John ohnehin verfallen. Sie war mehr als zehn Jahre älter als ihr jetzt fünfunddreißigjähriger Bruder. Äußerlich hatte sie kaum etwas mit ihm gemein, sie war groß und knochig und hatte ein regelrechtes Raubtiergebiß, das man freilich nur selten zu sehen bekam, da sie so gut wie nie lächelte. Sie war eine klaustrophobische Natur – verschlossen und in sich gekehrt, nur im seelischen Inzest mit ihrem Bruder brachen sich ihre Gefühle Bahn. Denn obwohl er sie beschimpfte und schlecht behandelte, bestand ohne jeden Zweifel insgeheim eine starke Bindung zwischen ihnen, die sie bis zum Jüngsten Tag aneinanderfesseln würde. Dieser trauten Zweisamkeit hatte sich nun ein Dritter zugesellt, ein Eindringling, ein Schaf unter Wölfen. Und dieses Schaf war so unschuldig, daß es keine Ahnung hatte, mit wem es sich da eingelassen hatte, sondern immer noch der Meinung war, schlicht bei Cousin und Cousine zu leben.

Lucy Trewen war neunzehn Jahre zuvor auf einer Farm zehn Meilen außerhalb jener Stadt in den Midlands zur Welt gekommen, wo ihre einzigen lebenden Verwandten noch bis vor kurzem gewohnt hatten. Lange Zeit wußte sie weiter nichts von ihnen als ihre Namen und ihre Adresse. Die beiden waren viel älter – ihre Mutter war lange vor Lucys Vater geboren worden, einem unerwarteten Nachzügler, der nur deshalb, weil er ein Mann war, schließlich die Farm erbte. Da Mrs. Forbes darüber nicht unbedingt glücklich war, wurden fortan jegliche Kontakte zwischen den beiden Familien eingestellt. Lucys Mutter starb jung, doch ihre Tochter wuchs zu ihrem Ebenbild heran: still, zierlich, aber auf ihre Weise selbstbewußt. Wenn sie schüchtern war, dann nur, weil sie nicht oft mit Fremden zusammenkam. Ihr Leben spielte sich auf der Farm ab, einem kleinen Königreich, das ihr Vater als absoluter Monarch regierte. Wie alle Herrscher hatte er seine Probleme. In manchen Jahren blühte der Staat auf, in anderen stand er kurz vor dem Zusammenbruch. Zu Kriegszeiten florierte der Betrieb, im Frieden ging es abwärts. Doch in all den Jahren, ob gut oder schlecht, erhöhte sich der Wert des Bodens.

Nachdem Lucy die Dorfschule abgeschlossen hatte, kehrte sie nach Hause zurück und übernahm das Geflügel. Normalerweise hätte sie auch in der Milchkammer nach Belieben schalten und walten können, doch inzwischen wurde die Milch zum größten Teil verkauft. Nur eine Kanne voll sowie einen Topf Sahne behielt man für den Eigenbedarf. Und dann war Lucys Vater trotz seines Alters so unvorsichtig, auf die Ladefläche eines Lastwagens zu steigen, um seinen Leuten Anweisungen zu erteilen. Er fiel hintenüber, landete auf dem Hinterkopf und starb, ohne das Bewußtsein wiedererlangt zu haben. Nun gehörte die Farm Lucy. Sie hatte keine Ahnung von der Führung eines solchen Betriebes, und seinem Verwalter hatte ihr Vater immer nur die Aufsicht über die Feldarbeiter überlassen. Bei der Testamentseröffnung riet ihr der Anwalt zum Verkauf. Die Farm wurde versteigert und erzielte dreißigtausend Pfund. John Trewen Forbes las die

Nachricht in der Zeitung und bot seiner verwaisten Cousine in einem Brief an, sie bei sich aufzunehmen. Das arme Ding willigte tatsächlich ein. Als John und Laura die Midlands verließen, war Lucy noch immer bei ihnen.

Merkwürdig war nun folgendes. Obwohl sie den beiden blind vertraute und auch von Anfang an ihren Anteil am Wirtschaftsgeld bezahlte, war ihr darüber hinaus kein einziger Penny zu entlocken. Sie war nicht einmal bereit, auf einen diesbezüglichen Vorschlag einzugehen und die Anzahlung für das neue Haus vorzulegen. Damit wandelte sie auf sehr gefährlichen Pfaden, denn solange kein Testament vorhanden war, trennte nur ihre eigene, schmale Gestalt ihre Verwandten von ihrem Vermögen.

Auch die normalsten Menschen haben ihre kleinen Schrullen. Durchaus möglich, daß die zarte Lucy zum Geiz tendierte. Vielleicht hatte sie auch noch nicht entschieden, was sie mit ihrem Vermögen anfangen wollte. Sie vermißte die Farm schmerzlich. Sie vermißte die Arbeit und den Wechsel der Jahreszeiten. Sie vermißte die Freundlichkeit der Menschen: die Landarbeiter, die grüßend die Hand an die Mütze legten, die Frauen, die sie als ›Miss Lucy‹ anredeten, die Kinder, die auf sie zugelaufen kamen und ihr schenkten, was sie in Wald und Flur gesammelt hatten.

Als sie an diesem Nachmittag mit Laura Forbes zusammensaß und bei Radiomusik Flickarbeiten erledigte, hätte sie den langweiligen, biederen Raum mit dem elektrischen Heizofen nur allzu gern gegen die langgestreckte Wohnstube der Farm mit ihren Deckenbalken aus Eichenholz und den brennenden Scheiten im Kamin getauscht. Ein Teil der alten Möbel war eingelagert – sie hatte es letzten Endes doch nicht über sich gebracht, sich von allem zu trennen. Sie und Laura schwiegen; das Radio lieferte ihnen den Vorwand dafür. Sie hatten festgestellt, daß zwischen ihnen keine Freundschaft möglich war, und bemühten sich auch gar nicht mehr darum. Laura war von Anfang an dagegen gewesen, daß Lucy zu ihnen zog, trotz aller Vorteile, die sich daraus ergeben mochten. Sie hätte alles für John getan – alles, solange sie ihn nicht mit einer anderen Frau zu teilen brauchte.

Das Gartentor wurde mit einem Klick geschlossen; auf dem Weg waren Schritte zu hören.

»John!« rief Laura, und noch ehe er den Schlüssel ins Schloß stecken konnte, war sie schon in der Diele, um ihn zu begrüßen. Sie sah aus, als sei sie eben dem Grab entstiegen, ein hageres Gespenst, erfüllt von einer grausigen Lebendigkeit. Als John in Sicht kam, schien er seine gewohnte Jovialität auszustrahlen. Er drückte Lucy einen leichten Kuß auf die Wange und wickelte sich eine Locke ihres aschblonden Haares um den Finger. Aber Laura kannte ihn zu gut. Sie spürte, wie er unter der liebenswürdigen Maske vor Wut zitterte. Und daß er Lucy küßte, brachte sie sofort in Harnisch.

»Lucy, zieh schnell deinen Mantel an, lauf zu Blakes und hole für John etwas Teegebäck.« Sie sagte nicht einmal ›bitte‹.

»Das ist lieb von dir, Cousinchen«, ergänzte John und warf seiner Schwester einen warnenden Blick zu. »Und wenn du schon dabei bist, Lucy, könntest du auch ein paar Makronen mitbringen? Wir rechnen ab, wenn du wiederkommst.«

Falls Lucy die Bemerkung auf der Zunge gelegen hatte, das alles hätte auch am Vormittag in der Stadt besorgt werden können, so besann sie sich eines Besseren. Sie stand schweigend auf, nickte und verließ das Zimmer. John Trewen Forbes wartete, bis sie auch das Haus verlassen hatte, dann erst sah er seine Schwester böse an und sagte:

»Schön und gut, wenn du sie für eine halbe Stunde loswerden willst. Aber sei wenigstens höflich.«

»Ich will sie für immer loswerden, John. Ich ertrage es nicht länger, sie ständig um mich zu haben. Und wie du es auch anfängst, aus ihr kriegst du keinen einzigen Penny heraus.«

»Wie ich es auch anfange?« fragte er tückisch. »Was würdest du denn sagen, wenn ich anfinge, ihr den Hof zu machen?«

»Lieber sähe ich dich tot«, rief sie leidenschaftlich.

»Du meinst wohl, lieber sähst du *sie* tot. Nun, es war sowieso nicht ernst gemeint. Reizt mich nicht, mich an sie ranzumachen. Sie ist nicht mein Typ.«

Sein Geschmack wäre eher eine Bardame der guten, alten Art mit viel Fleisch auf den Knochen gewesen. So eine hatte er sich erhofft, als er an jenem Abend ins *Grapes* ging, doch zu seiner Enttäuschung wurden die Getränke vom Wirt ausgeschenkt.

»Außerdem«, sagte er, als er glaubte, sie genug provoziert zu haben, »weißt du genau, daß ich nie heiraten wollte. Ich bin mit meinem Schwesterherz vollauf zufrieden.«

»Dann tu, was ich dir sage. Schmeiß' sie raus, damit wir wieder unter uns sind.«

»Das kann ich mir nicht leisten.«

»So viel steuert sie nun auch wieder nicht bei.«

»Es geht nicht um das, was sie beisteuert, sondern um das, was sie hat. Laura, hast du dir jemals überlegt, was wir mit dreißigtausend Pfund anfangen könnten?«

»Sie gehören nicht uns, also brauchen wir uns darüber nicht den Kopf zu zerbrechen.«

»Schön, aber sie würden uns gehören, wenn Lucy etwas zustieße. Für jeden die Hälfte, Laura. Ich weiß, daß es bisher noch kein Testament gibt. Dieser Anwalt hat ihr zugeredet, aber sie wollte keins machen, sagte, sie sei noch zu jung, um ans Sterben zu denken.«

Laura schwieg eine Weile, dann sagte sie hart:

»Das ist zu gefährlich, John. Wir kämen als erste in Verdacht.«

»Nicht, wenn wir es nicht getan hätten, meine Liebe.«

Sie sah ihn forschend an, aber sein Gesicht verriet nichts. Endlich sagte sie: »Wir sind doch bisher mit dem, was du nach Hause gebracht hast, ganz gut zurechtgekommen.«

»Das schon, mein Kind, aber die Welt hat sich verändert. Auf unehrliche Weise kann man sich heutzutage nicht mehr durchs Leben schlagen. Und zum Arbeiten bin ich zu stolz.«

Sie zögerte noch immer; dunkel glühten die Augen in dem fahlen Gesicht.

»Ich war nur bereit, hierherzuziehen und alles zurückzulassen, was wir kennen, weil ich um deine Sicherheit besorgt war.«

»Und was ist dagegen einzuwenden?«

»Ich wußte nicht, daß du solche Hintergedanken hattest.«

»Die hatte ich auch nicht!« rief er heftig. »Aber der ganze Kies lag nutzlos herum, und da dachte ich mir, wir nehmen sie unter unsere Fittiche, erleichtern sie um ein paar Kröten und lassen sie dann wieder laufen. Aber das dumme Frauenzimmer muß sich ja an jeden Penny klammern. Manchmal könnte ich sie mit bloßen Händen erwürgen.«

»Wenn du das vorhast, kannst du mit mir nicht rechnen«, erklärte sie mürrisch.

»Hältst du mich wirklich für so dumm? Nein, ganz ohne Unannehmlichkeiten wird es nicht abgehen. Eine Voruntersuchung und ein Begräbnis müssen wir schon auf uns nehmen. Aber wir werden nicht in Gefahr sein, Laurie – keiner von uns. Und denk doch nur an die Belohnung!«

»Von Rechts wegen hätte die Farm uns zugestanden. Das hat Mutter immer gesagt.«

»Da hast du's doch.«

»Hoffentlich weißt du auch, was du tust, John.«

»Das weiß ich ziemlich genau. Keine Sorge, noch liegt alles in weiter Ferne.«

»Mir ist nicht wohl dabei. Mir ist noch immer nicht wohl dabei.«

»Laura, es muß sein.« Erregung stieg in ihm auf. Sie erkannte die Warnzeichen, die stets auftraten, wenn etwas nicht nach seinem Willen ging: der häßliche Zug um den Mund, das gerötete Gesicht. »Heute morgen dachte ich schon, ich kann in ein Geschäft mit einsteigen. Nun, es sollte nicht sein – die Mistkerle haben mich einfach sitzenlassen. Wir sind so gut wie abgebrannt. Wir zehren schon zu lange von unseren bescheidenen Ersparnissen. Wenn du jetzt nicht zu mir hältst, hast du mich gesehen. Dann überlasse ich dich der liebevollen Fürsorge der reizenden Miss Lucy. Ihr beide ganz allein, was hältst du davon?«

»Das kannst du... das würdest du...« Grauenvolle Abgründe taten sich vor ihr auf.

»Ich wäre mir da nicht so sicher.«

»Du läßt mir keine Wahl. Ich muß wohl oder übel über meinen Schatten springen.«

»So gefällst du mir schon besser, Schwesterherz.«

»Aber eines sage ich dir, John. Wenn du dir Hilfe von außen holst, bist du eine leichte Beute für Erpresser.«

»Oh, nein, das ganz sicher nicht.«

»Du meinst, wer immer mitmacht, steckt genauso tief drin wie du?«

»Er wird keine Ahnung davon haben. Ich gebe ihm die Gelegenheit, und er läßt seiner Natur freien Lauf.«

»Das verstehe ich nicht.«

»Das kommt schon noch. Nur eines könnte den Plan noch durchkreuzen, und das läßt sich mit einer einzigen Frage klären. Hast du jemals von einem Mann namens Cave gehört? Robert Cave?«

»Nein. Warum?«

»Dann hast du auch nicht über ihn in der Zeitung gelesen? Vor etwa einem Monat?«

»Ach, John, damals hatten wir alle Hände voll zu tun, um das Haus in Ordnung zu bringen. Ich habe eine Zeitung nicht einmal von weitem gesehen.«

»Und Lucy?«

»Sie liest keine Zeitungen. Ich glaube, sie liest überhaupt nicht. Wahrscheinlich hat sie dafür nicht genug Grips.«

»Okay. Angenommen, ich lade ihn hierher ein, würdest du ihn dann freundlich empfangen, mit allem Drum und Dran?«

Plötzlich tauchte in dem Nebel aus verschlüsselten Hinweisen, vagen Vermutungen und verschwommenen Umrissen grell und unabweislich ein gräßlicher Verdacht auf. Laura hielt sich entsetzt die Hand vor den Mund, dann spreizte sie die Finger und flüsterte: »Und wenn er gefährlich ist?«

»Für uns wird er nicht gefährlich sein.«

5

Katie brauchte sich wegen des Streits mit ihrer Exfreundin Fiona nicht weiter den Kopf zu zerbrechen, denn bereits Mitte der folgenden Woche begannen die Osterferien. Hier verwendete man für die Ferien noch den altmodischen Ausdruck *break-up*, Aufbruch, der sich in Katies Phantasie eher auf die Lehrmittel bezog als auf die Schüler. Sie wartete sehnsüchtig auf den Tag, an dem Lineale, Tintenfässer und Rechenbücher durch die Fenster fliegen und die großen Glasflächen zerschmettern würden, die man im modernen Bildungswesen für unerläßlich hielt. Zwar war es bisher nicht geschehen – aber deshalb brauchte man ja die Hoffnung nicht aufzugeben. Die Wirklichkeit war längst nicht so spektakulär. Spinde mußten aufgeräumt und Bücher abgegeben werden. Katie holte aus dem Zeichensaal drei gruselige, selbstverfertigte Gemälde, um sie mit nach Hause zu nehmen, zwei davon fielen unter den Begriff ›abstrakte Malerei‹, das dritte war ein Gedächtnisporträt von Großtante Em, das mit primitiven Mitteln Katies Gefühle für dieses Familienmitglied ausdrückte, ohne daß eine Ähnlichkeit mit dem Vorbild erkennbar gewesen wäre. Dann versammelten sich alle in der Aula und sangen die Schulhymne, deren Text von der Direktorin und deren Melodie vom Musiklehrer stammte, wobei die Kinder mit keinem von beidem etwas anzufangen wußten. Danach waren sie entlassen. Katie fiel das Lernen nicht schwer, infolgedessen hatte sie die Schule nie verabscheut. Und obwohl sie vorgab, sich wie alle anderen auf die Ferien zu freuen, war ihr bei dem Gedanken an zwei Wochen unter ständiger Aufsicht ihrer Mutter eher unbehaglich zumute.

Doch am Karfreitagmorgen gab es *Buns* zum Frühstück, Rosinenbrötchen, für die sie eine Schwäche hatte. Beim Anblick der dicken, runden Dinger begann sie ausgelassen um den Tisch herumzutanzen und zu singen:

»One a penny, two a penny, hot cross buns.«

»Give them to your daughters, give them to your sons!« stimmte Robert ein, jagte ihr nach und hob sie hoch, während sie mit den Beinen strampelte und vor Entzücken kreischte.

»Laß sie sofort runter, Robert!« befahl Joyce wütend. »Katie, du bist alt genug, um zu wissen, woran uns die *Buns* erinnern sollen.«

»Nur weil das blöde Kreuz drauf ist«, schmollte Katie, die wieder auf dem Boden stand.

»Das reicht. Setz dich, du ungezogenes Ding. Streich dir Butter auf dein Brötchen und iß es brav auf.«

Obwohl das braunglänzende Rosinenbrötchen noch genauso appetitlich aussah wie zuvor, schmeckte der erste Bissen für Katie so fade wie ein roher Pilz. Sie kaute ewig darauf herum, aber das klitschige Zeug wollte und wollte nicht rutschen. Also schob sie es erst einmal in eine Backe, um dann zu überlegen, wie sie es wohl loswerden könnte. Ihre Eltern achteten inzwischen nicht mehr auf sie, sie waren vollauf mit ihrem Privatkrieg beschäftigt.

»Nach dem Frühstück fahre ich mit Katie zu Onkel Joe und Tante Em, wir bleiben bis zum Abend«, sagte Joyce.

»Och, Mummy!« protestierte Katie mit vollem Mund.

Das war etwas ganz Neues, denn Onkel Joe war bekanntlich ein strikter Gegner sonntäglicher Autofahrten, und bei ihm galt auch der Karfreitag als Sonntag.

»Ich habe etwas anderes vor«, sagte Robert.

»Du bist auch nicht eingeladen.«

»Und wie willst du dann hinkommen? An Sonn- und Feiertagen gilt der eingeschränkte Busfahrplan, du wirst eine Ewigkeit unterwegs sein.«

»Du kannst uns mit dem Wagen hinbringen und dann hierher zurückfahren. Zu Mittag habe ich dir kalten Braten bereitgestellt, außerdem ist noch Apfelkompott übrig. Du bestehst wohl nicht unbedingt auf Fisch.« Eine Spitze gegen Robert, der zu den Gottlosen gezählt wurde. Als er nicht antwortete, fügte sie hinzu: »Wenn du wieder da bist, kannst du ja in den Schrebergarten gehen und die Kartoffeln stecken. Ist heute nicht der Tag dafür?«

»Wann willst du fahren?« fragte Robert, und was deutlich mitschwang, war: Je eher, desto besser.

»Sobald ich das Frühstücksgeschirr abgewaschen habe. Katie, was *treibst* du denn da?«

Als Robert von der unfreiwilligen Fahrt zurückkam – daß er in Gesellschaft war, hatte die Atmosphäre nicht verbessert, denn Katie schmollte, und Joyces Gesichtsausdruck ließ noch Schlimmeres vermuten –, überlegte er, wie er den Tag verbringen sollte. Ob es alter Brauch war oder nicht, am Karfreitag die Kartoffeln in die Erde zu bringen, war ihm egal. Für ihn handelte es sich dabei um eine lästige Pflicht, die irgendwann erledigt sein wollte. Er hatte den Schrebergarten von Anfang an als Belastung empfunden, aber Joyce hatte entschieden, auf diese Weise spare man Geld und habe immer frisches Gemüse, eine Marotte von ihr.

Doch das leere Haus bedrückte ihn, und obwohl er froh war, daß ihm der Besuch bei den Verwandten erspart geblieben war, verspürte er kein Verlangen danach, mit seinen Gedanken allein zu bleiben. Ruhelos wanderte er von einem Zimmer ins andere und suchte nach Ablenkung – vergebens. Das Fernsehen sendete auf allen Kanälen Gottesdienste. Und obwohl er nicht religiös war, lastete der Schatten dieses Tages auf ihm. Wer Schuld auf sich geladen hat und nicht an einen Erlöser glaubt, findet am Karfreitag keine Ruhe. Betroffen erkannte er, daß er am liebsten ins Büro gegangen wäre, sosehr er seine Arbeit auch haßte.

Schließlich begab er sich in den Abstellraum hinter der Küche, wo er nach einigem Suchen unter dem Ausguß eine Kiste mit Saatkartoffeln fand. Er schleppte sie zum Wagen, stellte sie in den Kofferraum und fuhr zum Schrebergarten, der ganz in der Nähe gleich hinter der Siedlung lag. Das ganze Gelände sollte demnächst erschlossen werden, doch vorerst redete man sich im Gemeinderat noch die Köpfe darüber heiß, in welcher Form das geschehen sollte.

Wenn Sergeant Duff von der Kriminalpolizei Robert Cave mit allen ihm zur Verfügung stehenden Mitteln im Auge behielt, so war das noch gar nichts gegen die Aufmerksamkeit, die ihm John Trewen Forbes widmete. Auf krummen Wegen kamen Forbes' Fähigkeiten stets am besten zur Entfaltung. Hätte er die gleiche Energie, mit der er nun Cave nachspürte, in irgendeine Form von Arbeit investiert, jede Gewerkschaft hätte ihn ausgestoßen. Bis Karfreitag wußte er bereits mehr über Cave als über sich selbst, ohne daß irgend jemand etwas von seinen Aktivitäten bemerkt hätte. Er war bereit, bei der ersten sich bietenden Gelegenheit mit diesem Mann, von dem er annahm, daß er bei jungen Mädchen zum pathologischen Mörder wurde, Bekanntschaft zu schließen. Inzwischen kannte er Caves Frau, seine Tochter, seinen klapprigen Wagen. Als er sie alle zusammen wegfahren sah, beklagte er sein Schicksal, denn er nahm an, sie kämen den ganzen Tag nicht wieder. Als er Cave jedoch allein zurückkehren sah, frohlockte er. Und bald sollte der Mann abermals seine Haustür öffnen und herauskommen. Aber bis dahin dauerte es noch eine Weile, schließlich stieg er jedoch wieder in seinen Wagen, nachdem er zuerst irgend etwas (etwa einen Behälter?) im Kofferraum verstaut hatte. Trotz seiner umfassenden Informationen hatte Forbes keine Ahnung, wohin Cave gefahren sein könnte oder wann mit seiner Rückkunft zu rechnen war. Da er selbst nicht motorisiert war, konnte er ihm auch nicht folgen. Erbost gab der Beschatter seine Absichten für diesen Tag auf, und da ihn nichts zu Laura und Lucy nach Hause zog, entschloß er sich zu einem Spaziergang. Ein besonderes Ziel hatte er nicht, und so ging er bergab auf die Schrebergärten zu. Als er den Pfad entlangschlenderte, der um die Anlage herumführte, sah er sein Opfer doch tatsächlich mutterseelenallein auf einer Insel aus Londoner Lehm stehen und tief gebückt ein Pflanzloch für eine Kartoffel stechen. Forbes hielt unvermittelt an. Das Schicksal stand auf seiner Seite; wenn sein Selbstvertrauen noch einer Stärkung bedurft hatte, dies war die letzte Bestätigung. Es ›sollte so sein‹, wie man gerne sagt, wenn die Umstände genau so zusammentreffen, wie man es sich gewünscht hat. Ein breites Grinsen lag auf seinem Gesicht, als er sich gegen den Lattenzaun lehnte, der ihn von seiner Beute trennte, und er grinste noch immer, als der andere seinen Blick spürte, sich aufrichtete und zu ihm hinsah. Robert Cave war es ganz und gar nicht gewohnt, daß ein anderer Mensch ihm so etwas wie Wohlwollen entgegenbrachte, und so hatte er das Gefühl, als sei eben die Sonne hinter einer großen Wolke hervorgekommen.

»Hallo!« sagte Forbes. »Wie fühlt man sich denn am heiligen Feiertag als Maulwurf mit schwieligen Händen?«

»Kaum anders als an anderen Tagen«, antwortete Cave und grinste zurück.

Forbes warf einen Blick über das Gelände, das zu dieser Jahreszeit noch recht öde und verwahrlost wirkte. Die dürren Strünke des Rosenkohls machten den letzten Weißkrautköpfen Konkurrenz, stellenweise waren jedoch bereits Beete umgegraben, und ganz am anderen Ende sah man noch andere Männer bei der Arbeit.

»Wie kommt man an so was?« fragte Forbes.

»Man schreibt an die Gartenbauverwaltung im Rathaus. Das Land gehört der Gemeinde. Sie verpachtet es.«

»Und was kostet das? Wenn die Frage erlaubt ist.«

»Dreißig Shilling pro Jahr, wenn sie die Gebühren nicht erhöht haben. Es wird ja alles teurer.«

»Das wäre erschwinglich. Gibt es eine Warteliste?«

»Nicht, daß ich wüßte. Die Parzelle neben der meinen ist frei, das weiß ich sicher. Bisher wurde sie von einem pensionierten Eisenbahner bewirtschaftet. Der Mann war ein tüchtiger Gärtner, aber er ist vergangenen Herbst gestorben, daher das viele Unkraut.«

»Wenn das so ist, wäre ich interessiert. Ich habe zwar einen Garten, aber für Gemüse ist er nicht groß genug.«

»Sind Sie Familienvater?«

»Sozusagen. Ich lebe mit meiner Schwester und einer jungen Cousine zusammen. Bei zwei Frauen muß man gelegentlich an die frische Luft.«

Robert lachte. Forbes hatte ihn nicht gefragt, ob auch er Familie habe, und er wollte ihm die Information nicht aufdrängen. Sein einziger Wunsch war, daß diese freundliche Seele noch bei ihm blieb. Da er sich nicht erinnern konnte, den Mann je gesehen zu haben, frage er: »Sind Sie fremd hier?«

»Hm, eben erst aus den Midlands runter-, oder sagt man besser, raufgezogen? Habe ein Haus in der Raphael Avenue gekauft, das ist ganz in der Nähe.«

»Da sind wir ja fast Nachbarn. Ich wohne in der Rubens Road. Wie gefällt's Ihnen da?«

Forbes zuckte die Achseln. »Ach, nicht schlecht. Meinen Sie das Haus oder die ganze Gegend?«

»Wahrscheinlich beides.«

»So lala. Das Haus ist nicht übel, aber ich wäre gern mehr im Zentrum. Ich habe geschäftlich oft in der City zu tun.«

Robert Cave sah sich seinen neuen Bekannten näher an, und weil er ein versponnener Romantiker war, malte er sich prompt die phantastischen Möglichkeiten aus, die sich aus einer Freundschaft mit ihm ergeben könnten. Der letzte Satz hatte genügt, um ein ganzes Bündel Hoffnungen zu wecken, auf eine neue Stellung, auf Beteiligung an Geschäften, auf eine Karriere in der schemenhaften Welt der Hochfinanz. Ja, der Mann trug saloppe, aber hochwertige Kleidung und eine teure Armbanduhr. Und er kam aus den Midlands – genau die richtige Gegend für handfesten, soliden Wohlstand. Daß so jemand das Bedürfnis haben sollte, in einem Schrebergarten im Dreck zu wühlen, fand er nicht weiter verwunderlich. Wie um seine stumme Frage zu beantworten, stellte der andere sich vor:

»Mein Name ist Forbes. John Trewen Forbes.«

»Und ich heiße Cave.« Robert zuckte ein wenig zusammen, als er seinen Namen nannte, denn er fürchtete, Forbes könnte ihn bereits von anderswoher kennen.

Doch sein neuer Freund grinste nur und sagte:

»Freut mich, Sie kennenzulernen, Nachbar. Es dauert immer eine ganze Weile, bis man sich in einer neuen Umgebung eingelebt hat, aber manche Leute sind einem eben auf Anhieb sympathisch. Ich überlege gerade... Sie sind doch fast fertig? Wie wär's mit einem Schluck?«

»Den Rest kann ich auch ein andermal erledigen. Aber ich bin völlig verdreckt. Ich müßte zuerst nach Hause. Warm- und Kaltwasser gibt's hier nämlich nicht.«

»Kein Problem. Mal sehen...« Forbes warf einen Blick auf seine schöne Uhr. »Um zwölf macht sie auf. Was halten Sie davon, wenn wir uns in einer halben Stunde in der Kneipe treffen?«

Cave zögerte, weil er sich an seine jüngsten Erfahrungen im *Grapes* erinnerte. Die Trinkstube in der Siedlung besuchte er sonst nie, trotzdem hatte er Bedenken. Wenn ihn irgendein Wichtigtuer erkannte, konnte er in eine peinliche Situation kommen.

»Ich hab' den Wagen hier...«, sagte er. »Wir könnten rausfahren in ein besseres Lokal. Hier gibt es nichts Besonderes.«

»Einverstanden. Nein, ich habe eine andere Idee. Sie fahren nach Hause und waschen sich – wenn Sie wollen, nehmen Sie mich mit, und dann kommen Sie rüber zu mir. Whisky ist genug im Haus, oder auch Bier, falls Ihnen das lieber ist.«

»Sehr freundlich von Ihnen, aber was ist mit Ihrer holden Weiblichkeit?«

»Ach, sie sind nicht so schlimm, wie ich vorhin getan habe. Außerdem haben sie sicher in der Küche zu tun. Es gibt Hühnchen mit allem, was dazugehört. Zerbrechen Sie sich darüber nicht den Kopf. Nun los, Mann.«

Robert ließ sich nur zu gerne überreden. »Nun ja, wenn Sie meinen...«

»Aber natürlich.«

»Ich stelle nur noch schnell die restlichen Kartoffeln in den Schuppen. Sie gehen am besten außen an den Gärten entlang. Der Wagen steht am anderen Ende.«

In dem Robert Cave, der sich an der Tür des Hauses mit Namen ›Kilmorin‹ einfand, hätte niemand mehr die Jammergestalt aus dem Schrebergarten erkannt. Er hatte sich gekämmt, das Hemd gewechselt, seine beste Krawatte umgebunden und seine Schuhe geputzt. Aber die Veränderung ging noch tiefer. Man hätte ihn mit einem keineswegs reinrassigen Köter vergleichen können, der immer nur getreten und geschlagen worden war, weil er sich einmal danebenbenommen hatte, während ihn nun auf einmal jemand streichelte und ihm Komplimente wegen seines Stammbaums machte. Das Haus unterschied sich nicht allzu sehr von seinem eigenen, aber es war frisch tapeziert und nagelneu möbliert, denn um möglichst ohne Aufsehen übersiedeln zu können, hatte Forbes seine alte Einrichtung komplett an den Nachmieter verkauft. Die neuen Möbel waren protzig und glänzten, daß man sich darin spiegeln konnte. Man hatte eben die ersten Raten bezahlt. Zugegeben, Miss Laura Forbes reichte bei weitem nicht an ihren Bruder heran. Cave hatte den Verdacht, daß sie ein rechter Drache sein konnte, wenn sie wollte, doch als sie bei seinem Anblick die Zähne zeigte, war das keine Drohung, sondern eine freundliche Begrüßung. Und dann war da noch Lucy, die junge Cousine; sie war scheu und hatte eine sanfte Stimme – so war sein erster Eindruck. Aber niemand konnte bestreiten, daß sie wunderschönes Haar hatte, schimmernd wie glatte Baumrinde im Sonnenlicht.

Cave war nicht an harte Getränke gewöhnt, und sein Gastgeber schenkte großzügig ein. Robert spürte, wie ihm der Whisky die Zunge löste, wie er geistreiche Bemerkungen von sich gab, ohne dabei unvorsichtig zu werden. Es setzte ihn selbst in Erstaunen, wie geschickt er jede Äußerung über seine Arbeit, seine Frau oder seinen schlechten Ruf vermied. Mühelos glitt er dahin, angetrieben von der Kraft seiner Persönlichkeit, die nur ins rechte Licht gerückt zu werden brauchte, um Bewunderung zu erregen. So war er nicht überrascht, als man ihn aufforderte, zum Lunch zu bleiben. Aus der Küche drangen köstliche Düfte; er dachte an den kalten Braten, zu Hause und nahm die Einladung gern an. Als er in seiner neuen Rolle als geschätzter Gast neben Lucy Platz nahm, begann er sie – sehr routiniert, wie ihm schien – aus der Reserve zu locken. Bald hatte er sie zum Lächeln gebracht, zum Lachen, zum Erröten. Lucy hatte lange genug darunter gelitten, daß Laura verstockt schwieg, wenn sie mit ihr allein war, ihre Cousine aber gekonnt von der Unterhaltung ausschloß, sobald John zu ihnen stieß, und daher brauchte es nicht viel, um sie zufrieden und glücklich zu machen. Nun stand sie einmal im Mittelpunkt; in Gegenwart dieses Fremden, der sich offenbar für sie interessierte, schien sich die Spannung zwischen ihr und Laura zu lösen, und auch Cousin Johns leutselige Art wirkte nicht mehr ganz so gekünstelt.

›Sie ist ja richtig hübsch‹, dachte Robert, als das zarte Gesichtchen zu strahlen und die nachdenklichen Augen zu funkeln begannen. ›Das Mädchen ist eine ausgesprochene Schönheit.‹ Und in seinem Glückstaumel – zum Huhn gab es eine Flasche Wein, und der war ihm zu Kopf gestiegen – nahm er ihre Unschuld einfach als festen Bestandteil dieses unverhofften Festtags hin. Irgendwann erreichte er ein Stadium, in dem er Joyce, Katie und sogar Midge zeitweilig vergaß und sich ganz und gar in den erfolgreichen Kavalier verwandelte, dessen einziges Ziel es war, ein entzückendes, junges Mädchen zu unterhalten. Und als sie ihm von dem Jahrmarkt erzählte, der immer an öffentlichen Feiertagen in ihrem Dorf stattgefunden hatte, gab es nichts Natürlicheres, als zu sagen: »So etwas gibt es auch hier bei uns im Park. Wenn Sie Lust haben, können wir gern hingehen.« Der scharfe Blick, den die beiden Forbes wechselten, holte ihn wieder auf den Boden der Tatsachen zurück.

»Aber vielleicht… vielleicht…«, stammelte er und sah Laura an.

»Warum eigentlich nicht?« sagte sie nach kurzem Zögern. »Was meinst du, John?« wandte sie sich an ihren Bruder.

»Wenn unser Freund seine kostbare Zeit opfern will, um mit Lucy auszugehen, wüßte ich nicht, was dagegen spräche. Hauptsache, ich brauche nicht mitzukommen. Ich konnte den Schaukeln und Karussells noch nie etwas abgewinnen.«

»Dann liegt die Entscheidung bei Lucy«, sagte Robert und sah das Mädchen an.

»Ja, sicher. Ich möchte natürlich gern.«

»Abgemacht.«

Ehe er ging, vereinbarte man, daß er Lucy am Montag um sechs abholen sollte. Damit waren alle zufriedengestellt.

Die Hochstimmung hielt an, während er zu Tante Em fuhr, um seine Familie abzuholen, obwohl er dank etlicher Tassen Tee die Welt nicht mehr durch eine rosarote Brille betrachtete. Trotzdem sah er keinen Anlaß, sein Versprechen an Lucy Trewen nicht einzuhalten. Schließlich war sie fast noch ein Kind. Allerdings hatte er nicht die Absicht, Katie mitzunehmen.

Am Ziel angekommen, machte er keine Anstalten, das Haus zu betreten, sondern blieb im Wagen sitzen und drückte auf die Hupe. Endlich sah er zu seiner Freude, wie seine Tochter die Tüllgardinen anhob, und zog daraus den durchaus richtigen Schluß, daß sie am Fenster gesessen und auf ihn gewartet hatte.

Sobald Katie auf den Rücksitz kletterte und seine Frau den Platz an seiner Seite einnahm, senkte sich das wirkliche Leben bleischwer auf ihn herab.

»Nun, wie hat es euch gefallen?« fragte er matt, als habe er sich eben seiner Pflichten wieder erinnert.

»Es war *scheußlich*«, sagte Katie.

»Karfreitag ist kein Tag, an dem man sich amüsiert«, mahnte ihre Mutter streng. »Und was hast du angestellt, Robert?«

»Was kann man in einem Schrebergarten schon anstellen?« entgegnete er. »Am besten fragst du die Kartoffeln.«

Katie fing an zu kichern, hielt aber unvermittelt inne, als sei ihr die Szene beim Frühstück wieder eingefallen.

»Das schlimmste ist, daß wir am Montag schon wieder hinfahren müssen«, sagte sie nüchtern. »Aber dann gibt es wenigstens die Eier. Tante Em hat mir meines ganz kurz gezeigt, als Onkel Joe gerade nicht aufgepaßt hat. Es ist riesengroß mit Veilchen drauf, die man essen kann. Wahrscheinlich kommt es aus dem Laden.«

»Dann bringe ich euch morgens hin«, sagte Robert, »aber abends müßt ihr mit dem Bus zurückfahren. Ich habe eine Verabredung.«

Einen Moment lang sah es so aus, als würde sich Joyce auf eine Auseinandersetzung einlassen. Aber vielleicht hatte sie der Tag ebenso zermürbt wie Katie. Jedenfalls sagte sie nichts.

»Darf ich noch zu Mrs. Franks, wenn wir nach Hause kommen?« fragte Katie hoffnungsvoll.

»Ja«, »Nein«, antworteten ihre Eltern gleichzeitig.

6

Am Ostermontag wurde Robert seine innere Unruhe den ganzen Tag über nicht los. Am Sonntag hatte es stark geregnet, und er war darüber froh gewesen, denn so blieb ihm ein Spaziergang mit Joyce und Katie erspart. Er hatte schreckliche Angst davor, jemandem von den Forbes zu begegnen, während er mit Frau und Kind unterwegs war. Das Verschweigen seiner Identität, auf das er anfangs so stolz gewesen war, erfüllte ihn nun mit Abscheu, hinter dem sich freilich mehr Angst vor Entdeckung als ehrliche Reue verbarg. Joyce hatte sich widerwillig bereit erklärt, am Abend mit dem Bus nach Hause zu fahren, aber er spürte ihren harten, mißtrauischen Blick. Sie war überzeugt davon, daß er etwas im Schilde führte, doch diesmal stieß sie bei ihm auf eine verbissene Entschlossenheit, gegen die nicht anzukommen war. Während er durch das leere Haus wanderte, kreisten seine Gedanken immer wieder um Midge, aber mehr um sein Verhältnis zu ihr als um ihr klägliches Ende. Im Rückblick sah er nur eine von Anfang an billige, schmutzige Affäre. Er vergaß ihre Vitalität und ihre Wärme, die er bislang immer als Entschuldigung angeführt hatte. Nun konnte er nicht mehr begreifen, wie er sich jemals mit ihr hatte einlassen können. Natürlich war alles ihre Schuld; sie hatte es darauf angelegt, ihn einzufangen. Um sechs Uhr war er ein reines Nervenbündel. Er schnitt sich beim Rasieren, und die kaum sichtbare Wunde hörte nicht auf zu bluten, soviel er auch daran herumtupfte. Auf seinem Kragen erschien ein winziger Fleck, und er hatte sonst kein sauberes Hemd mehr. Das kleine Mißgeschick brachte ihn so sehr außer Fassung, daß er gute Lust hatte, alles abzublasen, aber ihm war klar, daß er anstandshalber trotzdem das Haus ›Kilmorin‹ aufsuchen und sich entschuldigen mußte. Kaum war er dort, da stellte sich auch das seltsame Gefühl wieder ein, in dieser Umgebung ein anderer Mensch zu sein. Es war alles gut. Nichts war geschehen, was seine neuen Freunde bewogen hätte, ihre Meinung über ihn zu ändern. Sie waren so gastfreundlich wie eh und je. Nach zwei Gläsern südafrikanischen Sherrys konnt er es kaum mehr erwarten, sich ins Vergnügen zu stürzen. Lucy hatte bereits ihren Mantel an. Um den Hals hatte sie ein buntes Seidentuch gebunden, und die Vorfreude blitzte aus ihren Augen. Sie war reizend, strahlte jenen besonderen Liebreiz aus, der ans Herz rührt, weil er von innen kommt.

Bruder und Schwester begleiteten die beiden zur Tür.

»Aber bringen Sie sie nicht zu spät nach Hause, mein Junge«, warnte Forbes scherzhaft. »Sie braucht ihren Schönheitsschlaf.«

»Wir machen uns keine Sorgen. Bei Ihnen wissen wir sie ja in guten Händen«, fügte Laura hinzu. Was für vieldeutige Worte! Hatte Lauras Unterbewußtsein ihr diesen ironischen Abschiedsgruß eingegeben, um ihr Bemühen um eine versöhnliche Atmosphäre zu durchkreuzen?

Die beiden Betroffenen ahnten nichts Böses. In schönster Eintracht gingen sie unbeschwert die Straße hinunter und schwatzten munter drauflos. Da sie viel jünger war als er, hatte er sie von vorneherein mit ›Lucy‹ angesprochen; nun nannte sie ihn ›Robert‹, als sei das schon immer so gewesen.

Wachtmeister Mellow verließ das Polizeirevier von Eastwood, um, freilich mit sehr viel weniger Begeisterung, dasselbe Ziel anzusteuern. Da man bei der örtlichen Polizei anderweitig ausreichend beschäftigt war, hatte man sich angewöhnt, den alljährlichen Osterrummel sich selbst zu überlassen. Kleinere Reibereien zwischen Schaubudenbesitzern und ihren Kunden wurden normalerweise direkt zwischen den gegnerischen Parteien ausgetragen, und wie bei einem Ehekrach pflegte der Zorn ohne Einmischung von außen am schnellsten zu verrauchen. Diesmal war jedoch durchgesickert, daß ausgerechnet an diesem Abend die *Rippers*, eine Bande von Halbstarken aus Eastwood, die überall Streit suchten und oft auch fanden, den Jahrmarkt mit ihrem Besuch beehren wollten. Der Name der Bande hatte übrigens nichts mit dem berüchtigten Jack zu tun, sondern ging auf den Vater des Anführers zurück, der seinen Sohn gern als *young rip*, jungen Rüpel, bezeichnete. Bei einigen Bandenmitgliedern vermutete man zwar Messer, doch im allgemeinen benützten die *Rippers* als Waffe, was ihnen gerade in die Finger kam, und das konnte alles sein, vom abgebrochenen Flaschenhals bis zum Stuhlbein. Sie konnten rabiat werden, aber die Leute vom Jahrmarkt standen ihnen in nichts nach, und deshalb war Mellow von Sergeant Duff beauftragt worden, die Rechte aller friedlichen Bürger zu verteidigen, die vielleicht zwischen die feindlichen Lager gerieten. Wenn nichts passierte, hatte Duff gesagt, dann solle er eben Ausschau nach Taschendieben halten, doch diesen Befehl gedachte der Wachtmeister zu ignorieren. Immerhin war Feiertag, nicht wahr? Er würde seine Pflicht tun, aber darüber hinaus keinen Finger krumm machen.

Gewaltanwendung, ja; einfacher Diebstahl, nein. Er war Kriminalbeamter in Zivil und fand eigentlich die uniformierte Polizei geeigneter für solche Einsätze, denn dort war man wenigstens mit einem Knüppel bewaffnet, während sich Mellow mit einer Trillerpfeife begnügen mußte. Falls es tatsächlich Probleme gab, so würde er nicht viel mehr tun können, als hineinzublasen. Aber der Veranstalter des Jahrmarkts hielt nichts davon, wenn ein Bulle zwischen den Besuchern herumstolzierte, und Mellow mußte gerechterweise zugeben, daß er in Zivil weniger gefährdet war. Wenn er erst einmal in der Menge untertauchen konnte, würde sich seine Stimmung schon bessern. Vielleicht lief ihm sogar das eine oder andere Vögelchen über den Weg, das man nach Dienstschluß weiter beobachten konnte. Kriminalwachtmeister Mellow war noch ledig und so jung, daß sich sein ornithologisches Interesse auf die Spezies *puella nubilis* beschränkte.

Der Jahrmarkt fand auf einer verwilderten Grünfläche hinter dem *Bunch of Grapes* statt, einem Grundstück, das ebenfalls der geplanten Umgehungsstraße zum Opfer fallen sollte. Seit der Zeit der Petroleumfackeln war dieses Volksfest Tradition und kehrte Jahr für Jahr unter wechselnder Leitung wieder, aber mit der alten, ohnehin recht vulgären Herrlichkeit war es längst vorbei, alles wirkte heruntergekommen und schäbig. Aus den Lautsprechern am Hauptkarussell gellte die Musik so laut, daß kein Fehler zu überhören war. Die drehbaren Gondeln schrien nach einem neuen Anstrich. Die Schaukeln wirkten gefährlich, nicht etwa, weil man sie so entworfen hatte, sondern aus purer Altersschwäche. Die alten, originellen Schaustellerbuden mit ihren Spielen zur Erprobung von Kraft und Geschicklichkeit, bei denen es nicht immer ganz mit rechten Dingen zuging, hatten unschönen Spielautomaten und Glückshäfen weichen müssen. Die Zuckerwatte hatte die kandierten Früchte und die Pfefferminzbonbons verdrängt. Und auch die Schausteller selbst fielen ab gegen ihre Vorgänger von einst, der Dreck war zwar noch der gleiche, aber die *joie de vivre* war ihnen abhanden gekommen. Sie hausten in Wohnwagen, aber sie waren keine Zigeuner. Gesindel waren sie, Abschaum aus der Gosse, und ihren typischen Gaunereien fehlte der Pfiff. Doch das Auge sieht nur, was es sich erwartet – oder erhofft. Wenn dieser jämmerliche Abklatsch eines Jahrmarkts für Lucy Trewen auch nur eine geringe Ähnlichkeit mit ihren Kindheitserinnerungen an das Dorf in den Midlands hatte, so war dies die Erklärung. Doch nicht einmal sie konnte übersehen, wie anders das Publikum hier war. Denn anstelle des naiven, aber ehrlichen Landvolks zog dieser Rummel nur den Bodensatz der Bevölkerung an, die hageren, jungen Schakale, die sich den Vorort mittlerweile mit seinen ursprünglichen Bewohnern, den ehrbaren Bürgern aus der Mittelschicht, teilten. Auch von diesen hatten sich etliche eingefunden, denn ein Jahrmarktbesuch am Ostermontag war alter Brauch. Die Kinder hatten ihre Eltern so lange bestürmt, bis diese sich erweichen ließen und sie mitnahmen. Kleine Angestellte wollten sich mit ihren Freundinnen amüsieren. Es war ein schöner Abend, und die Schulter an Schulter vorwärtsstrebende Menge verbreitete eine fröhliche Stimmung, die zu dem, was geboten wurde, in keinem Verhältnis stand. Mellow entdeckte Lucy und ihren Begleiter zum ersten Mal auf dem Karussell. Hübsche Mädchen zogen seinen Blick stets magisch an. Lucy ritt lachend auf einem Pferd und hielt sich an der geschnitzten Mähne fest. Dann stieg das auf einer Spiralfeder befestigte Tier in die Höhe, und als es wieder herunterkam, sah Mellow, daß Cave auf der

Kruppe saß und den Arm um die Taille des Mädchens gelegt hatte. Der Wachtmeister war nebst einigen anderen von Sergeant Duff beauftragt worden, auf Cave zu achten. Aber er hätte nie damit gerechnet, ihn ausgerechnet hier anzutreffen, und bisher hatte er die Anweisung auch nicht sonderlich ernst genommen. Solange man nicht ausdrücklich dazu abkommandiert war, einen Verdächtigen zu beschatten, waren die Chancen, ihn in einer belastenden Situation zu erwischen, kaum größer als für einen Hauptgewinn im Lotto. Doch da saß Cave und schien sich mit dem neuen Mädchen bestens zu verstehen. Mellow fand das Paar viel interessanter als die *Rippers*, die er zum letzten Mal gesehen hatte, als sie der jungen Frau an der Hamburger-Bude schöne Augen machten und mit ihr schäkerten. Das war ein Flittchen, wie es im Buche stand, vergleichbar mit Midge Turner, ehe die sich Cave als festen Freund erkoren hatte, falls man einen verheirateten Mann überhaupt so bezeichnen konnte. Das Mädchen – in Gedanken beschrieb Wachtmeister Mellow sie als ›Dame‹ –, das Cave jetzt bei sich hatte, war da ganz anders. Einer Maid in Bedrängnis hatte Mellow noch nie widerstehen können. Wenn er einen Mörder oder einen potentiellen Mörder – er mußte Cave ja erst einmal auf frischer Tat ertappen, wobei die Gefahr für das Mädchen nicht zu groß werden durfte – schnappen könnte, hätte er seine Beförderung bereits in der Tasche. Gesehen hatte er die Kleine noch nie, aber das überraschte ihn nicht weiter. Welches Frauenzimmer aus Eastwood hätte sich schon zu einem Mann aufs Karussellpferd gesetzt, der nur aus Mangel an Beweisen einer Anklage wegen Mordes entgangen war?

Von nun an folgte der Wachtmeister den beiden auf Schritt und Tritt, er blieb unauffällig im Hintergrund, ließ sie aber nie, niemals aus den Augen. Während er vor dem Zelt einer Wahrsagerin stand und darauf wartete, daß Lucy herauskam, überlegte er, ob er wohl allein mit Cave fertigwerden konnte, falls es zur Kraftprobe kam. Immerhin war der Kerl nur ein Büroangestellter und nicht besonders gut in Form. Seine Kräfte mochten ausreichen, um ein Mädchen in einen Kanal zu stoßen, aber zu mehr wohl auch nicht. Als die beiden in einem Teufelsding namens *Be-Bop* auf und ab rasten, verrenkte sich Mellow fast den Hals, um sie nur ja nicht zu verlieren. Welcher Inspektor hatte diese Erfindung wohl als technisch einwandfrei durchgehen lassen? Während er sie beobachtete, wie sie mit Tischtennisbällen auf Goldfischgläser zielten, kam er zu der Überzeugung, daß das Mädchen in Cave verliebt war. Er brauchte also erst gar nicht zu versuchen, sie zu warnen, selbst wenn Cave sie einen Moment lang allein lassen sollte. Was könnte er auch sagen? Es gab kein Gesetz, das dem Mann verboten hätte, mit einer Freundin auf den Rummel zu gehen. Nein, er mußte ihnen weiterhin auf der Spur bleiben, und das nahm er sich fest vor, komme, was da wolle.

Leider hatte er diesen Entschluß kaum gefaßt, als ihm das Schicksal auch schon einen Strich durch die Rechnung machte. Die *Rippers*, die er eigentlich bewachen sollte, hatten das gesamte Angebot an erlaubten Belustigungen ausgeschöpft – es war nicht allzu üppig, wie man gerechterweise zugeben mußte – und schickten sich nun an, sich auf ihre ganz spezielle Art zu amüsieren. Als Zielscheibe wählten sie sich einen pfiffigen Jungen mit scharfen Zügen, der die Aufsicht über einen der Spieltische hatte. Dann brachen sie einen Streit darüber vom Zaun, ob ein bestimmter Penny noch auf der Linie oder bereits in einem der Quadrate liege, wo er einem von ihnen einen Sixpence eingebracht hätte. Der Junge hatte wie gewohnt blitzschnell alle Münzen eingesammelt, in der Hoffnung, sich auf diese Weise in Zweifelsfällen um die Auszahlung drücken zu können, doch nun trennte er sich um des lieben Friedens willen lobenswert rasch von einem Sixpence. Das rettete ihn jedoch nicht. Kaum hatte er erkannt, was der Ring erwartungsvoller Gesichter um ihn herum zu bedeuten hatte, da ging auch schon alles drunter und drüber. Sein Tisch, den man zum Transport zerlegen konnte, löste sich vor seinen Augen in seine Bestandteile auf. Das Schutzgitter wurde abgerissen, die Münzrutschen verwandelten sich in den Händen seiner Feinde in Waffen. Er stieß einen Schrei aus, und als die *Rippers* sich auf ihn stürzten, die Schubladen mit dem Geld in die Luft warfen und einen Regen von Pennies auf die Füße aller Umstehenden niederprasseln ließen, eilten ihm der Besitzer und ein paar benachbarte Schausteller zu Hilfe. Die echten Zuschauer ergriffen die Flucht, um nicht zwischen den gegnerischen Fronten eingekeilt zu werden. Ein Kind kreischte schrill, und Wachtmeister Mellow vergaß seine Vorsätze und stürmte zum Kriegsschauplatz. Während er einen *Ripper* mit einer Hand am Mantelkragen festhielt und einem anderen mit dem Fuß gegen das Schienbein trat, versuchte er in seine Trillerpfeife zu blasen. Der schwache Pfiff hatte keine Chance gegen das Geschmetter der Karussellmusik, aber ein Kassierer rutschte von einem der kreisenden Ungetüme und strebte auf die Telefonzelle vor dem *Grapes* zu.

Robert Cave griff nach Lucys Hand und zerrte sie weg von dem Handgemenge, das immer weitere Kreise zog. Er fühlte sich nicht nur für ihre Sicherheit verantwortlich, sondern hatte auch kein Verlangen danach, schon wieder mit der Polizei aneinanderzugeraten. Sie sollte ihn in Ruhe lassen, er würde es genauso halten. Da der Weg zum Ausgang durch den Menschenauflauf versperrt war, führte er sie in die entgegengesetzte Richtung. Sie machten einen Bogen um die schmuddeligen Wohnwagen, kletterten über ein mit einem Vorhängeschloß gesichertes Tor und standen schließlich ganz außer Atem auf dem Kiesweg hinter dem *Grapes*. Robert wischte sich den Schmutz von seiner Hose und stellte dabei erstaunt fest, daß ihm die Knie zitterten.

»Damit hat der Spaß wohl ein Ende«, bemerkte er enttäuscht.

»Was war denn los?«

»Ach, ein Streit zwischen den Leuten vom Jahrmarkt und unseren hiesigen Halbstarken. Gut, daß wir draußen sind. Alles in Ordnung mit Ihnen?«

»Ja, natürlich.«

»Dann bleibt uns wohl nichts anderes übrig, als uns auf den Heimweg zu machen.«

»Noch nicht nach Hause. Die rechnen doch noch gar nicht mit uns.« Das kam ganz spontan.

»Aber was dann?«

»Es ist eine so wunderbare Nacht. Könnten wir nicht

einen Spaziergang machen? Am Kanal führt doch ein Pfad entlang?«

»Nein!« wehrte er heftig ab. »Nicht dorthin.« Der Vorschlag war ein Schock für ihn, und obwohl er sich eisern zusammennahm, überlief ihn ein Schauder.

»Ist Ihnen kalt?«

»Nein. Ja, ein wenig vielleicht.«

»Könnten wir nicht irgendwo etwas trinken?«

Er wollte sich mit ihr auf keinen Fall im *Grapes* sehen lassen, deshalb sagte er streng: »Ein Mädchen wie sie hat in einem Pub nichts verloren.«

»Ich dachte auch nicht an ein Pub. Ist denn hier nirgends ein Café zu finden?«

»An der Kreuzung gibt es eine Cafeteria, wenn Sie so weit laufen können. Etwa zehn Minuten von hier. Es ist nichts Besonderes, hat aber mit Sicherheit geöffnet. Ich glaube, die schließen nie.«

»Das wäre schön. Ich könnte eine Tasse Kaffee vertragen.«

»Schlechte Gesellschaft. Liebespärchen.«

»Das stört mich nicht.«

Sie machten sich auf den Weg. Robert schwieg. Sein Gewissen machte ihm schwer zu schaffen. Die Straße war schlecht beleuchtet und voller Unebenheiten. Vertrauensvoll schob sie ihren Arm unter den seinen und gab ihm damit noch mehr das Gefühl, ein Schuft zu sein.

In der Cafeteria war es schummrig, der Gäste wegen, die verzückt in den Nischen saßen und der Musik aus der Jukebox lauschten. Obwohl nur wenige rauchten, war die Luft schlecht. Niemand nahm Notiz von Lucy und Robert, alle waren zu sehr mit sich selbst beschäftigt. Als die beiden in ihrer Nische saßen und an dem unter einer Schaumschicht versteckten, bitteren Zeug aus der Espressomaschine nippten, wurde es Lucy zu warm, und sie zog ihren Mantel aus. Damit versetzte sie Robert an diesem Abend den zweiten Schock. Denn an der Passe ihres Kleides steckte eine billige, aber recht ansprechende Uhrenbrosche aus Golddoublé. Genau die gleiche Uhr hatte er Midge geschenkt. Man hatte sie in ihrer Plastikhandtasche gefunden, das Bad im Kanal schien ihr nicht viel ausgemacht zu haben. Er hatte schon abstreiten wollen, daß sie von ihm stammte, doch dann hatte er gefürchtet, die Polizei würde den Kauf zurückverfolgen, und so hatte er es zugegeben. Beim Anblick dieser identischen Uhr – natürlich handelte es sich um ein Serienprodukt – wurde ihm regelrecht übel.

»Wo haben Sie die her?« fragte er schroff.

»Die Uhr? Oh, die lag heute morgen in meinem Osterei. Cousin John hat sie mir geschenkt. Warum? Gefällt sie Ihnen nicht?«

»Nein. Das ist billiger Ramsch.«

Sie nestelte an der Brosche. »Dann nehme ich sie ab und stecke sie in meine Handtasche.«

»Nein. Lassen Sie.«

Man konnte ihm wirklich nichts recht machen. Sie nahm an, er sei immer noch verstört, weil sie die Rauferei auf dem Jahrmarkt miterlebt hatte. Lächerlich, diese Empfindsamkeit, doch irgendwie auch sehr schmeichelhaft.

»Leben Sie gern hier?« fragte sie sanft, in der Hoffnung, ihn auf andere Gedanken zu bringen.

»Ich mache mir wenig Gedanken darüber«, antwortete er durchaus wahrheitsgemäß.

»Sie wohnen doch nicht etwa ganz allein in einem so großen Haus?«

Ein rascher Atemzug, dann beschloß er, ihr reinen Wein einzuschenken.

»Ich lebe mit meiner Familie zusammen.«

»Ich würde Ihre Mutter und Ihren Vater sehr gern kennenlernen«, sagte sie nach einer Pause.

Roberts Eltern waren im letzten Krieg von einer Fliegerbombe getötet worden. Doch jetzt hatte ihn der Mut verlassen. Er brachte es nicht über sich, zu sagen: ›Mit meiner Familie meine ich meine Frau und mein Kind.‹ Statt dessen fragte er:

»Leben Sie gern bei Ihren Verwandten?«

»Nicht so gern, wie ich erwartet hätte«, gab sie unumwunden zu. »Sie sind sehr nett zu mir, aber ich fühle mich wie das fünfte Rad am Wagen. Sie wären wohl lieber unter sich. Ich glaube, ich kaufe mir wieder eine Farm.«

Er war sprachlos. Mit dem Kauf von Farmen hatte er sich noch nie befaßt.

»Aber Lucy, eine Farm kostet eine Unmenge Geld!«

»Ja, ich weiß, aber als ich die Farm meines Vaters verkaufte, habe ich den Erlös auf die hohe Kante gelegt. Damals wußte ich nämlich nicht so recht, was ich wollte. Ich würde kein so großes Anwesen mehr kaufen, aber auch die kleinste Farm braucht einen Mann an der Spitze.«

»Sie denken an John Forbes?«

»Oh, nein. Er würde es auf einer Farm keine Woche aushalten.«

»Sie brauchen jemanden, der mit der Landwirtschaft groß geworden ist?«

»Ja, als Verwalter schon. Aber es hängt auch viel Geschäftliches dran; ganz oben sollte jemand sitzen, der mit Zahlen umgehen kann. Und den die Leute respektieren.«

»Da werden Sie aber lange suchen müssen.«

»Das glaube ich nicht. Ich glaube, ich habe den richtigen Mann schon gefunden«, sagte sie schlicht und legte ihm für einen Moment leicht die Hand auf den Arm.

Ihm wurde ganz flau. »Wir sollten jetzt gehen«, mahnte er. »Wir haben ein gutes Stück zu laufen, und ich möchte nicht, daß Ihre Leute sich Sorgen machen.« Er bezahlte den Kaffee und half ihr in den Mantel. Sie schien es nicht eilig zu haben. Wie alle Verliebten wünschte sie verzweifelt, den unerbittlichen Strom der Zeit aufzuhalten. War doch für sie die Spanne besonders kurz bemessen, auch wenn sie es nicht ahnte.

Wachtmeister Mellow stand in einer Telefonzelle und beendete soeben seinen Bericht. »Da verlor ich sie aus den Augen«, sagte er, »und als ich wieder Zeit fand, mich umzusehen, waren sie verschwunden.«

Nun war die andere Seite an der Reihe, und der Wachtmeister mußte einen erregten Wortschwall über sich ergehen lassen, in den er sich, wann immer er Gelegenheit dazu fand, mit einem ›Jawohl, Sir‹ oder ›Nein, Sir‹ einschaltete, während er gleichzeitig Grimassen schnitt, um seinen eigenen Gefühlen Luft zu machen. Endlich schwieg die Stimme, und Mellow legte mit einem letzten ›Jawohl, Sir‹ den Hörer auf.

»Irgendwann«, murmelte er, als er die Zelle verließ, »kommt's noch so weit, daß man sich zweiteilen muß, wenn man Polizist werden will.«

Sergeant Duff, mit dem er gesprochen hatte, ließ sich gerade eine Adresse geben. »Sie machen, daß Sie hier wegkommen«, befahl er einem der Motorradfahrer und erteilte ihm noch einige Anweisungen. »Mellow habe ich zu Caves Haus geschickt. Wenn wir schon nicht wissen, wo er ist, können wir wenigstens feststellen, wo er nicht ist. Falls heute nacht etwas passiert, hat er diesmal jedenfalls kein Alibi.«

Kurz nach elf lieferte Robert Cave Lucy Trewen bei ihren Verwandten ab. Laura Forbes war schon schlafen gegangen, aber John Trewen Forbes saß in Hemdsärmeln vor dem Heizofen und las einen Krimi.

Er schien nicht unbedingt erfreut, sie zu sehen, und Robert fürchtete schon, sie seien vielleicht zu spät nach Hause gekommen. John Forbes schickte Lucy nach oben, bat aber Robert noch auf einen Schlaftrunk herein.

»Ich bleibe nur ein paar Minuten«, versprach Robert. Er hatte das Gefühl, einen Whisky vertragen zu können. Mit einem Mal war ihm das ganze Leben zu kompliziert geworden – er wußte nicht, wie er damit zurechtkommen sollte. Sehr bald mußte er mit John Forbes ein offenes Wort reden, dachte er, und wenn der ihn nicht sofort hinauswarf, konnte er ihm vielleicht sogar einen Rat geben. Aber für ein solches Gespräch war es an diesem Abend zu spät, außerdem war er nicht mehr klar genug im Kopf.

Auch war ihm die Erfahrung, mit einem Mann, der ihn als Freund akzeptierte, zusammenzusitzen und vor dem Schlafengehen noch einen Schluck Whisky zu trinken, zu wichtig, als daß er darauf hätte verzichten mögen, selbst wenn ihn das um so mehr verpflichtete, schnellstens für Klarheit zu sorgen. Den beiden Männern ging der Gesprächsstoff aus, sie erhoben sich.

»Hören Sie«, sagte Cave. »Ich würde mich morgen abend gern allein mit Ihnen treffen – aber nicht hier, wenn's geht. Ich möchte etwas mit Ihnen besprechen.«

»Sicher«, sagte John Trewen Forbes. »Warum gehen wir nicht – wie heißt das Lokal doch noch? Ins *Grapes*. Zwischen neun und halb zehn.«

Cave zögerte. Doch dann dachte er sich, wenn er schon auspacken wolle, könne er das ebensogut im *Grapes* tun wie anderswo. »Einverstanden. Ich werde da sein.«

»Gut. Sie müssen morgen vermutlich wieder arbeiten?«

»Ja, leider.«

Auf der Schwelle zögerte er noch einmal. »Was immer Sie über mich hören mögen«, sagte er, »eines schwöre ich Ihnen: Ich würde Lucy niemals ein Haar krümmen.«

Damit ging er den Gartenweg entlang, und John Trewen Forbes kehrte zu seinem Heizofen und seiner Whiskyflasche zurück.

Er mußte Cave wohl oder übel glauben. Seine Worte hatten aufrichtig geklungen.

Das bedeutete freilich, daß der Mann nur als Sündenbock zu gebrauchen war. Jammerschade. John Trewen würde selbst morden müssen, ob es ihm paßte oder nicht.

7

Hätte Forbes die Angewohnheit gehabt, Shakespeare zu zitieren, er hätte sich in diesem Stadium sagen können: ›So wie's getan, wär's gut, 's wär schnell getan‹, wobei er wie die meisten Leute den ersten Teil des Satzes weggelassen hätte. Den Mord an sich hatte er bereits akzeptiert, doch wenn er ihn schon selbst begehen mußte, so durfte kein Blut fließen und auch nichts ›Ekliges‹, wie er es nannte, damit verbunden sein. Da er Caves Vorgehensweise kopieren wollte, kam nur der Kanal in Frage, und das war ihm auch ganz recht so – auf diese Weise würden weder Lucy noch er selbst übermäßig in Not gebracht. Nun machte er sich daran, die Fakten zu ordnen. Seines Wissens hatte er von Anfang an nur einen einzigen Fehler gemacht – von der Annahme einmal abgesehen, jeder Sexualmörder wiederhole zwangsläufig sein Verbrechen, sobald man ihm Gelegenheit dazu gebe. Der Fehler, an den Forbes dachte, war ein ganz anderer, nämlich seine Frage an den Wirt des *Grapes*, nachdem Cave damals das Pub verlassen hatte. Diese Frage war so überflüssig gewesen, daß er sich am liebsten dafür geohrfeigt hätte. Der Keim für den Plan war ja bereits gelegt. Nun wußte er auch, wie Cave aussah, und hätte alle weiteren Ermittlungen auf später verschieben können, wie er es ja bis auf diesen einen dummen Ausrutscher auch getan hatte. Aber die Worte waren ihm entschlüpft, ehe er begriffen hatte, was er damit anrichtete. Würde sich ein vielbeschäftigter Wirt erinnern, wonach sich irgendein Fremder im Rahmen einer allgemeinen Unterhaltung beiläufig erkundigt hatte? Eigentlich sehr unwahrscheinlich. Niemand sonst hatte die wenigen Sätze mitbekommen, und Forbes hatte seither um das *Grapes* einen weiten Bogen gemacht. Diese Unkenntnis, das heißt, diese angebliche Unkenntnis bezüglich Caves Vorleben war einer seiner stärksten Trümpfe, und schon ehe er die beiden Marionetten auf den Jahrmarkt schickte, war er entschlossen gewesen, alles auf diese eine Karte zu setzen. Schlimmstenfalls müßte er zugeben, daß er Robert wiedererkannt hatte. Allerdings würde man, selbst wenn man mit einem Mann in solcher Lage Mitleid hätte, gewöhnlich nicht so weit gehen, ihm eine junge Verwandte anzuvertrauen, das mußte Forbes wohl oder übel einsehen. Daß Cave ihn bei jenem denkwürdigen Anlaß nicht bemerkt hatte, war übrigens nicht weiter verwunderlich. Einerseits hatte Forbes etwas abseits und im Schatten gestanden, andererseits war Cave schrecklich verlegen gewesen und hatte nichts Eiligeres zu tun gehabt, als sein Glas zu leeren und das Pub zu verlassen. Forbes war von Cave enttäuscht.

›Ein richtiger Versager‹, überlegte er traurig. ›Dabei sah er so aus, als sei er reif dafür, außerdem war er so zappelig wie ein Sack voller Flöhe. Und jetzt will er sich nur noch bei mir ausweinen und mir versprechen, von jetzt an ein braver Junge zu sein.‹

Denn er war davon überzeugt, daß sich Cave mit ihm nur verabredet hatte, um in irgendeiner Form sein Gewissen zu erleichtern. Zu dem Mord würde er sich wohl kaum bekennen – dazu war nicht einmal er vertrottelt genug –, doch wahrscheinlich wollte er Forbes seine Situation darlegen und gestehen, daß er eine Zeitlang unter Verdacht gestanden hatte. Aber wozu das Ganze? Wäre es denkbar, daß es ihm diese Zimperliese von Lucy angetan hatte? Es sah verdammt danach aus. Das wäre nun wirklich Pech.

John Forbes kaute an seinem Daumennagel. Bislang war das Schicksal auf seiner Seite gewesen und hatte ihn sogar angefeuert, und dies war wieder ein Beispiel dafür. Er wußte genau, wo Cave sich morgen abend um neun Uhr aufhalten würde. Es bedurfte keiner umständlichen Manöver, um ihn zu einer bestimmten Zeit an einen bestimmten Ort zu locken. Der gute, alte, anonyme Brief, zusammengesetzt aus Buchstaben, die man aus Zeitungen ausgeschnitten hatte, war unnötig. Der Kanalpfad war vom *Grapes* aus zu Fuß in weniger als fünf Minuten zu erreichen, und für den Weg von zu Hause zum Pub konnte Robert mit Sicherheit kein lückenloses Alibi beibringen. Wahrscheinlich ließ sich die Lücke sogar noch vergrößern. Forbes hatte das Treffen zwischen neun und neun Uhr dreißig angesetzt. Wenn der Mann, um dessentwillen Robert gekommen war, bis neun Uhr fünfzehn nicht auftauchte, konnte man damit rechnen, daß die feindselige Atmosphäre im *Grapes* den Ärmsten wieder in die Wildnis hinaustrieb. Da er trotzdem in der Nähe bleiben mußte, würde er, aller Voraussicht nach allein, weiter um die Kneipe herumschleichen. Aber nur einmal angenommen, er bekam kalte Füße und hielt die Verabredung nicht ein? Ja, angenommen, er kniff. Er lief nicht ohne Alibi ziellos durch die Nacht, wie er es gefälligst tun sollte, sondern blieb gemütlich daheim im Schoß seiner Familie? Das mußte verhindert werden. Vielleicht konnte Laura bei ihm zu Hause aufkreuzen – unter irgendeinem Vorwand. Ja, das wäre ein ausgezeichneter Schachzug. Frau kommt an die Tür, Laura höchst überrascht, hatte ja keine Ahnung, daß er verheiratet... Ja, daraus ließ sich etwas machen. Es war nicht nötig, Laura allzu sehr ins Vertrauen zu ziehen, aber doch... soweit wie nötig. Im Notfall konnte er sich auf sie verlassen, das wußte er, aber es war immerhin möglich, daß sie das Vorhaben nicht so ganz billigte. Schließlich würde nicht alles so laufen, wie sie es nach seinen Aussagen erwartete. Dabei war ihr völlig einerlei, was mit Lucy geschah. Sie haßte das Mädchen. Ihr ging es nur darum, daß *ihm* nichts passierte. Bei dem Gedanken rutschte er unbehaglich auf seinem Stuhl hin und her. Nun, das Leben war immer mit Gefahren verbunden. Wer zu viel grübelte, wagte es irgendwann nicht mehr, den Kopf durch die Tür zu stecken, und dann stürzte wahrscheinlich das Haus über ihm zusammen. Von dieser Überlegung ermutigt, kehrte er wieder zu den anstehenden Fragen zurück. Lucy mußte irgendwie dazu gebracht werden, allein zum Treidelpfad zu gehen. So wie ihre Augen gestrahlt hatten, als sie vorhin die Treppe hinaufstieg, sollte das ein Kinderspiel sein. Wie immer Cave zu ihr stehen mochte, über ihre Gefühle für ihn gab es keinen Zweifel. Das war Liebe auf den ersten Blick. Ha! Oder der erste Mann in ihrem Leben. Forbes kannte den betreffenden Abschnitt des Kanals wie seine Westentasche. Das hatte sich im Zuge seiner Recherchen über Cave so ergeben. Von einer Idylle konnte nicht die Rede sein, denn am anderen Ufer war nur die nackte Mauer einer stillgelegten Fabrik zu sehen. Es war kein Treffpunkt für Liebespärchen, nicht einmal an einem Frühlingsabend, dafür gab es ringsum zu viel Industrie. Zum Küssen benutzten die Verliebten von Eastwood lieber den Park oder abgestellte Autos. Sie legten Wert auf Bequemlichkeit. Nach Forbes' Ansicht hatte der Kanal nur den einen Vorzug, daß man jemanden hineinstoßen konnte, ohne dabei beobachtet zu werden. Und genau das hatte Cave natürlich getan. Forbes hatte sich die Böschung genau angesehen; sie mochte glitschig sein, aber das hätte ihn nicht an Caves Schuld zweifeln lassen, auch nicht die blauen Flecken an den Schultern des Mädchens, die einen zusätzlichen Beweis darstellten. Er war ohnehin so veranlagt, daß er von anderen stets das Schlimmste erwartete. Von wegen Unfall! Wenn es ein Unfall gewesen wäre, hätte Cave seine Puppe wieder herausgezogen, ganz gleich, wie sehr sie ihm hinterher die Hölle heiß gemacht hätte. Forbes verstand nur nicht, warum der Mörder nicht den idealen Ort gewählt und seine Tat im Schutz der Brücke begangen hatte. Vielleicht hatte sie sich geweigert, dorthin zu gehen? Das würde Lucy nicht tun. Gewiß, manchmal war ein Stück weiter oben das eine oder andere Boot am Ufer vertäut. Aber dabei handelte es sich nicht um Hausboote, sondern um verschalkte, mit Persenningen abgedeckte Frachtkähne, mit denen man Gott weiß was von einem Ufer zum anderen beförderte. Sie wurden offenbar über Nacht dort festgemacht, um am nächsten Morgen gleich in aller Frühe durch die Schleusen fahren zu können. Forbes hatte keine Ahnung, wo die Kahnführer schliefen, aber ganz bestimmt nicht auf ihren Schiffen.

Gesetzt den Fall, Cave wartete entweder im oder vor dem *Grapes* und Lucy unter der Brücke auf dem Treidelpfad, was dann? Bis dahin war alles eine Kleinigkeit. Der nächste Teil war problematischer und wollte sorgfältig überlegt sein. Er mußte sich am Kanal einfinden, Lucy erledigen und unverzüglich nach Hause zurückkehren und durfte bei alledem von niemandem gesehen werden. Schwierig. Sehr schwierig. Der Mann mit der Tarnkappe. Der Mann im schmutzigen Regenmantel und dem tief in die Stirn gezogenen Hut; der wahrhaft unsichtbare Mann aus der Vorstadt. Auf keinen Fall durfte er von ›Kilmorin‹ aus zum Kanal gehen. Am Ende sah noch ein Nachbar, wie er das Haus verließ. Und dann die lange Straße, wo ihn aus den Fenstern so viele Augen zufällig beobachten konnten. Laura mußte ihm eben bis an die Hauptstraße entgegenkommen, nachdem sie bei Caves Frau gewesen war, und er würde sich von dort aus auf den Weg machen. Was den eigentlichen Mord anging, so hatte er nur eine einzige Sorge. Sie könnte um Hilfe schreien. Aber sie würde doch sicher ein Halstuch tragen, das man ihr mühelos über den Mund ziehen konnte? Würde das nicht wiederum verhindern, daß ihr das Wasser in die Lungen drang? Würde sie trotzdem schnell ertrinken? Es war ein Seidentuch, und Seide ist durchlässig. Und das Wasser drang vermutlich nicht nur durch den Mund ein, sondern auch durch die Nase. Die Idee mit dem Tuch war nicht schlecht. Es würde der Polizei die Arbeit erleichtern. Cave sollte nicht weiterhin frei herumlaufen dürfen, nur weil man sich nicht entscheiden konnte, ob Lucy tatsächlich ermordet worden war. Etwas in ihm wehrte sich freilich dagegen, ihr ins Gesicht zu sehen, wenn er sie tötete. Lieber ein Stoß von hinten. Und dann nach Hause. Er holte einen Kalender, um nachzusehen, wann die Straßenbeleuchtung eingeschaltet wurde, dabei fiel ihm auf, daß eben erst Vollmond gewesen war, er mußte also hoffen, daß der Himmel bewölkt sein würde. Daran hatte er bisher noch gar nicht gedacht. Er würde langsam und bedächtig nach Hause gehen müssen, den Hut jetzt in den Nacken geschoben. Ein Mann, der nichts zu verbergen hatte, kehrte heim zu Schwester und Cousine. Er würde nicht so dumm sein, es mit einem falschen Alibi zu versuchen. Das überließ er einem Trottel wie Cave. Statt dessen würde er fürs erste den vollkommen Ahnungslosen mimen. Danach mußte er dann improvisieren. Das klang auch viel natürlicher. Aber wenn Lucy nicht nach Hause kam, würde er selbst Alarm schlagen. Was Laura bis dahin über Cave herausgefunden hatte, würde ihm eine ausgezeichnete Begründung für seine Ängste liefern.

John Trewen Forbes gähnte und sah auf die Uhr. Es war fast Mitternacht. Er schaltete den Heizofen aus, schloß die Haustür ab und stieg die Treppe hinauf. Im Bett ging er seinen Plan Schritt für Schritt noch einmal durch und klopfte ihn auf Schwachstellen ab. Auch danach erschien er ihm noch durchführbar. Unmittelbar vor dem Einschlafen malte er sich bis ins letzte aus, was er mit den dreißigtausend Pfund anfangen würde. Doch das war viel schwieriger und überforderte sein strapaziertes Gehirn. Wie auf Knopfdruck sank er in den tiefen, traumlosen Schlummer, der so oft gerade den Bösewichtern dieser Welt vergönnt ist.

»Wie war's denn gestern?« fragte John Forbes, als sie am nächsten Morgen beim Frühstück saßen.

»Nett. Wirklich nett«, antwortete Lucy und füllte Cornflakes in ihr Schälchen.

Laura blickte jäh von der Teekanne auf und senkte gleich wieder den Kopf. Diesen munteren, fröhlichen Ton war sie von ihrer jungen Cousine nicht gewohnt.

»Was habt ihr denn die ganze Zeit getrieben?« fuhr Forbes fort.

»Ach, dies und das. Wir sind Karussell gefahren und waren in mehreren Schaubuden. Ich habe mir die Zukunft deuten lassen.«

»Ach, tatsächlich? Und was hat die Zigeunerin gesagt? Hat sie in eine Kristallkugel geschaut?«

»Nein. Sie hat mir aus der Hand gelesen. Es war tatsächlich eine echte Zigeunerin. Wahrscheinlich die einzige auf dem ganzen Jahrmarkt.«

»Hat sie dir einen dunklen Fremden namens Robert verheißen?«

»Noch besser. Sie sagte, ich sei ihm schon begegnet, und mein Schicksal sei mit dem seinen verknüpft.«

»Ich hätte dir mehr Verstand zugetraut, Lucy«, brummte Laura und ging zum Herd, um die Teller mit dem Schinken und den Eiern zu holen.

»Manchmal macht es Spaß, albern zu sein. Sie sagte, ich würde immer genug Geld haben. Auch das fand ich nett.«

»Sehr nett«, sagte Laura. »Willst du jetzt deinen Schinken haben, John?«

»Außerdem sagte sie, mit meiner Lebenslinie sei etwas nicht in Ordnung.«

»Und was?« fragte Laura nach kurzem Schweigen.

»Das hat sie mir nicht verraten. Sie fand wahrscheinlich, mehr könne man für eine halbe Krone nicht verlangen.«

»Auch Robert scheint sich gut amüsiert zu haben. Jedenfalls hat er noch nicht genug von dir. Er hat mich gebeten, dir auszurichten, du sollst heute abend um Viertel nach neun unter der Kanalbrücke in der Nähe des *Grapes* auf ihn warten. Moment – damit ich keinen Fehler mache. In der Nähe des *Grapes.* Die Brücke über den Kanal. Nicht auf der Brücke, sondern darunter. Sagt dir das etwas?«

»Ich kenne die Stelle. Aber das ist sonderbar.«

»Wieso?«

»Weil ich ihm gestern abend, nachdem wir den Jahrmarkt verlassen hatten, den Vorschlag machte, am Kanalufer spazierenzugehen, und er davor zurückgescheut ist wie ein Pferd vor einer Dampfwalze.«

»Er wollte sich wohl erst vergewissern, daß ich nichts dagegen habe. Schließlich bist du so etwas wie unser Mündel, Lucy. Zum einen sind wir älter, und dann ist ihm sicher nicht entgangen, wie sehr uns dein Wohl am Herzen liegt.«

»Ich weiß nicht, ob Lucy hingehen sollte«, sagte Laura unvermittelt.

Was sie damit erreichen wollte, war nicht ganz klar. Aber das Ergebnis war positiv.

»Natürlich gehe ich hin«, erklärte Lucy ohne Zögern.

»Nun, dann paß gut auf dich auf, mein Kind. Ich bin heute abend auch nicht zu Hause, Laura, du mußt also mit Lucy allein zu Abend essen. Ich bin in der Stadt zum Dinner verabredet.«

»Ich bleibe nicht allzu lange, Laura«, sagte Lucy, die das Gefühl hatte, etwas zu schroff gewesen zu sein.

»Ach, schon gut. Du bist alt genug, um selbst zu entscheiden. Das hast du schließlich von Anfang an ganz deutlich gemacht.«

»Trotzdem weiß ich sehr wohl zu schätzen, was du und John für mich getan habt. Und wenn ich meine Pläne verwirklicht habe, werde ich auch dafür sorgen, daß ihr eure Freundlichkeit nicht zu bereuen braucht.«

John sah, wie seine Schwester die Lippen zusammenpreßte, und sagte hastig: »Daran zweifle ich nicht, Lucy. Was ist los? Du trägst ja deine Uhr gar nicht. Gefällt sie dir etwa nicht?«

War da ein winziges Zögern gewesen?

»Aber natürlich gefällt sie mir, John«, sagte sie dann. »Ich bin nur noch nicht daran gewöhnt. Ich habe sie vergessen.«

»Wenn ich heute abend nach Hause komme, will ich sie aber an dir sehen. Sonst bin ich schwer gekränkt. Und das möchtest du doch sicher nicht?«

»Das weißt du doch.«

»Und zieh dich warm an, Lucy. Vergiß auch dein Halstuch nicht. Ich weiß, es ist Frühling, aber da unten am Wasser ist es bestimmt noch kalt.«

»Ich werde vernünftig sein, John. Schließlich habe ich zum ersten Mal seit Vaters Tod das Gefühl zu wissen, wofür ich lebe.«

Regte sich bei dieser tiefempfundenen Äußerung sein Gewissen? Mitgefühl war etwas, das seine Fähigkeiten überstieg. Mitgefühl brachte er nicht einmal für Laura auf, er fühlte sich nur an sie gebunden. Stumm kaute er vor sich hin. Er mußte sich für Lucy irgendeinen Auftrag ausdenken, um mit Laura allein sprechen zu können. Sein alles beherrschender Egoismus mochte ihm den Eindruck vermitteln, das Schicksal füge sich seinem Willen, doch in Wirklichkeit waren Kräfte zu seinen Gunsten oder Ungunsten am Werk, von denen er nichts ahnte. Er ging zwar davon aus, daß Lucy und Cave miteinander auf dem Jahrmarkt gesehen worden waren, aber er wußte nicht, daß Kriminalwachtmeister Mellow sie regelrecht beobachtet hatte. Auch war ihm nicht bekannt, daß Cave die Uhr aufgefallen war, die er Lucy geschenkt hatte, eine genaue Kopie jener anderen, die in einer alten Nummer der Lokalzeitung abgebildet gewesen war und Midge Turner, dem ertrunkenen Mädchen, gehört hatte. Sie hatte einzig den Zweck, die beiden Todesfälle, den bereits eingetretenen und den noch ausstehenden, miteinander zu verknüpfen. Und er hatte keine Ahnung, daß Lucy diesem Cave von ihrem beträchtlichen Vermögen erzählt hatte. Als praktisch denkender Mensch sagte er sich, es sei nicht ratsam, über ein geplantes Verbrechen allzu lange nachzugrübeln – das machte einen leicht krank. Nur gut, daß es bald vorüber sein würde. Er war vollkommen auf die Tat eingestimmt, doch er sehnte den Zeitpunkt zum Handeln herbei, ehe seine Entschlossenheit ins Wanken geraten konnte. Das zweite Ei wollte ihm nicht mehr so recht munden. Zum Glück wußte er wenigstens, daß Lucy nicht schwimmen konnte. Wie viele auf einer Farm aufgewachsene Menschen erfüllte sie schon die Vorstellung, im Wasser untertauchen zu müssen, mit Mißtrauen und Abscheu.

Lucy Trewen stand unter der gewölbten Brücke am Kanalufer und wartete auf Robert Cave. Hier unten war es dunkel. Oben waren zu beiden Seiten der Brücke Laternen angebracht, aber ihr Schein fiel nicht bis aufs Wasser, sie sollten nur die Straße beleuchten, die eigentlich kaum mehr war als ein Trampelpfad für die vereinzelten Fußgänger. Lucy war ein wenig zu früh gekommen, die Ungeduld hatte sie aus dem Haus getrieben. Sie wartete seit zehn Minuten, als sie eine schattenhafte Gestalt auf sich zukommen sah, in der sie zu ihrer Verwunderung nicht Robert erkannte, sondern ihren Cousin John.

»John – was in aller Welt – «

»Schon gut«, sagte er. »Kein Grund zur Aufregung, mein Kind. Ich komme eben vom Bahnhof und habe mir Sorgen um dich gemacht. Ich dachte mir, vielleicht hat er sie versetzt, und in dieser Gegend sollte ein junges Mädchen im Dunkeln nicht allein herumstehen. Diese Kahnführer haben manchmal recht rauhe Sitten.«

»Nun mach doch keinen solchen Wirbel. Er kommt schon noch. Es ist noch viel zu früh. Und wir brauchen ganz bestimmt kein Kindermädchen.«

»Das ist mir schon klar. Ich schwirre sofort ab, wenn er auftaucht. Du meine Güte, es ist wirklich frisch. Hast du dein Halstuch umgebunden, wie ich es dir gesagt habe?«

»Natürlich.«

»Laß sehen.«

Gehorsam knöpfte sie ihren Mantel auf. Er tat so, als wolle er das Tuch zurechtziehen, dann riß er es plötzlich ganz heraus.

»John – was –?«

Ehe sie wußte, wie ihr geschah, stand er hinter ihr. Das Tuch, das er mit beiden Händen festhielt, verschloß ihr den Mund. Während sie sich noch völlig verstört zur Wehr setzte, verknotete er die Enden. Dann drückte er ihr beide Hände in den Rücken und stieß sie von sich, so fest er nur konnte. Sie fiel kopfüber ins Wasser, als sei sie freiwillig hineingesprungen. Das dumpfe Aufklatschen ging ihm durch Mark und Bein. Aber kein Mensch ließ sich sehen. Nirgends wurde eine Tür aufgerissen. Auf dem Pfad waren keine Schritte zu hören. Er spähte angestrengt auf den dunklen Kanal und konnte schließlich einen noch schwärzeren Fleck unterscheiden. Ein- oder zweimal schlug sie mit den Armen, begleitet vom schmatzenden Geräusch des verdrängten Wassers. Er glaubte, ihren Kopf mit dem hellen Haar zu erkennen. Dann war alles still. Er drehte sich um, ging den Weg zurück, den er gekommen war, und zwang sich zur Gelassenheit. Die Sache hatte ihn viel mehr mitgenommen als erwartet. Doch allmählich erstarb der Nachhall des Gewaltakts. Er hatte sich darauf eingestellt, das Vorhaben bis ganz zum Schluß jederzeit abzubrechen, falls die Bedingungen nicht absolut günstig wären oder sich eine unerwartete Wendung ergäbe. Nichts war geschehen – die Bedingungen konnten besser nicht sein. Das Glück war noch immer auf seiner Seite, eine solche Gelegenheit bietet sich nur einmal, und nur ein Schwächling versäumt es, sie zu ergreifen.

Ein Mann ging durch die von Straßenlaternen erhellte Nacht, langsam und bedächtig, den Hut in den Nacken geschoben, ein Mann, der nichts zu verbergen hatte, kehrte heim zu Schwester – und Cousine.

8

»Ja, so liegen die Dinge«, sagte John Trewen Forbes. »Das Mädchen hat kurz vor neun das Haus verlassen, bis jetzt ist sie nicht zurück, und meine Schwester und ich verlieren vor Sorge um sie fast den Verstand.«

Er stützte sich auf die Barriere in der Schreibstube des Polizeireviers von Eastwood. Dahinter befand sich ein Sergeant in Uniform, der den nächtlichen oder vielmehr frühmorgendlichen Besucher abfällig musterte. Alles sah genauso aus wie in einer x-beliebigen Krimiserie, dachte Forbes, nur ging es hier weniger hektisch zu. Aber schließlich war es fast ein Uhr morgens, da befand sich alles auf dem Tiefpunkt, einschließlich des Wachtmeisters, der im Hintergrund an einem Tisch saß und sich mit Schreibarbeiten beschäftigte, die ihn unablässig zum Gähnen reizten. Forbes brauchte sich nicht zu verstellen, um ein besorgtes Gesicht zu machen. Er war besorgt. Seit der Tat erschien ihm sein großartiger Plan wie ein Netz voller Löcher. Laura hatte bei Cave vorgesprochen und dabei wie erwartet erfahren, daß er ausgegangen war, aber hieß das auch zwangsläufig, daß er das *Grapes* angesteuert hatte? Und selbst wenn, vielleicht hatte er einen Bekannten getroffen und war die ganze Zeit über in Gesellschaft gewesen? Forbes war einigermaßen sicher, daß ihn selbst niemand gesehen hatte, als er den schützenden Brückenbogen verließ, aber andererseits hatte ihn die Sache sehr mitgenommen. Gab es einen Moment, in dem er so mit sich selbst beschäftigt gewesen war, daß er einen zufällig anwesenden Zeugen übersehen hatte, mit dem man ihn später konfrontieren würde? War Lucy wirklich in dem Moment untergegangen, als er es zu sehen glaubte, oder war es ihr, der Nichtschwimmerin, gelungen, sich an einem im Wasser treibenden Gegenstand festzuhalten und später heil ans Ufer zu klettern? Wenn ja, dann war sie jedenfalls nicht hier gewesen, um Hilfe zu suchen. Natürlich war das sowieso alles Unsinn – ein böser Traum, nichts weiter. Er hatte Laura nicht erzählt, was er getan hatte, aber vielleicht konnte sie es erraten? Sie war nicht dumm; außerdem durfte er nicht übersehen, wie nahe sie einander standen, manchmal gingen Gedanken und Gefühle hin und her, ohne daß es eines Wortes bedurft hätte.

Zum Glück konnte wenigstens der Sergeant keine Gedanken lesen. Der sah einen ganz gewöhnlichen Mann in mittleren Jahren vor sich, der ganz aus dem Häuschen war, weil seine junge Cousine sich irgendwo herumtrieb. Dabei würde das Mädchen gegen Morgen sicher mit dem eigenen Schlüssel ins Haus gelangen, ohne zu ahnen, was für einen Aufruhr sie verursacht hatte.

»Sie hat nicht gesagt, wo sie hinwollte?« fragte er, höflich, aber gelangweilt.

»Nein, sie hat sich heimlich aus dem Haus geschlichen, während meine Schwester Laura in der Küche den Abwasch erledigte.«

»Wo waren Sie zu dieser Zeit, Sir?«

»Ich war nicht nach Hause gekommen. Ich bin schon am Nachmittag zum Leicester Square gefahren und habe mit einem Freund in einem der Steakhäuser zu Abend gegessen. Die beiden Frauen wußten Bescheid. Ich hatte ihnen gesagt, daß ich zum Abendbrot nicht da sein würde.«

»Und Sie haben keine Ahnung, wo sie hingegangen sein könnte?«

»Nicht die leiseste.«

»Vielleicht hat sie sich in irgendeinem Kino den Spätfilm angesehen und den letzten Bus nach Hause verpaßt.«

»Sie geht nicht gern ins Kino. Angeblich tun ihr davon die Augen weh. Sie ist mehr für die freie Natur.«

»Was ist mit Freundinnen, Freunden?«

»Hat sie nicht, Sergeant. Wir wohnen ja erst seit gut einem Monat hier. Wir kommen aus den Midlands. Aber auch dort hat sie die Abende lieber zu Hause verbracht. Sie ist ein eher stiller Typ.«

Der Sergeant seufzte innerlich. Von den vielen jungen Mädchen, die bei ihm als abgängig gemeldet wurden, galten mindestens achtzig Prozent bei ihren Verwandten als ›still‹. Er wußte längst, was er von diesen stillen Mädchen zu halten hatte.

Er ging zum nächsten Schritt des Reglements über und zog das Formblatt für die Beschreibung vermißter Personen aus der Schublade.

»Vielleicht könnten Sie mir ein paar Angaben zum Aussehen Ihrer Cousine machen, Sir. Als erstes brauche ich ihren vollen Namen.«

Als das Formular ausgefüllt und Größe, Gewicht, Haar- und Augenfarbe zur Zufriedenheit des Sergeant festgehalten waren, sagte er: »Sie gehen jetzt am besten nach Hause, Sir. Wenn sie bis morgen nicht aufgetaucht ist, setze ich das hier in Umlauf. Aber es würde mich nicht wundern, wenn die junge Dame noch vor Ihnen daheim wäre.«

Forbes zögerte. »Da ist noch etwas...«

Das alte Lied, dachte der Sergeant – immer diese eine Kleinigkeit, die den Schlüssel zum Ganzen lieferte.

»Am Karfreitag kam ich mit einem Mann ins Gespräch, der in seinem Schrebergarten arbeitete. Er machte einen sehr guten Eindruck, ziemlich jung noch, wissen Sie, und recht aufgeschlossen, und da habe ich ihn auf einen Schluck zu mir nach Hause eingeladen. Meine Schwester fand ihn ebenfalls sympathisch, und am Ende blieb er zum Essen. Um es kurz zu machen, Lucy hatte große Lust, am Ostersonntag den Jahrmarkt zu besuchen, und wir haben ihr erlaubt, mit ihm hinzugehen.«

»War das nicht ein bißchen riskant?«

»Ach, damals dachte ich mir nichts dabei. Sie kennen meine Schwester nicht, sie hat ausgesprochen strenge Ansichten und hält sich viel auf ihre Menschenkenntnis zugute. Als sie keine Bedenken hatte, wollte ich mich auch nicht querlegen. Lucy führt bei uns ein sehr eintöniges Leben, und es war schließlich eine Ausnahme. Nun ja, er hat sie gegen elf heil und gesund zurückgebracht, sie verstanden sich prächtig und hatten sich offenbar gut amüsiert. Ich war da, als sie kamen, und in meiner Gegenwart haben sie keine weitere Verabredung getroffen.«

»Was aber nicht ausschließt, daß sie schon vorher ein Treffen ausgemacht haben könnten«, bemerkte der Sergeant wissend.

»Ganz recht. Nun, als Lucy heute abend auf so sonderbare Weise wie vom Erdboden verschwand und auch ich nicht zu Hause war, da kriegte es meine Schwester mit der Angst zu tun. Sie schlug im Adreßbuch nach und ging zum Haus des Betreffenden in der Rubens Road. Ganz ehrlich gesagt, sie wollte nachsehen, ob Lucy dort war, um sie gegebenenfalls wieder nach Hause zu scheuchen. Nun, es war ein ziemlicher Schock für sie. Seine Frau hat ihr nämlich die Tür geöffnet.

Wir hatten keine Ahnung, daß er verheiratet war; sonst hätten wir Lucy doch niemals erlaubt, mit ihm auszugehen. Doch soweit ich mich erinnere, sagte Cave...«

»Was? Wie war der Name, Sir?« fragte der Sergeant mit jäh erwachtem Interesse, und der Wachtmeister riß den Kopf herum und ließ seinen Stift fallen.

»Robert Cave. Ist Ihnen der Mann etwa bekannt?«

Der Sergeant öffnete die Klappe und begab sich auf Forbes' Seite der Barriere.

»Wären Sie so freundlich, einen Moment zu warten, Sir? Ich muß nur kurz mit dem Inspektor sprechen. Er ist in seinem Büro.«

In Eastwood war es üblich, daß sich außer dem diensthabenden Polizisten während der Nachtschicht noch ein höherrangiger Beamter in Bereitschaft hielt. Inspektor Gibson gefiel der Nachtdienst, weil er sich dabei auf liegengebliebene Dinge konzentrieren konnte, ohne ständig mit Unterbrechungen rechnen zu müssen. Der Inspektor liebte nichts so sehr wie seine Arbeit, und deshalb machte es ihm auch nichts aus, die Nacht damit zu verbringen. Zum Teil lag es an diesem übertriebenen Diensteifer, warum ihn die Kollegen, die jetzt in vorgerücktem Alter höchstens gewissenhaft waren, so unerträglich fanden. Doch nur zum Teil – der Mann selbst hatte etwas an sich, was ihnen gegen den Strich ging. Er war intelligent und tat sich darauf nicht wenig zugute, und er hatte ein wenig ansprechendes Äußeres, ein Umstand, dem stets mehr Bedeutung beigemessen wird, als ihm zukommt. Sein Haar war schütter, wie man heute sagt, man glaubte fast zusehen zu können, wie die Haare im Zeitlupentempo ausfielen und die nackte Kopfhaut sichtbar wurde. Der zurückweichende Haaransatz ließ die ohnedies hohe Stirn noch gewaltiger erscheinen. Die scharfen, blitzschnell hin und her huschenden Augen waren ständig auf der Hut, um sich die Wahrheit nicht entschlüpfen zu lassen, und die schmalen Lippen gaben kein Geheimnis preis. Außerdem sprach der Inspektor stets in gereiztem Ton, als habe er es mit einer Welt voller Dummköpfe zu tun.

Als man Forbes zu Gibson brachte, war dem dessen Geschichte ganz offenkundig bereits bekannt. Dennoch wies er ihm einen Stuhl an, wo ihm das Licht in die Augen schien, und ging das Ganze noch einmal Punkt für Punkt mit ihm durch, wobei er zu jedem Detail weitere Erläuterungen verlangte. Forbes mußte so ausführlich von der Begegnung mit Cave im Schrebergarten und der weiteren Entwicklung der Bekanntschaft berichten, daß es ihn irgendwann nicht mehr gewundert hätte, von Gibson nach dem Rezept für die Brottunke gefragt zu werden, die man zum Hühnchen serviert hatte. Sonderbarerweise fand Forbes bei diesem raschen Frage-und-Antwort-Spiel seine Zuversicht wieder, die ihm im Gespräch mit dem Sergeant abhanden gekommen war. Am Ende war er in Schweiß gebadet, aber ganz sicher, keinen Fehler gemacht zu haben. Er hatte nur gesagt, was er hatte sagen wollen, nicht mehr und nicht weniger, und nach dieser Generalprobe war er überzeugt davon, daß ihm die Polizei nichts anhaben könne. Und alles hatte sich um Cave gedreht: Was hatte Cave getan? Was hatte Cave gesagt? Bis es fast den Anschein hatte, als sei es nur von untergeordneter Bedeutung, daß Lucy vermißt wurde.

»Wer ist denn dieser Cave?« hatte er schließlich mit allen Anzeichen von Verzweiflung gefragt. »Wenn er etwas mit Lucys Verschwinden zu tun hat, dann sagen Sie es mir um Gottes willen. Ich wollte schon zu ihm gehen, bevor ich hierherkam, aber das hat Laura mir ausgeredet.«

»Sehr klug von ihr«, bemerkte Gibson trocken. »Ich will Sie nicht erschrecken, Mr. Forbes, aber Cave hat sich schon einmal mit einem Mädchen eingelassen. Wir haben sie aus dem Kanal gefischt.«

»Du lieber Himmel, Sie glauben doch nicht etwa, daß Lucy ...«

»Im Moment glauben wir noch gar nichts, Mr. Forbes. Wir müssen eben abwarten.«

»Wieso läuft er dann noch frei herum?«

»Wir hatten nicht genug Beweise, um ihn zu überführen«, sagte Gibson und preßte die Lippen zu einem schmalen Strich zusammen.

Man hatte ihm den Fall Cave nämlich nie übertragen, sondern es Kommissar Carver und Sergeant Duff, diesen beiden Pfuschern, überlassen, alles zu verderben. Gibson fand, wenn in einer Gemeinde jeder wisse, daß ein Mann des Mordes schuldig sei, dann habe die Polizei die verdammte Pflicht, den Beweis dafür zu liefern. Genügend Belastungsmaterial, um den Verbrecher hinter Schloß und

Riegel zu bringen, fand sich allemal, man brauchte nur gründlich genug zu suchen. Wäre er für den Fall verantwortlich gewesen, er hätte die Alibi-Lieferanten so lange unter Druck gesetzt, bis ihnen die Luft ausgegangen wäre. Und auch Cave hätte er nicht mit Samthandschuhen angefaßt. Er malte sich aus, was es da an Möglichkeiten gegeben hätte – natürlich keine rohe Gewalt, er würde doch seine Karriere nicht aufs Spiel setzen. Aber Prügel waren schließlich nicht das einzige Mittel, um jemandem ein Geständnis zu entlocken. Selbst als bei der Voruntersuchung der gewünschte Spruch herausgekommen war – auch das hatte schon auf des Messers Schneide gestanden, da aus medizinischer Sicht lediglich die blauen Flecken auf Mord schließen ließen –, hatten sie nichts damit anfangen können. Und nun diese Geschichte – und er durfte den Fall immer noch nicht bearbeiten.

»Wenn Ihre Schwester zuerst bei Cave zu Hause war und dann zur Hauptstraße hinunterging, um nach Ihrer Cousine zu suchen, dann scheint sie Robert Cave doch nicht für ganz so vertrauenswürdig gehalten zu haben, meinen Sie nicht auch, Mr. Forbes?«

»Mag sein. Aber ich schätze, dieses Mißtrauen, oder was immer es war, ist erst im nachhinein entstanden. Anfangs hatte er sie ganz für sich eingenommen.«

»Kam die Erleuchtung nicht etwas spät?«

»Wenn er eine Gemeinheit im Sinn hatte, warum hat er dann nicht gleich an jenem Abend auf dem Jahrmarkt zugeschlagen?«

»Vielleicht mußte er langsam vorgehen, besonders, wenn das Mädchen schüchtern war, und das war sie ja wohl.«

Forbes starrte ihn an, ganz der fassungslose, ehrliche Bürger.

»Das hört sich ja an, als wäre sie tot!«

»Die Möglichkeit besteht immerhin, meinen Sie nicht auch?«

»Warum sind wir dann noch nicht auf dem Weg zu Cave? Mein Gott, wenn er Lucy etwas angetan hat, dann brauche ich die Polizei nicht mehr, dann weiß ich auch so, was ich mit ihm anstelle. Ich breche dem Dreckskerl das Genick.«

»Beruhigen Sie sich, Mr. Forbes. Drohungen bringen uns nicht weiter. Wir wissen ja noch nicht einmal, ob Ihre Cousine sich tatsächlich mit Cave treffen wollte, selbst wenn sie sich möglicherweise am Abend zuvor verabredet hatten. Sie hat keinen Koffer mitgenommen, nur ihre Handtasche, offensichtlich hatte sie also nicht vor, mit ihm durchzubrennen. Mit Sicherheit können wir im Moment nur sagen, daß er nicht zu Hause war, als Miss Forbes nach ihm fragte. Aber eines können Sie mir glauben, was immer vorher geschehen sein mag, jetzt liegt er ganz friedlich daheim in seinem Bett. Und ich bin nicht befugt, ihn da herauszuholen, jedenfalls nicht offiziell. Wenn Sie hingehen und ihn zusammenschlagen, prügeln Sie vielleicht auf einen unschuldigen Menschen ein – ganz zu schweigen davon, daß man Sie in diesem Fall wegen Körperverletzung anklagen würde und Sie uns bei späteren Ermittlungen nicht viel nützen könnten. Wissen Sie, was ich jetzt mache? Ich stelle einen Mann vor sein Haus und lasse ihn so lange beschatten, bis das Mädchen wieder auftaucht, tot oder lebendig. Das verspreche ich Ihnen. Haben Sie Telefon?«

»Nein, noch nicht. Ich habe den Antrag gestellt, aber man sagte mir, es gibt eine Warteliste.«

»Kein Problem. Der Sergeant hier wird sich mit den umliegenden Polizeirevieren und Krankenhäusern in Verbindung setzen, und wenn es Neuigkeiten gibt, schicke ich jemanden bei Ihnen vorbei. Eine Beschreibung haben wir, nicht wahr?«

»Jawohl, Sir«, meldete der Sergeant prompt.

»Sollte sie bei Ihnen auftauchen, dann geben Sie mir natürlich ebenfalls Bescheid.«

»Natürlich. Dann komme ich sofort her.«

»Sollte sie sich bis morgen früh nicht eingefunden haben, dann schicken wir Suchmannschaften aus, aber zuvor werde ich noch ein Wörtchen mit Kommissar Carver reden.«

›Das kann ich mir lebhaft vorstellen‹, dachte der Sergeant.

»Sind Sie morgen zu erreichen, falls ich Sie brauche, Mr. Forbes?«

»Ja, Sie finden mich zu Hause. Seit dem Umzug gab es immer noch so viel zu tun, daß ich mich bisher nicht nach Arbeit umgesehen habe. Ich hab's auch nicht allzu eilig. Noch nagen wir nicht am Hungertuch.

»Was sind Sie von Beruf, Mr. Forbes?«

»Ich hatte ein eigenes Geschäft. Eine Tierhandlung.«

Über diese Frage hatte er eingehend nachgedacht und war schließlich – zu Recht oder zu Unrecht – zu dem Ergebnis gekommen, als Inhaber eines kleinen Geschäfts provoziere man weniger Nachforschungen als mit jeder anderen Tätigkeit, außerdem vermittle man den Eindruck von Ehrbarkeit, wenn nicht gar von Wohlstand. Und warum gerade Tiere? Nun, sie rangierten eine Stufe höher als Zeitungen oder Tabakwaren, und außerdem reizte die Vorstellung seinen etwas unterentwickelten Sinn für Humor. Der Inspektor nahm ihm den kleinen Ladenbesitzer ohne weiteres ab; Gibsons Interesse reichte nicht einmal so weit, daß er sich nach der genauen Lage des Geschäfts erkundigt hätte. Forbes wagte es, das Ganze ein wenig auszuschmücken. »Man hat mir ein gutes Angebot gemacht, und da habe ich mich zum Verkauf entschlossen, solange noch etwas herauszuholen war. Jetzt suche ich nach einem Objekt, das mich nicht ganz so sehr mit Beschlag belegt, und sobald ich das Richtige finde, wird gekauft.«

»Warum sind Sie aus den Midlands weggezogen?«

»Ach, meine Schwester brauchte einfach Tapetenwechsel. Und bei uns hat sie die Hosen an, Inspektor.«

Inspektor Gibson hatte kaum zugehört. »Möglicherweise müssen wir den Kanal noch einmal mit dem Schleppnetz absuchen«, sagte er so forsch, als könne er es kaum noch erwarten.

Je näher der Zeitpunkt rückte, zu dem Robert sich mit Forbes im *Grapes* verabredet hatte, desto fahriger wurde er, ein für seine Frau zwar unerklärlicher, aber nicht zu übersehender Gemütszustand. Es ist ganz und gar nicht leicht, einem offenen, ehrlichen Menschen (denn dafür hielt er Forbes) zu erklären, daß man sich mit List und Tücke in sein Vertrauen eingeschlichen hat. Doch das Bedürfnis, mit jemandem außerhalb der Familie zu sprechen,

Verständnis für seine Leiden zu finden, wurde allmählich so stark, daß es ihn zu überwältigen drohte. Gleichwohl war er nicht so töricht, sich einzubilden, er könne die Wahrheit sagen, obwohl ihm nur das wirkliche Erleichterung gebracht hätte. Seine eigene Sicherheit lag ihm nämlich wieder mehr am Herzen, seit er in weiter Ferne ganz schwach ein neues Glück zu ahnen glaubte. Davon nicht zu trennen war der Wunsch, im Buch des Lebens eine neue Seite aufzuschlagen, in diese aufkeimende Beziehung mehr einzubringen, als es ihm bisher möglich gewesen war. Obwohl es ihm damit völlig Ernst war, suchte er in Gedanken bereits Entschuldigungen für sein Verhalten und webte emsig an einem komplizierten Netz aus Halbwahrheiten und Irreführungen, um damit seine bisherige Unaufrichtigkeit zu bemänteln. Wie Forbes darauf reagieren würde, vermochte er allerdings nicht einzuschätzen.

Sollte er vielleicht gar nicht hingehen? Dann konnte er jedoch seinen Hoffnungen ein für allemal adieu sagen. Lieber alles andere, nur das nicht. Er beschloß, in der *saloon bar* auf Forbes zu warten, wo er nicht mit den Stammgästen in Kontakt zu kommen brauchte. Unter der Woche hielt sich hier gewöhnlich niemand auf, und ohne Feuer im Kamin wirkte der Raum so wenig einladend, daß die erhöhten Preise durch nichts gerechtfertigt schienen. Doch obwohl Robert ganz allein in dieser kalten Pracht saß, war er dem Wirt sichtlich unerwünscht. Forbes' Schätzung erwies sich als richtig. Um neun Uhr fünfzehn stand Cave bereits wieder draußen vor dem Pub, etwas abseits, um nicht vom Schein der Hängelampe erfaßt zu werden, und wartete auf ihn.

Während er noch mit seinen rebellierenden Nerven beschäftigt war, erschien in der Tür des Pubs eine dicke, weibliche Gestalt mit einer Bierflasche in der Hand, niemand anders als die gefürchtete Ma Turner, die Mutter von Midge. Eine der ausgeprägtesten Eigenschaften von Ma Turner war die Neugier. Als sie im Vorhof des Wirtshauses, ein wenig im Schatten, einen Mann stehen sah, mußte sie wissen, wer das war, und so schlug sie einen Bogen, um ihn sich aus der Nähe anzusehen. Schwer zu sagen, wer von den beiden mehr erschrak. Ma Turner begann jedenfalls empört zu keifen – in heiserem Flüsterton, mit der Stimme der notorischen Whiskytrinkerin. Das war ihre übliche Reaktion auf Überraschungen, doch in diesem Fall hatte sie triftige Gründe dafür.

»Du dreckiger Schuft, traust dich wirklich was, dich hier blicken zu lassen! Was machst du da, hm? Wartest wohl schon wieder auf ein unschuldiges Mädel, damit du's im Kanal ersäufen kannst? Bloß schade, daß ich nicht der Wirt bin, ich würd' dich verdammt schnell zum Teufel jagen... ich ...«

Das war noch längst nicht alles. Ein nicht abreißender Strom von Beschimpfungen, durch den heiseren Tonfall noch verschärft, quoll aus ihrem Mund. Robert mit seinen ohnehin schon überreizten Nerven mußte sich sehr zusammennehmen, um bei Verstand zu bleiben und von dieser Stimme nicht einfach überrollt zu werden. Ängstlich sah er der Frau über die Schulter, denn er rechnete jeden Moment damit, daß Forbes auftauchte.

»Halten Sie doch den Mund, Weib«, zischte er.

»Fällt mir gar nicht ein. Ich hab' noch 'ne ganze Menge

auf'm Herzen, mein Bester. Hast mich ganz schön in Schwulitäten gebracht. Wer entschädigt mich für das, was Midge jede Woche nach Haus gebracht hat? Das elende Gesöff hier muß ich jetzt trinken...« Sie hielt ihm die Bierflasche unter die Nase und kam ihm dabei so nahe, daß er sich fast übergeben mußte.

»Hier können wir uns nicht unterhalten.«

»Dann komm mit zu mir nach Haus. Is' ja nicht das erste Mal, was? – nur war ich sonst nich' da.«

Er wagte nicht zu sagen, daß er noch jemanden erwarte, weil er fürchtete, sie dann erst recht nicht mehr vom Fleck zu bringen. Da war es noch besser, wenn er sie zu ihrem Häuschen auf der anderen Straßenseite begleitete, um sie auf diese Weise loszuwerden. Wenn sie mit ihrem Bier erst im Haus war, ließ sie ihn vielleicht laufen; sie war unberechenbar. Beim Überqueren der Straße taumelte sie gegen ihn. Sein Abscheu war so groß, daß er dabei regelrecht vor ihr zurückzuckte. Diese widerliche alte Vettel war an allem schuld. Hätte sie ihrer Tochter nicht das Leben zur Hölle gemacht und sie damit aus dem Haus getrieben, Midge wäre noch heute am Leben. Das schlimmste war, daß er ihr das niemals sagen konnte. Das Häuschen war nie abgeschlossen, das wußte er; es enthielt nichts, was sich zu stehlen lohnte, außer dem Inhalt der Gasuhr vielleicht. Er hielt ihr die Tür auf und wollte eben das Weite suchen, als sie auch schon seinen Arm umklammerte.

»Komm mit rein, Schätzchen. Nur 'n Moment. Ich bin so einsam. Das is' die reine Wahrheit.«

In dieser veränderten Stimmung wirkte sie weicher, aber zugleich noch abstoßender.

»Ich kann nicht«, sagte er und verriet in seiner Verzweiflung, was er eigentlich für sich behalten wollte. »Ich warte auf jemanden.«

»Was? Schon wieder auf 'n Mädel? So 'ne Frechheit!«

»Nein, auf einen Mann. Er wollte zwischen neun und halb zehn hier sein.«

»Kannst ja aus meinem Fenster schauen, dann siehst du schon, wenn er kommt. Ich hab' schon viele ins *Grapes* reingehen sehen, die keine Ahnung davon hatten. Ich halt' dich auch nicht lange auf. Wie gesagt, ich will nur mit dir reden.«

»Na schön. Aber machen Sie schnell.«

»Komm mit ins Wohnzimmer. Ich hol' uns zwei Gläser. Aber mach kein Licht an, braucht ja keiner zu wissen, daß wir da sind.«

Es war, als hätte sie seine Gedanken erraten. Der Raum war nicht völlig dunkel, denn draußen stand eine Straßenlaterne, die jedoch den Blick auf die Fassade des *Grapes* nicht behinderte. Robert spähte angestrengt über die Straße, während er ungeduldig darauf wartete, daß Ma Turner zurückkam. Das Klirren von Gläsern holte ihn in die Gegenwart zurück.

»Für mich nicht«, lehnte er hastig ab.

»Dein Pech, Schätzchen. Ich wär' mir da nicht so sicher.« Sie schluckte hörbar. »Pfui Teufel! Das Zeug taugt nichts. So kann ich Midge nich' vergessen. Du bist mir noch was schuldig, Mann. Wie wär's für 'n Anfang mit 'm Fünfer?«

Er drehte sich hastig um.

»So viel habe ich nicht.«

Das war nicht gelogen. Volle fünf Pfund hatte er nie bei sich. Und sein Taschengeld war durch den Besuch auf dem Jahrmarkt auch nicht mehr geworden. Er hatte einen minimalen Betrag beiseite gelegt, um bis zum nächsten Zahltag über die Runden zu kommen, und nur so viel mitgenommen, wie die Getränke für ihn selbst und Forbes kosten würden.

»Na, dann eben ein Pfund.«

»Unmöglich. Ich bin pleite.«

»Morgen will der Kerl seine Miete haben, und ich kann nicht bezahlen.«

»Das ist Ihre Sache.«

Wieder wurde sie ausfallend, warf ihm alles an den Kopf, was ihr zu Gebote stand, um ihm schließlich als krönenden Abschluß das gefürchtete »Mörder! Mörder!« entgegenzuschleudern.

Mit einem Schlag verließen sie die Kräfte. Der derbe Bierkrug fiel ihr aus der Hand, Robert hörte ihn über die nackten Dielen rollen. Nun wurde sie sentimental, brach in wimmerndes Schluchzen aus und jammerte nach ihrem ›kleinen Mädchen‹. Sie ließ sich schwer in einen ramponierten Sessel fallen, und er konnte selbst im Halbdunkel sehen, wie sie die Hände vors Gesicht schlug, als wolle sie die Erinnerungen aussperren. Der gemeinsame Schmerz hielt ihn wie mit Ketten in dem düsteren Raum fest, denn nun mußte er sich eingestehen, daß auch der verkommenste Mensch fähig ist zu leiden. Er vergaß sogar, nach Forbes Ausschau zu halten. Wie lange er bei der alten Frau blieb, wußte er nicht. Es war ein Zeitraum, der sich nicht in Minuten messen ließ. Endlich schlief sie in ihrem Sessel ein und begann zu schnarchen. Nun war er frei. Auf Zehenspitzen schlich er an ihr vorbei hinaus ins Freie.

Als er nach Hause kam, lag Joyce im Bett, aber sie schlief noch nicht. Sie richtete sich auf, stützte sich auf ihren spitzen Ellbogen und stellte mit ebenso spitzer Stimme die ewig gleiche Frage: »Wo bist du gewesen?«

»In der Hölle, aber jetzt bin ich wieder da«, sagte er und zog seine Jacke aus.

»Robert, ich weiß nicht, was das alles soll.«

»Dann zerbrich dir einfach nicht den Kopf darüber.«

»Du kommst aus dem Büro und stocherst in deinem Essen herum, ein Dankeschön an mich, die es gekocht hat, kommt dir nicht über die Lippen. Du gehst nach oben, ziehst dich um und nörgelst herum, weil dein bestes Hemd nicht gebügelt ist. Dann verläßt du ohne ein Wort der Erklärung das Haus, sagst mir nicht einmal, wohin du gehst oder wann du zurückkommst. Und was der Gipfel ist, kaum bist du außer Sicht, da steht so eine vertrocknete, alte Jungfer vor der Tür, fragt nach dir und fällt fast in Ohnmacht, als ich sage, daß ich deine Frau bin und ob ich etwas bestellen kann. Wenn das deine neueste Freundin ist, dann mußt du unter die Gigolos gegangen sein.«

Robert wußte sofort, daß es sich bei der Besucherin nur um eine Person handeln konnte, um Miss Laura Forbes.

»Ich kann das nicht komisch finden.«

»So war es auch nicht gemeint.«

»Was wollte sie denn?«

»Irgend etwas mit einem Schrebergarten und mit ihrem Bruder.«

Das war also des Rätsels Lösung. Er hatte angenommen, er und Forbes hätten sich vielleicht verfehlt, doch nun war ihm klar, warum der andere nicht gekommen war. Zu verstört, um den Ablauf genauer zu analysieren, gab sich Robert Cave mit dem Schluß zufrieden, die Katze sei wohl ohne seine Hilfe ganz von allein aus dem Sack gehüpft.

9

Am Morgen nach dem Ostermontag sprach Sergeant Duff mit dem Kommissar und erteilte im Anschluß daran bestimmten Detektiven erneut die Anweisung, die Augen offenzuhalten, falls Cave sich irgendwo mit einem Mädchen sehen ließe. Nicht einmal der Kommissar machte den Vorschlag, ihn rund um die Uhr beobachten zu lassen, obwohl er ihn für potentiell gefährlich hielt. Man hatte einfach nicht genug Leute, um jeden einzelnen Übeltäter beschatten zu können – und so hoffte er lediglich auf eine Chance, das Mädchen zu identifizieren und ihr eine gutgemeinte Warnung zukommen zu lassen. Als ihn dann am Mittwoch um zwei Uhr morgens Gibsons Anruf erreichte, war die Wut darüber, daß er seinem Instinkt nicht gefolgt war, seine erste, noch schlaftrunkene Reaktion. Als nächstes übermannte ihn die Verzweiflung, weil er anständige Arbeit leisten sollte, ohne genügend oder wenigstens geeignetes Werkzeug zur Verfügung zu haben. Dann sagte er sich, außer den üblichen Routinemaßnahmen, die man getrost dem Inspektor überlassen dürfe, könne er im Moment ohnehin nichts unternehmen, stellte seinen Wecker auf sechs Uhr und schlief weiter wie ein Soldat, der weiß, daß ihn am nächsten Morgen eine schwere Schlacht erwartet.

Um sieben trafen sich alle drei, Kommissar, Inspektor und Sergeant, in Carvers Büro, um ihre Differenzen soweit wie möglich zu begraben und eine gemeinsame Strategie zu entwerfen. Gibson, strotzend vor Tatendrang und offenbar taufrisch trotz der schlaflosen Nacht, war bereits im Hause ›Kilmorin‹ gewesen, um in Erfahrung zu bringen, ob sich das Mädchen wieder eingefunden hatte – was nicht der Fall war –, und um Kriegsrat mit den Verwandten zu halten.

»Sie haben mit beiden gesprochen?« fragte Carver, der Gibsons Notizen über dessen erste Unterredung mit Forbes rasch überflogen hatte, und hob den Kopf.

»Ja. Ich wollte auch die Schwester sehen, und da hat Forbes sie gerufen. Sie waren alle zwei noch nicht angezogen.«

Gibson bewies zwar bei der Arbeit eine geschickte Hand, hatte aber wenig Gespür für Menschen. Das war seine große Schwäche, denn obwohl er sorgfältig beobachtete, sah er nicht viel mehr als Äußerlichkeiten, und jene verborgenen Antriebskräfte, die so vieles erklären, was sonst unverständlich bliebe, entgingen ihm oft ganz. So hätte er sämtliche Eigenschaften von Miss Laura Forbes auflisten und jedes einzelne Kleidungsstück von ihr genauestens beschreiben können. Er hätte sie auch ertappt, wenn sie über eine seiner Fangfragen gestolpert wäre, aber wie sehr die ganze Situation verfahren war, erkannte er nicht. Die enge Beziehung zwischen Laura und ihrem

Bruder blieb ihm verborgen, und was sie ihm über Lucy und ihr Verhältnis zu der jungen Verwandten erzählte, nahm er für bare Münze. Sergeant Duff hätte sicher mehr erreicht, obwohl er die Inspektorenprüfung niemals schaffen würde. Er hätte gerochen, daß da etwas faul war.

»Wie finden Sie die Frau?« fragte Carver.

»Sehr etepetete und irgendwie altmodisch. Ganz bestimmt keine strahlende Schönheit. Den Morgenmantel hatte sie zugeknöpft bis oben hin, als ob sie mir nicht traute. Natürlich war sie völlig verstört.«

»Wenn sie sofort, nachdem sie das Mädchen vermißte, zu Caves Haus marschierte, könnte man ja fast den Eindruck bekommen, als hätte sie so etwas erwartet.«

»Danach habe ich sie auch gefragt. Sie sagte nein. Ihre Cousine hätte beim Frühstück erzählt, sie habe sich auf dem Jahrmarkt gut amüsiert, aber dann den ganzen Tag nicht mehr von ihm gesprochen.«

»Was an sich schon verdächtig ist, finde ich. Warum ist sie denn nun hingegangen?«

»Einfach weil Cave der einzige ist, den sie hier kennen, sagte sie. Sie sind ja erst seit einem Monat hier, und da hat man an einem Ort wie diesem noch keine Wurzeln geschlagen. In den Midlands mag das anders sein. Hier sind die Leute nicht besonders umgänglich. Ich hatte den Eindruck, als sei diese Lucy eine kleine Unschuld vom Lande mit recht romantischen Vorstellungen. Miss Forbes vermutete, die beiden hätten vielleicht heimlich eine neue Verabredung getroffen, und da sie wußte, wo Cave wohnte, wollte sie ihn aufsuchen, in der Hoffnung, etwas zu erfahren.«

»Und sie erfuhr, daß er eine Frau hat, aber nicht zu Hause war.«

»Das gab den Ausschlag. Sie hängt ganz offensichtlich sehr an dem Mädchen und war tief getroffen. Sie ist schnurstracks zur Hauptstraße gerannt, und erst dort fiel ihr ein, daß sie keine Ahnung hatte, wo sie nach den beiden suchen sollte. Also blieb ihr nichts anderes übrig, als heimzugehen und zu warten, bis ihr Bruder kam, was gegen halb zehn der Fall war.«

»Hier ist er erst um eins aufgekreuzt.«

»Nun, er ist ein anderer Typ – eher phlegmatisch und nicht so leicht zu erschüttern. Er hat sie erst einmal beruhigt, und dann haben sie beschlossen, noch ein wenig zu warten, ob das Mädchen nicht von sich aus wieder nach Hause kommt. Sie gehören nicht zu den Leuten, die mit ihren familiären Problemen zur Polizei gelaufen kommen, solange sie noch selbst damit fertigwerden. Eine Frage der Selbstachtung.«

»Hm. Wir werden nachprüfen müssen, wo er sich den ganzen Abend aufgehalten hat.«

»Darüber hat er bereitwillig Auskunft gegeben. Er hat uns von sich aus Namen und Adresse des Mannes genannt, mit dem er sich getroffen hat, und er hat auch angegeben, wann er in die Stadt weggefahren ist. U-Bahn und Bus lassen sich nicht auf die Minute genau festlegen, aber die Zeitangaben entsprechen ungefähr dem, was ich selbst angesetzt hätte. Ich mußte ihn eindringlich verwarnen, damit er Cave in Ruhe läßt. Was immer auch geschehen sein mag, Forbes ist überzeugt, daß er dahintersteckt, und kann es gar nicht erwarten, ihn in die Finger zu kriegen.«

»Hatten Sie ihn nicht eben noch als phlegmatisch beschrieben?«

»So lange, bis man ihn in Wut bringt. Er ist der liebenswürdige Typ, der brandgefährlich werden kann, wenn man ihn zu weit treibt.«

Der Kommissar knurrte nur. Neben dem Inspektor wirkte er wie ein behäbiger Familienvater. Doch die tiefen Furchen in seiner breiten Stirn widerlegten den Eindruck von Schwerfälligkeit. Er war auf seine Weise nicht weniger nervös als Gibson, und die Atmosphäre in dem olivgrünen Raum war zum Zerreißen gespannt. Wenn ein Fall, bei dem damit zu rechnen ist, daß er in der Öffentlichkeit Aufsehen erregt, in die kritische Phase eintritt, überlegen sich hohe Polizeibeamte jeden Schritt dreimal. Denn was jetzt unternommen wird, ist hinterher von größter Wichtigkeit. Jede Entscheidung ist mit einer gewaltigen Verantwortung belastet und muß eventuell vor Gericht gerechtfertigt werden. Wie man den Verdächtigen auch anpackt, von Anfang an lauert der drohende Schatten des Verteidigers im Hintergrund. Aber konnte von einem Fall denn überhaupt die Rede sein? Bisher war noch alles in der Schwebe. Faktum war nur ein vermißtes Mädchen, das immer noch die Möglichkeit hatte, heil und gesund wieder auf der Bildfläche zu erscheinen, und falls sie das nicht tat, gab es einen Mann, dem man die Sache anhängen konnte, weil er erst vor kurzem unter dem dringenden Verdacht gestanden hatte, den Tod einer anderen jungen Frau herbeigeführt zu haben. Kommissar Carver malte sich in den düstersten Farben aus, was ihn erwartete, falls Lucy Trewen wirklich tot war. Zuerst die Suche nach der Leiche, die ungünstigenfalls Wochen oder gar Monate in Anspruch nehmen konnte und ständig organisiert und überwacht werden mußte. Dann die endlosen Protokolle, die Hausbesuche, das Sammeln und Auswerten der spärlichen Informationen, die man Leuten, die zu schüchtern waren, um sich selbst zu melden, aus der Nase gezogen hatte. Die Entscheidung, ob die Beweise für eine Anklage ausreichten, lag bei der Staatsanwaltschaft, viel unmittelbarer war jedoch die Frage, was bis dahin mit dem Mann geschehen sollte. Niemand darf ohne Anklage festgehalten werden – und um Anklage erheben zu können, sind in vernünftigem Umfang Beweise erforderlich. Carver war das alles zuwider. Er stand zu kurz vor der Pensionierung, als daß er von der erfolgreichen Abwicklung einer *cause célèbre* noch profitiert hätte, andererseits mußte er noch so lange im Dienst bleiben, daß er es sich nicht leisten konnte, in den Verdacht der Untätigkeit zu geraten. Aber er hatte den Fall nun einmal am Hals und mußte das Beste daraus machen.

Auch Inspektor Gibson schwieg. Er hätte alles darum gegeben, in diesem Moment an Carvers Stelle zu sein. Zweifel hatte er keine. Er war sicher, daß das Mädchen tot war und daß er, wenn man ihm Gelegenheit dazu gab, jeden Mörder vor Gericht bringen konnte. Es ärgerte ihn maßlos, daß er bei diesem Fall, der ihn hätte berühmt machen können, nur die zweite Geige spielen durfte. Wieviel Arbeit er auch immer hineinsteckte, die Lorbeeren würde ein anderer ernten. Er übersah, daß es sich mit Vorwürfen ebenso verhalten würde.

»Wann kassieren wir ihn?« erkundigte sich der Sergeant, dem dies das wichtigste schien.

»Wir müssen uns schleunigst auf die Socken machen«, erklärte Gibson noch forscher als sonst. »Forbes sagt, Cave verläßt jeden Tag um acht das Haus, um zur Arbeit zu gehen.«

»Woher zum Teufel weiß er das denn so genau?« fragte Carver ein wenig überrascht.

»Cave hat es ihm wohl erzählt. So eine Bemerkung fällt schon mal, wenn man sich unterhält.«

»Wir wissen nicht einmal, ob er zu Hause ist«, sagte Carver. »Ich weiß, Sie haben einen Mann hingeschickt, aber möglicherweise bewacht der nur eine Frau und ein Kind. Das Kind ist mir eben erst wieder eingefallen. Armes, kleines Ding.«

»Wo sollte er denn hingehen?« fragte der Sergeant schlicht.

»Da haben Sie vermutlich recht, Duff. Und deshalb stehen wir immer noch vor der Entscheidung, ob wir ihn sofort schnappen oder uns bis heute abend Zeit lassen sollen.«

»Was gibt es da zu überlegen?« Gibson rümpfte die Nase. »Sie können es nicht wagen, ihm auch noch Bedenkzeit zu geben. In seiner gegenwärtigen Verfassung stellt er sowieso eine Gefahr für die Öffentlichkeit dar.«

»Schade, daß wir ihn nicht wegen etwas anderem festsetzen können«, bedauerte der Sergeant. »Wegen rückständiger Unterhaltungszahlungen etwa oder einer Vaterschaftsklage. Aber der Mann ist leider ein allzu braver Bürger.«

»Er ist übergeschnappt«, sagte Gibson.

»Nun, das haben gottlob nicht wir zu entscheiden«,

sagte Carver. »Das soll das Gericht ausfechten, falls es je soweit kommt. Verhaften Sie ihn lieber gleich, Duff. Und zwar persönlich. Wer weiß? Womöglich ist er reif für ein Geständnis. Und wenn nicht, dann fühlen wir ihm erst mal ganz vorsichtig auf den Zahn, vielleicht kriegen wir heraus, wo wir nach der Leiche suchen sollen. Falls es überhaupt eine Leiche gibt.«

»Wollen wir wetten?« fragte Gibson ironisch.

»Ich zitiere immer gern den klassischen Fall, bei dem zwei Männer und eine Frau gehängt wurden und das vermeintliche Opfer zu spät von einer Reise zurückkam, um Erklärungen abzugeben. Lucy Trewen wird erst seit« – er warf einen Blick auf seine Uhr – »zwölf Stunden vermißt. Sie hat noch viel Zeit, um wieder aufzutauchen. Vergessen Sie das nicht, Duff. Und jetzt machen Sie sich lieber auf den Weg. Wenn Sie ihn haben, bringen Sie ihn zu mir. Und gehen Sie unauffällig vor, wegen der Nachbarn. Wir müssen an die Familie denken. Ich konnte seine griesgrämige bessere Hälfte zwar nie ausstehen, aber immerhin hat sie zu ihm gehalten, und kein Mensch verdient es, zweimal durch diese Mangel gedreht zu werden.«

Robert Cave trat aus der Haustür und ging die Straße entlang. Zwei Häuser weiter legte sich eine Hand auf seinen Arm. Wie von der Tarantel gestochen fuhr er herum und sah in das gutmütige Gesicht von Sergeant Duff, der ihm kein Fremder war. Robert war unwillkürlich erschrocken; nicht so sehr wegen des Menschen Duff, den er als stets freundlich und sachlich kennengelernt hatte, sondern weil dieser Mensch als Vertreter einer Macht auftrat, mit der er,

Cave, sich in einen Kampf eingelassen hatte und die ihn niemals freigeben würde, obwohl er Sieger geblieben war.

»Beinahe hätte mich der Schlag getroffen«, sagte er und rang sich ein Grinsen ab. »Die Türklinken sind noch ganz naß vom Tau, was führt Sie denn schon so früh hierher?«

»Sie«, sagte Duff.

»Ich? Was habe ich denn jetzt wieder getan?«

»Das werden Sie selbst am besten wissen«, sagte Duff. »Der Kommissar möchte, daß Sie mit mir aufs Revier kommen. Er will Ihnen ein paar Fragen stellen.«

»Das habe ich doch schon einmal gehört. Ich bin auf dem Weg ins Büro. Ich komme nicht mit.«

»Machen Sie keine Dummheiten, Mann. Lieber auf dem Revier als hier, meinen Sie nicht auch? Mehr Diskretion.«

»Gar nicht, wenn's nach mir geht. Ich habe nichts getan, und ich habe die gleichen Rechte wie jeder andere.«

»Jeder Mensch hat seine Rechte«, stimmte der Sergeant zu. »Und momentan bin ich im Recht.«

»Das ist Schikane und sonst nichts. Schikane!«

»Sie können sich ja bei Ihrem Abgeordneten beschweren.«

»Das werde ich auch tun. Was ist daran so komisch?«

»Nicht so laut, mein Sohn. Gleich kommt alles an die Fenster gelaufen.«

Tatsächlich bewegte sich bereits eine Gardine, ob zufällig oder mit Absicht, war nicht festzustellen.

»Ich kann doch nicht einfach blaumachen, nur um der Polizei einen Gefallen zu tun. Wenn Sie so großen Wert auf meine Gesellschaft legen, schaue ich heute abend auf einen Sprung vorbei.«

»Sie kommen jetzt mit«, sagte der Sergeant. »Ihren Arbeitgeber können Sie von meinem Apparat aus anrufen. Lassen Sie sich irgendeine Ausrede einfallen. Einen Tag kann man sicher mal auf Sie verzichten.«

»Worum geht es denn überhaupt?«

»Das erfahren Sie noch früh genug. Denken Sie nicht mehr daran, genießen Sie den Spaziergang. Ein Haus hier, das könnte mir gefallen. Hübsch, die Gärtchen. Und der Boden scheint nicht so sauer zu sein wie bei mir.«

Cave protestierte nicht länger und gab auch den gespielten Widerstand auf. In seinem Kopf überstürzten sich die Gedanken. Von Lucy Trewens Verschwinden wußte er nichts, und so nahm er natürlich an, im Fall Midge Turner habe es neue Erkenntnisse gegeben. Er fragte sich, ob ihn vielleicht die Alte, ihre Mutter, angeschwärzt haben könnte, und suchte sich verzweifelt zu erinnern, was er ihr erzählt hatte.

Duff musterte ihn verstohlen, ohne daß er es merkte. Der Mann sah schlecht aus, fand er. Unter den Augen hatte er dunkle Ringe, die Folgen einer schlaflosen Nacht. In seine Kleider schien er irgendwie hineingefahren zu sein, und sein aschfahles Gesicht war nicht einmal ganz sauber. Duff hatte in seiner Emaillebadewanne einen altmodischen Luffaschwamm, mit dem er sich bei der täglichen Körperpflege fast die Haut wundrieb, und dieser Mangel an Hygiene erschütterte ihn. Wenn er bisher noch an Caves Schuld gezweifelt hatte, nun war er überzeugt. Aber Duff richtete über keinen Menschen, höchstens über Inspektor Gibson. Als Einheimischer kannte er die verstorbene Midge Turner und ihre berüchtigte Ma, und obwohl er es bedauerte, daß Midge im Kanal geendet hatte, war er nicht überrascht gewesen. Für ihn als Privatmann stand es fest, daß Cave sie hineingestoßen hatte, ›ein beabsichtigtes Versehen‹, lautete seine persönliche Definition. Für ihn war Cave weder ein Verrückter noch ein Krimineller, sonden einfach ein Mensch, der keinen Ausweg mehr sah, was seiner Erfahrung nach oft Grund genug war für einen Mord. Doch dieses zweite Verbrechen, falls es denn eines war, stellte ihn vor ein Rätsel. Er sah keinen Sinn darin. Kriminalwachtmeister Mellow hatte erzählt, das Mädchen sei hübsch gewesen, aber eher farblos. Vielleicht hatte Cave nach der Affäre mit Midge gerade das gereizt. Aber dann mußte ihm auch klar gewesen sein, daß diese Beziehung nicht von Dauer sein konnte. Anständige Leute wie die Forbes hätten ihm die Tür gewiesen, sobald ans Licht kam, daß er verheiratet war, und sie erfuhren, mit wem sie es zu tun hatten. Infolgedessen... nun, was immer auch passiert war, es war ein Jammer. Schon wegen des Kindes. Wie sein Vorgesetzter verschwendete Duff sein Mitgefühl nicht auf Joyce Cave. Robert mochte schwach sein, aber man stärkt einem Menschen nicht das Rückgrat, indem man ständig auf ihm herumhackt. Als die Polizei Cave unter Beschuß nahm, hatte Joyce zwar wortreich ihre Liebe und ihr Verständnis für ihn beteuert, aber der Sergeant hatte sich davon nicht täuschen lassen. Er sah genau, wenn zwei Leute in Unfrieden lebten. Und er sah auch, was hinter Joyces Lügen steckte, der Wunsch nämlich, sich und Katie die Schande zu ersparen, mit der alle Angehörigen eines verurteilten Verbrechers würden leben müssen. In dieser Einstellung dokumentierte sich ihre Erziehung, aber auch ihr Mutterinstinkt. Duff hatte Onkel Joe und Tante Em kennengelernt, und er hätte sie nicht als Pflegeeltern haben wollen. Unerklärlich war ihm nur, warum Joyce dieses behagliche, wenn auch enge Nest verlassen hatte, um ihr Leben mit Robert Cave zu teilen. Dies mußte das einzige Mal gewesen sein, daß sie vom schmalen Pfad der Tugend abgewichen war, und sie hatte es bitter bereut. Ob sie den armen Teufel mit ihrem affektierten Getue zum Wahnsinn getrieben hatte? Der Sergeant war kein ausgebildeter Psychologe, aber er wußte, daß mangelnde Reinlichkeit oft den ersten Hinweis auf einen ›gestörten‹ Geist gibt. Sein Begleiter schien noch immer kein Verlangen nach einem Gespräch zu haben, und Duff war froh darüber. Andeutungen durfte er nicht machen, und Bekenntnisse wollte er nicht hören. Also schlug er sich seinen Beruf vorerst aus dem Sinn und sah sich mit Vergnügen an, wie andere Leute ihre Vorgärten gestaltet hatten. Die Gärtnerei war sein Hobby, und für einen Polizisten war sie kein schlechter Zeitvertreib. Sie gab ihm das Vertrauen in die Schöpfung wieder.

Erst als sie miteinander das Polizeirevier betraten, brach er das Schweigen. »Was ist mit Ihrem Anruf?«

»Wahrscheinlich ist noch niemand im Büro.«

»Dann erledigen wir das später. Hier entlang, Mr. Cave.«

Die beiden Diensthabenden starrten Cave neugierig an, und Duff runzelte drohend die Stirn. Eine derartige Disziplinlosigkeit hätte man ihm in seiner Jugend niemals durchgehen lassen.

Kommissar Carver hatte es nicht nötig, den Vielbeschäftigten zu spielen. Er warf Cave ein kurzes ›Morgen‹ hin, wies ihm und dem Sergeant mit einer Handbewegung einen Sitzplatz zu und fuhr fort, Schriftstücke zu unterzeichnen. Als er endlich fertig war, lehnte er sich zurück, musterte den Mann, mit dem er sich als nächstes zu befassen hatte, mit einem langen, durchdringenden Blick und eröffnete das Verhör.

»Nun, Mr. Cave, reden wir nicht um den heißen Brei herum. Ich möchte ganz genau von Ihnen wissen, wie Sie den gestrigen Abend verbracht haben, ab dem Zeitpunkt, als Sie von der Arbeit nach Hause kamen.«

Was immer Cave erwartet haben mochte, das war es nicht. In seinem Kopf jagte eine Vermutung die andere, bis schließlich eine völlig falsche, aber beängstigende Vorstellung von ihm Besitz ergriff. Ma Turner war in ihrem Sessel gestorben, nachdem er sie verlassen hatte, und jetzt versuchte man, ihn damit in Verbindung zu bringen. Logisch war diese Vorstellung nicht – oder nur bedingt. Natürlich hätte die alte Frau ebensogut zu diesem wie zu jedem Zeitpunkt sterben können, aber es wäre stets ein natürlicher Tod gewesen. Er hatte nichts zu befürchten. Aber er war so in Panik, daß er nicht mehr vernünftig denken konnte. So beschloß er zu leugnen, daß er sie überhaupt zu Gesicht bekommen hatte, von einem Besuch in ihrem Häuschen ganz zu schweigen. Er fuhr sich mit der Zunge über die Lippen und trumpfte auf, das Schlimmste, was er in seiner Situation überhaupt tun konnte.

»Das geht außer mir keinen etwas an.«

»Vor allem dann nicht, wenn Sie etwas zu verbergen

haben, nicht wahr? Kommen Sie, Mr. Cave, das ist doch Zeitverschwendung. Was Sie jetzt sagen, wird nicht zu Protokoll genommen, Sie können also offen sprechen. Sie kennen mich, wir hatten schon miteinander zu tun. Ich halte mich für einen absolut fairen Menschen. Man hat Sie bedauerlicherweise verdächtigt, ein Verbrechen begangen zu haben, das nicht aufgeklärt werden konnte. Wir haben Sie damals nicht unter Druck gesetzt und werden es auch jetzt nicht tun. Wenn Ihre Aussage mich zufriedenstellt, ist die Sache damit erledigt.«

Als Cave nach einer Minute noch immer nicht geantwortet hatte, drängte er: »Ich warte, Mr. Cave.«

Cave sah ein, daß es kein Entrinnen gab, denn der Kommissar hatte sich in seiner langjährigen Dienstzeit zu einer respekteinflößenden Persönlichkeit entwickelt, und um sich gegen diesen Mann mit Begriffen wie ›meine Rechte‹ und ›Schikane‹ zu behaupten, hätte er selbst ein sehr viel stärkerer Charakter sein müssen. Also begann er stockend über den Ablauf der vergangenen Nacht zu berichten.

Carver ließ ihn eine Weile herumstottern, dann sagte er scharf: »Das wollen wir doch gleich zu Papier bringen. Sie haben also Ihr Haus um 20.45 Uhr verlassen, um ins *Grapes* zu gehen.«

»Das sagte ich bereits. Wenn Sie wollen, können Sie den Wirt fragen. Ich habe in der *saloon bar* etwas getrunken. Bier«, fügte er hinzu, damit der Kommissar nicht etwa dachte, er habe sich mit Gin vollaufen lassen.

»Sie wollten dort jemanden treffen?« Cave zögerte einen winzigen Moment, dann sagte er:

»Nein, eigentlich nicht.«

Er wollte Forbes' Namen nicht erwähnen, sonst würde sich die Polizei noch an ihn wenden, und dann wäre Forbes ihm sicher böse, weil er ihn mit hineingezogen hatte. Er war ja nicht gekommen, wozu also von ihm reden?

»Zum Beispiel ein Mädchen?«

»Nein!« Diesmal kam die Antwort prompt.

»Wie lange haben Sie sich im *Grapes* aufgehalten?«

»Das kann ich nicht genau sagen. Eine halbe Stunde vielleicht.«

»Und was dann?«

»Dann bin ich gegangen. Auf die Toilette, wenn Sie's ganz genau wissen wollen.«

»Und danach haben Sie jemanden getroffen?«

Wieder verspielte Cave eine Sekunde, weil er sich überlegte, daß möglicherweise jemand in der Bar gehört hatte, wie er mit Ma Turner sprach – beziehungsweise *sie* mit ihm.

»Mrs. Turner von den Häusern gegenüber hatte sich eine Flasche Bier geholt. Wir haben ein paar Worte miteinander geredet.«

»Dann ist sie Ihnen also nicht böse, ganz gleich, was die Leute sagen?«

»Offenbar nicht. Nein, natürlich nicht. Warum sollte sie auch?«

Carver zuckte die Achseln. »Wohin sind Sie im Anschluß daran gegangen? Sofort nach Hause?«

Fast hätte er die Frage bejaht. Doch dann dachte er, Joyce könnte das Gegenteil behaupten. Und so sagte er: »Es war eine schöne Nacht. Ich habe noch einen kleinen Spaziergang gemacht.«

»Wo? Am Kanal?«

»Nein. Auf dem Kiesweg hinter dem *Grapes* zur Cafeteria.«

»Ach. Sind Sie reingegangen?«

»Nein.«

»Jemanden gesehen?«

»Nein.«

»Und wann sind Sie endlich nach Hause gekommen?«

»Ich weiß nicht. Gegen elf, nehme ich an.«

»Da müssen Sie aber lange durch die Gegend geirrt sein!«

»Mir ist es nicht so vorgekommen.«

Eine längere Pause trat ein. Und dann fragte Kommissar Carver übergangslos: »Was wissen Sie über Lucy Trewen, Cave?«

Cave blieb der Mund offen stehen. Kein Schauspieler hätte überzeugender den Schuldigen mimen können. Verblüffung und Schuldbewußtsein sehen sich oft zum Verwechseln ähnlich.

»Äh – ich – ich bin ihr einmal bei ihren Verwandten begegnet«, sagte er. »Ich kenne das Mädchen kaum.«

»Aber sie waren neulich abends mit ihr auf dem Jahrmarkt.«

»Ja, aber – Lucy ist doch nichts zugestoßen, oder?«

»Was hätte ihr denn zustoßen sollen?«

»Nichts. Gar nichts natürlich. Aber wieso erwähnen Sie dann ihren Namen?«

»Sie wird vermißt«, sagte Carver knapp.

»Du meine Güte! Ich…«

»Sie ist gestern abend kurz vor neun weggegangen und

bis jetzt nicht wiedergekommen. Haben Sie uns nichts zu sagen?«

»Nein – nein. Ich bin nur ganz außer mir… ich weiß nicht, was ich davon halten soll. Sie glauben doch wohl nicht, daß ich etwas damit zu tun habe?«

»In Ihrer Umgebung scheinen öfter Mädchen zu verschwinden, Cave.«

»Sie – Sie…« Er fuhr von seinem Stuhl hoch, sank aber gleich wieder zurück. »Sie kommt sicher bald wieder, und dann müssen Sie sich bei mir entschuldigen.«

»Einverstanden, sobald sie da ist. Hören Sie, Cave, wenn Sie etwas wissen, dann heraus damit, ehe wir das Geld des Steuerzahlers für eine Fahndung hinauswerfen. Wenn Sie einen Anwalt wollen, brauchen Sie es nur zu sagen.«

»Sie beschuldigen mich doch nicht?«

»Nein, ich beschuldige Sie nicht. Aber ich bin noch nicht mit Ihnen fertig. Ich habe noch eine ganze Reihe von Fragen. Machen Sie es ihm irgendwo bequem, Duff.«

»Er würde gern in seinem Büro anrufen, Sir.«

»Nun, dann erledigen Sie das. Zu Hause wartet ja wohl niemand auf Sie? Zu essen bekommen Sie bei uns, und eine Tasse Kaffee könnten wir jetzt wohl auch vertragen.«

Duff half Cave auf die Füße. Der Mann war wie in Trance. An der Tür wandte er sich noch einmal dem Kommissar zu und sagte:

»Gott ist mein Zeuge, ich habe mit dieser Sache nichts zu tun.«

Die Worte klangen geschraubt und pathetisch. Mörder gebrauchen oft solche Phrasen.

»Aber ein Alibi haben Sie diesmal wohl nicht?« konterte Carver.

Über die Sprechanlage rief er Gibson. »Ich fürchte, es ist wieder der Kanal«, sagte er. »Sie könnten inzwischen alles vorbereiten. Wenn sie bis Mittag nicht zurück ist, fangen Sie mit dem Abfischen an. Probieren Sie es als erstes an der alten Stelle, er ist so weit hinüber, daß ihm kaum etwas anderes eingefallen sein dürfte.«

»Verstanden. Sie werden vermutlich einen Haftbefehl beantragen?«

»Ich werde keinen Haftbefehl beantragen.«

Und Kommissar Carver schnitt dem Kästchen, aus dem die geisterhafte Stimme gekommen war, eine Grimasse.

10

Die Suche dauerte nicht lange. Um drei Uhr nachmittags wurde die tote Lucy Trewen aus dem Kanal geborgen. Ertrunkene bieten immer einen traurigen Anblick, und dieses Mädchen mit dem schlammverklebten Haar war noch so jung. Inspektor Gibson, den eine Leiche im allgemeinen nicht mehr berührte als ein Stück Fleisch in einer Metzgerei, wurde unversehens die Kehle eng. John Forbes hatte von Anfang an das Ufer unsicher gemacht, kaum weniger gepeinigt von der Langsamkeit der Boote und allem, was damit zu tun hatte, als von seiner Angst vor dem Augenblick der Wahrheit. Nun vertraute er seiner Stimme nicht, sondern identifizierte das Mädchen nur mit einem Nicken. Gibson sah auf den ehemals hellen, jetzt vor Nässe dunklen Mantel hinab, bemerkte die immer noch geschlossenen Knöpfe und fragte:

»Ist sie normalerweise so auf die Straße gegangen?«

»Sie hätte ein Tuch umgebunden.«

Ganz richtig. Forbes' ohnehin vorquellende Augen schienen nun förmlich aus den Höhlen gedrückt zu werden. Bei ihrem letzten, verzweifelten Kampf war es Lucy zumindest gelungen, den Mund freizubekommen. Forbes mußte einen Altweiberknoten geknüpft haben. Das Tuch war nicht mehr da.

»Vielleicht auch eine Handtasche, Mr. Forbes?«

»Ja, ja, natürlich.«

»Welche Form?«

»Ziemlich lang und schmal, mit einer Klappe wie ein Briefumschlag.« Er hielt inne. »Meine Schwester hat sie ihr zu Weihnachten geschenkt.«

»Hatte sie viel Bargeld darin?«

»Nein – nur ein bißchen Kleingeld. Möglicherweise eine Pfundnote.«

»Sie muß wohl im Schlamm liegen. Davis, kommen Sie her.«

Er gab dem Froschmann weitere Anweisungen.

Kommissar Carver telefonierte mit dem Coroner, dem Beamten für die Untersuchung der Todesursache in Fällen gewaltsamen oder unnatürlichen Todes. Der hörte sich an, was sein Kollege zu berichten hatte, und sagte dann: »Ich setze mich mit Mills in Verbindung. Er ist unser Mann.«

Jeder Coroner hat seinen Lieblingspathologen, und diesem hier war Mills besonders genehm, weil er dieselbe Public School besucht hatte.

»Das überlasse ich Ihnen, Sir«, sagte Carver diplomatisch. »Ich möchte nur darum bitten, daß Sie mir sobald wie möglich den Termin für die Voruntersuchung mitteilen. Wahrscheinlich brauchen wir lediglich eine offizielle Identifizierung und die Feststellung der Todesursache, aber das bleibt abzuwarten. Die Familie des Mädchens will die Beerdigung sicher schnell hinter sich bringen. Vielleicht könnten Sie mich anrufen, nachdem Sie Dr. Mills erreicht haben. Wir sorgen dafür, daß die Leiche so lange im Leichenschauhaus aufbewahrt wird, bis wir wissen, was er damit vorhat.«

Am Donnerstag vormittag gegen elf Uhr ging Katie Cave nach nebenan zu ihrer Freundin Mrs. Franks.

»Ich möchte auf Wiedersehen sagen«, sagte sie. Das Kind war zum Ausgehen angezogen, ihr Gesicht war totenblaß. Die verschwollenen Augen verrieten sofort, daß sie geweint hatte.

»Ach, Katie«, sagte Mrs. Franks. Sie hatte sich eben eine Tasse Kakao gemacht, aber die konnte warten.

»Mummy hat gesagt, wir werden nie mehr mit Daddy zusammenwohnen. Wir ziehen zu Tante Em. Bald kommt das Taxi und holt uns und die Koffer ab. Es ist schon alles gepackt.«

Mrs. Franks wußte nichts von Lucy Trewen und den neuen Entwicklungen bei ihren Nachbarn. Aber daß etwas Schlimmes geschehen sein mußte, war offensichtlich. Joyce würde niemals ihr Heim verlassen, wenn nicht ganz drastische Maßnahmen erforderlich waren.

»Wo ist dein Daddy?« fragte sie Katie, in der Hoffnung, auf diesem Weg die Lösung des Rätsels zu finden.

»Er ist mit dem Sergeant aufs Polizeirevier gegangen. Gestern war er auch den ganzen Tag dort. Er war nicht bei der Arbeit. Und der Sergeant und noch ein Mann haben Mummy Fragen gestellt. Ich mußte in der Küche spielen. Ich wollte zu dir kommen, aber ich durfte nicht.«

Mrs. Franks zerriß es fast das Herz, als sie ihre kleine Spielkameradin so hilflos im Labyrinth dieser grausamen Erwachsenenwelt herumirren sah. Und sie konnte nichts tun. Sie hatte kein Anrecht auf das Kind, die Zuneigung, die sie füreinander empfanden, zählte nicht.

»Es hat nicht etwa mit dem Datum in deinem Griffelkasten zu tun, Katie?« tastete sie sich behutsam vor.

»Ich weiß nicht. Nein, ich glaube nicht. Es geht um irgendwelche Leute in der Raphael Road. Ich glaube, ihre Cousine ist ertrunken. Mrs. Franks, warum muß ich bei meiner schrecklichen Tante Em wohnen, nur weil irgendeine Cousine ertrunken ist?«

Mrs. Franks wagte nicht einmal in Gedanken, eine Verbindung zwischen den beiden Fakten herzustellen.

Statt dessen sagte sie aufmunternd: »Es ist sicher nicht für lange, Katielein. Tu einfach so, als wäre es ein gewöhnlicher Besuch, dann ist alles nicht so schlimm. Du mußt nämlich vernünftig sein. Wenn du zu deiner Tante Em nicht nett bist, ist sie auch nicht nett zu dir. Wenn du dagegen schön artig bist, machst du deiner Mummy und auch dir selbst den Aufenthalt viel angenehmer.«

»Meine Mummy ist mir egal. Ich mag nur meinen Daddy.« Katies Unterlippe zitterte bedenklich.

»Aber Katie!« rief Mrs. Franks ungewöhnlich scharf, um die Katastrophe abzuwenden. »Am besten kannst du deinem Daddy helfen, wenn du nicht den Kopf verlierst und dich nicht wie ein Baby benimmst. Ich kümmere mich um ihn, solange du weg bist. Und weißt du was, ich schreibe dir. Die Adresse kenne ich. Gib du nur acht, wenn der Postbote kommt.«

»Tust du das wirklich?«

»Ja. Und du brauchst mir auch nicht zu antworten, das könnte vielleicht jemanden stören. Ein paar Tage später schreibe ich dir trotzdem wieder. Und noch etwas, Katie –«

»Ja, Mrs. Franks?«

»Du darfst die Spieldose mitnehmen.«

»Oh, das ist ja einfach super. Ich werde gut auf sie aufpassen.«

»Das will ich dir auch geraten haben, denn sie gehört jetzt dir. Du bekommst sie nicht geliehen, sondern geschenkt.«

»Oh, Mrs. Franks.«

Katie nahm die Dose in die Arme, als sei sie von unschätzbarem Wert. Dann sagte sie sehr beherrscht: »Ich muß jetzt gehen, Mrs. Franks.«

»Auf Wiedersehen, Katie. Bis bald.«

Sie gaben sich keinen Kuß, Zärtlichkeiten waren zwischen ihnen nicht üblich, aber Mrs. Franks brachte Katie bis zur Haustür. Danach kehrte sie in ihr überfülltes Zimmer zurück. Der Kakao war kalt geworden und hatte eine dicke Haut bekommen. Mrs. Franks trug die Tasse in die Küche und leerte sie langsam in den Abfluß.

»So viele Sachen«, quengelte Tante Em, »wo sollen die nur alle hin?«

Die Schachteln und Koffer standen, zusammen mit einem messingbeschlagenen Schirmständer in Form einer Badewanne und einem Beistelltisch mit einem Blumentopf darauf, in ihrer blitzblank geputzten Diele.

»Ach, du meine Güte, ach, du meine Güte!« jammerte Tante Em. Sie trug wie gewohnt mehrere Strickjacken übereinander, wodurch sie wie eine wandelnde Tonne wirkte. »Das wird so lange warten müssen, bis dein Onkel Joe aus dem Geschäft kommt. Gottlob schließen sie heute bereits mittags. Dein Onkel Joe wird hoffentlich wissen, was damit geschehen soll. Ich kann das jedenfalls nicht entscheiden.«

»Laß doch das Gepäck«, sagte Joyce ungeduldig. »Damit kann er mir auch später helfen. Wo willst du uns unterbringen?«

»Wo soll ich euch schon unterbringen, meine Liebe? Wir haben doch nur das eine Gästezimmer. Den anderen kleinen Raum braucht dein Onkel Joe für seine Meditationen. Das Bett ist nicht bezogen, aber Mrs. Higgins sorgt dafür, daß es regelmäßig gelüftet wird. Außerdem legt sie immer eine Wärmflasche hinein, allzu klamm kann es also nicht sein. Soll ich dir nach dem Essen vielleicht zeigen, wo die Laken sind? Hast du Hunger, Katykins?«

»Nicht sehr«, sagte Katie.

»Das ist aber schade. Mrs. Higgins hat alles bereitgestellt. Ein wunderbarer Eintopf mit einer köstlichen Soße. Dein Onkel Joe mag Eintopf. Ich finde, Haschee schmeckt besser. Ich finde immer, daß Haschee besser schmeckt.«

»Wir essen, was auf den Tisch kommt«, sagte Joyce.

»Wenn ich mir da nur so sicher sein könnte, meine Liebe.« Tante Em blinzelte besorgt durch ihre Brillengläser. »Es kam alles so überraschend. Wenn ich früher gewußt hätte, daß ihr kommt, hätte ich mehr Steaks bestellt. Nun, dann müssen wir uns eben am Gemüse sattessen, nicht wahr, Katykins?«

»Ich kann ein paar von den kleinen Koffern hinauftragen«, erbot sich Katie, die Tante Em und ihre Art, eine Unterhaltung zu führen, bereits satt hatte.

»Tatsächlich, meine Liebe? Den Weg kennst du ja. Gib auf das Geländer acht, damit du mit den scharfen Kanten nicht die Farbe abstößt. Und laß bitte deine Sachen nicht überall herumliegen. Ach, du meine Güte, wenn nur dein Onkel Joe schon hier wäre. Diese Aufregung ist in meinem Alter einfach zuviel für mich. Mir geht es gar nicht gut, Joycey. Und meine Arthritis macht mir so sehr zu schaffen, ich kann überhaupt nichts tragen.«

Auch Joyce sehnte die Rückkehr ihres Onkels herbei. Mit jemandem wie Tante Em konnte sie nicht besprechen, was sie auf dem Herzen hatte. Die Entscheidung, Robert zu verlassen, war notgedrungen sehr rasch gefallen. Gedacht hatte sie schon früher daran, aber niemals ernsthaft. Dieses Haus sah sie als ihr erstes Heim an, und sie war es gewohnt, unangemeldet hier aufzutauchen. Über Nacht war sie freilich seit Jahren nicht mehr geblieben. Und sie hatte Onkel Joe niemals ausdrücklich gefragt: ›Kann ich notfalls bei euch unterkommen?‹ Das hatte sie für selbstverständlich gehalten. Nun machte Tante Ems Reaktion sie unsicher. Zum ersten Mal in ihrem Leben fühlte sich die tüchtige Joyce überfordert. Sie hatte ihren Mann verachtet, er hatte sie zur Verzweiflung getrieben, aber noch nie zuvor hatte sie Angst gehabt, er könnte ihr und dem Kind etwas antun. Obwohl sie gespürt hatte, daß sich irgendwo ein Unwetter zusammenbraute, war diese neue Katastrophe so plötzlich über sie hereingebrochen wie ein erster Donnerschlag, und sie hatte kopflos irgendwo Schutz gesucht. Nach dem kurzen Anruf bei Onkel Joe, um ihm die Tatsache ihres Kommens mitzuteilen, hatte sie hastig alles zusammengepackt, was sich in die verfügbaren Koffer hineinstopfen ließ, und dabei keine Gelegenheit gefunden, ihre Gedanken zu ordnen. Sie hatte sich nicht einmal die Zeit genommen, Katie zu beruhigen. Sie wollte nur aus dem Haus sein, ehe Robert vom Polizeirevier wiederkam. Mit ein paar hastig hingekritzelten Zeilen teilte sie ihm mit, sie sei nicht willens, zu ihm zurückzukehren. Aber sie fürchtete, er könnte ihnen mit dem Wagen nachgefahren kommen. Und nun war sie da, Tante Em flatterte herum wie ein aufgescheuchtes Huhn, und es galt, sich um Katie zu kümmern, Eintopf zu essen und Erklärungen abzugeben. Zu letzterem würde sie freilich erst heute abend kommen, wenn Katie im Bett war. Sie war nicht glücklich darüber, mit ihrer Tochter das Doppelbett zu teilen, aber es war immer noch besser, als mit Robert in einem Zimmer mit getrennten Betten zu schlafen. Mittlerweile war sie überzeugt, daß er geisteskrank war, die Frage war nur, wie lange schon. Genaueres wußte sie nicht, nur, daß ein zweites Mädchen zu Tode gekommen war; man hatte die Leiche aus dem Kanal gefischt, und seitdem wurde Robert nicht nur endlosen Verhören unterzogen, sondern auch von der Polizei überwacht. Das hatte er ihr am Mittwoch selbst erzählt, als er am späten Nachmittag vom Revier nach Hause kam. Den Zivilbeamten auf der Straße hatte sie mit eigenen Augen gesehen, aber auch er half ihr nicht, sich sicherer zu fühlen. Der Tod konnte so plötzlich kommen, daß sie keine Zeit mehr fand, einem Polizisten die Tür zu öffnen. Ihren Mann zu fragen, was aus ihr werden sollte, wagte sie nicht. Er hatte sich so sonderbar benommen, weder essen noch trinken wollen, hatte nur zusammengesunken auf einem Stuhl gesessen, als sei alle Kraft von ihm gewichen. Sein Blick war verdrossen, in sich gekehrt, als habe er um sich herum eine Mauer errichtet, die ihn nicht nur von der übrigen Welt, sondern auch von seinem eigenen Schicksal abschloß. Sie hatte sich gefragt, ob dies bereits der endgültige Zusammenbruch war oder nur das Vorspiel zu einem schrecklichen Tobsuchtsanfall. Als endlich Onkel Joe, mit dem zufriedenen Blick des unterschätzten Propheten, dessen Weissagungen sich erfüllt hatten, die Haustür aufschloß, war sie so erleichtert, daß sie ihm am liebsten um den Hals gefallen wäre. Doch solche Gefühlsäußerungen waren hier ebenso verpönt wie zwischen Katie und Mrs. Franks, und so sagte sie nur: »Hallo, Onkel Joe. Da sind wir, wie du siehst.« Und er zog die buschigen Brauen zusammen, bedachte die Koffer mit einem finsteren Blick und antwortete: »Ja, das sehe ich.« Sehr ermutigend klang das nicht. Und dann ging man zum Eintopf über.

Der Nachmittag schleppte sich mühsam dahin. Auch für Onkel Joe war es selbstverständlich, daß wichtige Dinge erst besprochen werden konnten, nachdem Katie zu Bett gebracht war. Außerdem war er ein Sklave seiner Gewohnheiten. Wenn das Geschäft halbtags geöffnet war, gönnte er sich nach dem Essen ein Mittagsschläfchen in seinem Sessel. Danach unternahm er, sommers wie winters, ob bei Regen oder Sonnenschein, einen flotten Spaziergang, wobei er immer den gleichen Weg nahm und vermutlich auch den gleichen Gedanken nachhing. Wenn er nach Hause kam, zog er die Schuhe aus und die Hausschuhe an, trank seinen Tee und zog sich dann mit einem Buch ins Hinterzimmer zurück. Die Fernsehbegeisterung seiner Frau teilte er ebensowenig wie ihre Vorliebe für überheizte Räume. In seinem Laden war es immer kalt, denn das war gut für die Ware, und was für die Ware gut war, konnte für ihn nicht schlecht sein. Seine Verkäufer hatten ständig blaugefrorene Nasen und trugen, sofern sie weiblichen Geschlechts waren, fingerlose Handschuhe. Solange er zu Hause war, beschäftigte Joyce sich mit Katie, um das Kind ruhig zu halten, während seiner Abwesenheit packte sie lustlos ihre Sachen aus. Da offenbar niemand bereit war, ihr beim Hinauftragen der großen Koffer behilflich zu sein, lief sie unzählige Male treppauf, treppab, um alles einzeln nach oben zu bringen, nur um am Ende festzustellen, daß die Schubladen im Gästezimmer vollgepackt waren mit den verschiedensten wollenen Kleidungsstücken von Unterwäsche bis Strickjacken. Als sie erschöpft wieder herunterkam, geriet sie mitten in einen handfesten Streit zwischen ihrer Tochter und Tante Em.

Katie hatte die alte Dame beim Schummeln erwischt, als sie eine Patience legte, und da sie selbst grundehrlich war, wollte es ihr einfach nicht in den Kopf, daß jemand Spaß daran finden sollte, sich selbst zu betrügen. Erst nach dem Abendessen konnte Joyce sich endlich mit Onkel Joe im Hinterzimmer einschließen, doch inzwischen war sie so müde, daß sie nur noch schlafen wollte.

Onkel Joe war dagegen in Hochform. In dem Raum, den er mitunter als Studierzimmer bezeichnete, herrschten Temperaturen wie in einem Eiskeller. Die Wände waren mit Büchern in sandfarbenen Einbänden zugestellt, die zumeist Predigten enthielten, denn Onkel Joe war Laienprediger und brauchte oft Inspirationen. Er und seine Nichte nahmen zu beiden Seiten eines Mahagonitisches auf hochlehnigen Stühlen Platz, Joyce skizzierte in groben Umrissen die Lage, und Onkel Joe hörte zu und hatte wie immer, wenn er sich konzentrierte, die Spitzen seiner kurzen Finger dachförmig aneinandergelegt.

Als sie zu Ende war, ließ er die Hände sinken, drehte sie so, daß er die Fingerspitzen eingehend betrachten konnte, und verkündete sodann deren Urteil.

»Eine Frau gehört an die Seite ihres Mannes.«

»Nicht, wenn er ein Mörder ist!« rief Joyce, jäh aus ihrer Apathie gerissen.

»Wie man sich bettet, so liegt man.«

»Ich liege in diesem Bett schon seit zehn Jahren. Reicht das nicht?«

»Dieses Haus ist nicht so groß, wie es aussieht«, bemerkte Onkel Joe.

»Dann muß es geschrumpft sein, seit ich hier ausgezogen bin«, gab sie zurück.

»Wo drei leben können, sind vier oft schon zuviel.«

»Wir kommen schon zurecht«, knirschte sie.

»Wir werden mehr Strom und Heizung brauchen, und es hat nicht den Anschein, als könnte Robert etwas zu eurem Unterhalt beitragen.«

»Soll das heißen, daß Katie und ich nicht hierbleiben können?«

»Wir müssen um Erleuchtung beten«, wich er aus.

»Bei deinen Gebeten um Erleuchtung kommt seltsamerweise immer das heraus, was du gern möchtest«, hielt sie ihm vor.

»Ich werde mir nicht nachsagen lassen, ich hätte meinem eigen Fleisch und Blut die Tür gewiesen oder es in der Stunde der Not an Barmherzigkeit fehlen lassen, meine Liebe. Aber deine Tante ist kränklich, und ihr bin ich in erster Linie verpflichtet. Es geht nicht an, daß ein verzogenes Kind das ganze Haus auf den Kopf stellt, wie Em es mir berichtet hat, als ich von meinem Spaziergang zurückkam.«

»Katie ist nicht verzogen. Ich dachte, du vergötterst sie.«

»Durchaus, aber nicht auf Dauer.« Das klang ausnahmsweise einmal ganz menschlich.

»Du kannst uns jedenfalls nicht sofort auf die Straße setzen. Erst muß ich eine andere Bleibe finden, und außerdem brauche ich Arbeit. Eins steht nämlich fest, was immer auch geschieht, zu Robert gehe ich nicht zurück, und wenn ich verhungern müßte.«

»In einem Wohlfahrtsstaat wie dem unseren verhungert niemand«, sagte Onkel Joe, und es klang fast bedauernd.

»Ich habe dir schon Ostermontag erzählt, daß er mir irgendwie nicht geheuer war.« Ein Schauder überlief sie. »Auf so etwas war ich freilich nicht gefaßt.«

»Du hast einen großen Fehler gemacht, mein Kind, als du mich gegen meinen Willen und nur, um dich und deine Tochter zu schonen, überredet hast, Robert vor den Folgen seines lasterhaften Lebenswandels zu bewahren.«

»Nun hast du ja Gelegenheit, die Sache wieder in Ordnung zu bringen.«

»Das kommt nicht in Frage«, fuhr er sie an. »Ich bleibe bei meiner Aussage. Ich bringe doch nicht meine unsterbliche Seele in Gefahr, nur um dir einen Gefallen zu tun, und mache dann einen Rückzieher. Wir waren uns damals einig, und nun müssen wir auch beide dazu stehen.«

»Aber vielleicht gibt der eine Mord nicht genügend her, um ihn vor Gericht zu stellen.«

»Das ist ausschließlich Sache der Polizei. Die sollen sich darum kümmern, und nach deinen Aussagen haben sie ja auch alles im Griff. Nein, Joyce, wenn ich gesündigt habe, weil mir deine Interessen allzu sehr am Herzen lagen, so habe ich meine Strafe bereits bekommen. Erst heute habe ich gehört, daß die Gemeinde die Pläne für den neuen Supermarkt gebilligt hat. Du weißt, was das bedeutet. Das ist das Ende der kleinen Geschäfte.«

»Was hat das denn damit zu tun?«

»Der Gerechte wird allzu leicht verkannt«, bemerkte Onkel Joe, wobei nicht ganz klar war, wem er diesen Fehler unterstellte.

»Du bist also unter allen Umständen entschlossen, an dem Alibi festzuhalten, das du ihm gegeben hast.«

»Ich kann nicht anders. Oder willst du etwa, daß ich als Lügner bloßgestellt werde und mich selbst den Händen der Gottlosen ausliefere?«

»Mag sein, daß alles meine Schuld war«, räumte sie entmutigt ein. »Aber ich finde, wir sollten jetzt die Wahrheit sagen, es wäre das mindeste, was wir tun könnten.«

»Dafür ist es zu spät. Wenn ich dich bei mir aufnehmen soll, dann nur zu bestimmten Bedingungen. Das ist eine davon.«

»Also bleibt mir nichts anderes übrig, als zu tun, was du sagst.«

»Man muß doch vernünftig sein, Joyce. Mein Ruf als ehrlicher Geschäftsmann ist die Grundlage meiner Existenz. Du hast von Anfang an auf meine Angst vor einem Skandal gesetzt, als du mich damals um Hilfe gebeten hast. Glaubst du etwa, mir gefällt es, wenn alle Welt darüber herzieht, daß meine Nichte mit einem Mörder verheiratet ist? Das ist nun einmal nicht zu ändern. Aber wenn ich zugäbe, gelogen zu haben, um ihn vor dem Galgen zu bewahren, könnte ich mich gleich begraben lassen. Das siehst du doch ein?«

»Ich muß ja wohl.«

»Dann denk daran, falls die Polizei in der Vergangenheit herumstochern sollte.«

»Muß man damit rechnen?«

»Mein liebes Kind, die Leute sind doch nicht auf den Kopf gefallen. Natürlich wird jetzt alles wieder aufgewühlt. Ich habe es dir noch nicht erzählt, aber am Ostermontag war spätabends noch ein Mann hier und hat nach Robert gefragt. Damals konnte ich mir keinen Reim darauf machen, aber vermutlich erwarteten sie, daß er in dieser Nacht zuschlagen würde, und wollten verhindern, daß ich ihm noch einmal ein Alibi gab. Darauf kann er lange warten, dieser Lump!«

Joyce fröstelte. »Ich fürchte schon den ganzen Tag, daß er nachkommt. Onkel Joe, schwöre mir, daß du mich beschützt, wenn er wirklich auftaucht.«

»Wozu den Namen Gottes mißbrauchen«, prahlte Onkel Joe. »Wenn dieser Teufel es wagen sollte, den Fuß über meine Schwelle zu setzen, mache ich Hackfleisch aus ihm.«

11

So weit, so gut, dachte Kommissar Carver. Das arme Ding war nun einmal tot, und je rascher die Leiche geborgen wurde, desto leichter tat er sich mit seiner Arbeit. Doch kaum hatte er sich dazu gratuliert, da prallte er mit Karacho gegen eine jener nackten, keinen Widerspruch duldenden Fakten, die einem Polizisten das Leben so schwer machen. Dr. Mills' Bericht war prompt eingegangen, und trotz der Fülle an Details und der medizinischen Fachausdrücke zeichnete sich ein Umstand mit großer Klarheit ab. Midge Turner hatte an beiden Schultern blaue Flecken gehabt, neben diversen Abschürfungen vom Steuer des Frachtkahns, an dem sie mit den Beinen hängengeblieben war, dieses Mädchen wies dagegen keinerlei Verletzungen auf. Sie war kerngesund gewesen, in den Organen fanden sich keinerlei Rückstände irgendwelcher Medikamente. Aus der Sicht des Pathologen wäre es im Grunde durchaus möglich gewesen, daß sie von sich aus in den Kanal gesprungen war, um dort kampflos zu ertrinken. Der Spruch des Coroners würde Carver also nicht helfen. Zum Ausgleich gab es eine merkwürdige Übereinstimmung, die zumindest als Bindeglied zwischen den beiden Fällen gesehen werden konnte. Der Seidenschal war wohl abgetrieben worden, aber die Handtasche hatte man aus dem Schlamm gezogen, und sie enthielt nicht nur das Kleingeld, von dem Forbes gesprochen hatte, sondern auch genau die gleiche Uhrenbrosche aus Golddoublé, wie man sie in Midge Turners Handtasche gefunden hatte. Cave hatte ja nicht geleugnet, Midge diese Uhr geschenkt zu haben. Als Carver seinen Verdächtigen wegen Uhrenbrosche Nummer zwei zur Rede stellte, beteuerte er aber, Lucy habe sie von ihrem Cousin John Forbes geschenkt bekommen. Wieder eine seiner vielen Lügen, dachte Carver. Doch eine Kleinigkeit ließ ihm keine Ruhe. Warum hatte man die Uhr in beiden Fällen in der Handtasche gefunden, warum hatte sie nicht am Kleid gesteckt, wo sie hingehörte? Das war wohl eines jener eigenartigen, wenn auch wahrscheinlich nicht weiter wichtigen kleinen Rätsel, die immer wieder in Zusammenhang mit einem Verbrechen auftauchen und nie zu lösen sind, weil man die Person, die eine Antwort geben könnte, im allgemeinen nicht mehr fragen kann.

Nun steckte die Polizei an der zweizinkigen Gabel der Gerechtigkeit fest, denn einerseits hatte sie die Pflicht, den

Verdächtigen zu warnen, andererseits sollte sie ihm ein Geständnis entlocken, was bisweilen die einzige Möglichkeit ist, einen Fall mit eher dürftiger Beweislage abzusichern, aber allemal hilft, sich die vorhandenen Beweise zu beschaffen. Carver war zu vorsichtig, um sich einer anderen als der erlaubten Methode des Dauerverhörs zu bedienen. Er wußte um Caves Charakterschwäche und war entschlossen, ihm zum Zwecke der Wahrheitsfindung notfalls so lange mit Fragen zuzusetzen, bis sie beide vor Müdigkeit umfielen.

Wenn ein Mensch mit einem Geschehen konfrontiert wird, das so schrecklich ist, daß er es nicht sofort zu verarbeiten vermag, so kann er auf zweierlei Weise reagieren: Entweder spaltet sich sein Bewußtsein, oder es erstarrt zu Eis. Caves Bewußtsein erstarrte zu Eis, als er von Lucy Trewens Tod erfuhr. Er ging, wohin man ihn schickte, er tat, was man von ihm verlangte. Es war sehr schwierig, ihn in dieser Verfassung mit Erfolg zu verhören. Er ließ sich weder mit Täuschungsmanövern überrumpeln, noch mit Freundlichkeit ködern. Seine Antworten kamen automatisch und beschränkten sich meist auf ›ja‹ und ›nein‹, mit einem gelegentlichen ›ich weiß nicht‹ dazwischen. Häufig verwickelte er sich in Widersprüche, und wenn man ihn darauf hinwies, zuckte er nur die Achseln und verstummte ganz. Er gab mehrere Aussagen zu Protokoll, die man ihm mühsam abringen mußte und die stets in einzelnen Punkten voneinander abwichen. Ein Arzt untersuchte ihn und empfahl, ihn zum Schlafen nach Hause gehen zu lassen. Inzwischen hatte er neun Verhöre hinter sich, mit langen

Wartezeiten dazwischen. Joyces Befürchtung, er könnte Hals über Kopf zu Onkel Joe gefahren kommen, um sie zurückzuholen, war unbegründet. Die Feststellung, daß sie und Katie das Haus verlassen hatten, ließ ihn völlig kalt.

Sie waren ihm fremd geworden. Nun hatte er das Haus für sich. Wenn er sonst nichts zu tun hatte, konnte er ungestört in seinem Sessel sitzen, ohne etwas Konkretes zu denken oder zu wünschen, zu abgestumpft sogar, um mit Selbstmordabsichten zu spielen. Aber der Überlebenswille führt offenbar ein eigenes Dasein und ist den Neigungen des Individuums nicht unterworfen. Nun begann er sich in dem völlig niedergeschmetterten Cave zu regen und, ähnlich wie bei Erfrierungen, wenn die Blutzirkulation wieder einsetzt, unter entsetzlichen Schmerzen dessen Bewußtsein aufzutauen. So gut er konnte, versuchte Cave, sich Lucy zu vergegenwärtigen und sich an alles zu erinnern, was sie miteinander gesprochen oder getan hatten. Inzwischen war er davon überzeugt, an der Schwelle zur wahren Liebe gestanden zu haben, einer Liebe, die ganz anders gewesen wäre als die Affäre mit Midge oder das unbeständige Glück in den Anfangszeiten seiner Ehe mit Joyce. Eine Beziehung, in der beim Austausch von Gefühlen ein echtes Geben und Nehmen herrschte, Vertrauen mit Vertrauen vergolten wurde und beim Liebesakt zwei Menschen wie von selbst miteinander verschmolzen. Er gestand sich ein, daß es vielleicht nie so weit gekommen wäre. Durchaus möglich, daß sie nichts mehr von ihm hätte wissen wollen, sobald sie erfahren hätte, was er für einer war. Aber irgendwie glaubte er nicht daran. Er hatte den Eindruck gewonnen, daß sie zwar ein weiches Herz, aber einen sehr nüchternen Verstand besaß. Sie würde selbst ihr Urteil fällen.

Sie würde – wie konnte sie denn? Sie war ja tot.

Und er würde nie mehr erfahren, wie sie entschieden hätte.

Ihr Tod war ihm völlig unbegreiflich. Immer wieder quälte ihn eine schreckliche Vorstellung: Am Ende hatte er sie in geistiger Umnachtung umgebracht, hatte unbewußt wiederholt, was er Midge angetan hatte. Doch trotz aller Erschütterung war sein Verstand noch klar genug, um zu erkennen, daß er sich von einem solchen Phantom nicht ins Bockshorn jagen lassen durfte. Er war schließlich nie allein gewesen, bis auf die Zeit, die er gebraucht hatte, um zum *Grapes* und wieder nach Hause zu kommen, und bis auf die paar Minuten, in denen er vor dem Pub auf Forbes gewartet hatte, ehe ihn die alte Frau ansprach.

Mein Gott! Was war er doch für ein Narr gewesen, das zu verschweigen, in dem Glauben, Ma Turner sei die Wurzel des Übels, entweder, weil sie selbst gestorben war, oder weil sie der Polizei etwas Neues über Midge mitgeteilt hatte. Diesmal würde er selbst aufs Revier gehen, ehe man ihn holte. Und er würde auch nicht mehr versuchen, Forbes zu schützen. Er würde ganz offen sagen, daß er sich mit ihm im *Grapes* verabredet hatte, und selbst wenn Forbes nicht gekommen war, so würde er doch zumindest zugeben, daß dies der Wahrheit entsprach. Auf seinen Spaziergängen mit dem Sergeant hatte er Forbes einmal aus einiger Entfernung gesehen, und da hatte der Mann lange nicht mehr so liebenswürdig und gutmütig gewirkt. Er hatte von der anderen Straßenseite her böse zu ihnen herübergeschaut und war schon im Begriff gewesen, die Fahrbahn zu überqueren, als der Sergeant seinen Begleiter am Arm faßte und ihn hastig weiterzog. Nun, was hätte er anderes erwarten können? Forbes hatte seine junge Cousine unter schrecklichen Umständen verloren und hielt Cave zwangsläufig, wenn auch nur indirekt, für schuldig an ihrem Tod. Noch ein entsetzlicher Verdacht stieg in Cave auf. Vielleicht war Lucy ihm auf die Schliche gekommen und hatte sich wegen seiner Unaufrichtigkeit in den Kanal gestürzt. Aber kein Mädchen, wie naiv auch immer, tat so etwas wegen eines flüchtigen Bekannten, und nichts in Lucys Benehmen hatte auf eine seelische Störung hingewiesen. Der Kommissar hatte ihm gleich zu Anfang geraten, genau zu überlegen, ehe er eine Aussage machte. Damals hatte er nicht darauf geachtet, doch nun sah er ganz deutlich, daß Carver ihn für einen Lügner hielt. Er *hatte* auch gelogen, aber vielleicht aus anderen Gründen, als die Polizei sich vorstellte. Er konnte es nicht ändern, wenn ein Bericht über sein Gespräch mit der alten Frau nun unumgänglich erschien. Schließlich wurde er nicht wegen Midges Ermordung festgehalten, in diesem Fall waren die Ermittlungen längst abgeschlossen. Nun schikanierte und bedrohte man ihn, damit er einen Mord gestand, den er weder begangen hatte, noch jemals begangen hätte, und diesen Vorwurf konnte er entkräften. Hastig schlüpfte er in seine Straßenkleidung, er konnte es kaum erwarten, endlich Klarheit zu schaffen. Gefolgt von seinem Beschatter eilte er aufs Revier, marschierte schnurstracks durch den Vorraum in Carvers Büro und verkündete:

»Ich habe mir die Sache noch einmal überlegt, und ich möchte eine neue Aussage machen.«

Carver zog nie den falschen Schluß, ein Lügner müsse in jedem Fall auch ein Mörder sein, auch wenn er der Ansicht war, das fehlende moralische Empfinden mache das eine häufig mit dem anderen vereinbar. Es überraschte ihn nicht, daß Caves neueste Aussage sich von allem unterschied, was er bislang behauptet hatte. Das war eine durchaus gängige Entwicklung. Er hielt Cave für geistig normal, auch wenn das in einer aus den Fugen geratenen Welt nicht viel besagen mochte. Seine bisherige Reaktion auf die Verhöre erklärte er sich anders. Cave hatte das alles schon einmal hinter sich. Er hatte Erfahrung, wie man Fragen abwehrte. Mit der Antwort »Ich weiß nicht« zog sich ein Verdächtiger auf eine unangreifbare Position zurück; sie brachte ihn nicht in weitere Schwierigkeiten, konnte aber auch nicht hinterfragt werden. Dagegen ließ sich diese Aussage leicht überprüfen. Er schickte den Sergeant zu Forbes, er selbst stattete Ma Turner einen Besuch ab. Sie stritt alles ab bis auf die Tatsache, daß sie Cave vor dem *Grapes* gesehen und ein paar – vielleicht auch recht erregte – Worte mit ihm gewechselt hatte, aber das erstaunte Carver nicht weiter. Als Sergeant Duff von Forbes zurückkam, der kategorisch verneint hatte, sich in irgendeiner Form mit Cave verabredet zu haben – jeglichen Zusammenhang mit der Uhrenbrosche hatte er schon früher von sich gewiesen –, beschloß der Kommissar, den Verdächtigen der alten Frau persönlich gegenüberzustellen. Der Gedanke behagte ihm nicht allzu sehr, denn Ma

Turner entsprach nicht gerade seinem Ideal von Weiblichkeit, aber er wollte Cave fair behandeln. Natürlich mußte man berücksichtigen, daß die beiden sich nicht ausstehen konnten und daß Midges Mutter möglicherweise auch eine Lüge nicht scheuen würde, um mit dem Mann abzurechnen, den sie für den Tod ihrer Tochter verantwortlich machte. Und sollte die Begegnung mit der alten Schlampe Caves Nerven noch mehr strapazieren, so wäre auch das kein Schaden. Doch als es soweit war, wurden die leidenschaftlichen Ausbrüche selbst Carver fast zu viel. Die olivgrünen Wände seines Büros hatten von Verbrechern schon einiges an ordinären Ausdrücken zu hören bekommen, aber Ma Turner schenkte Cave nichts, und sie hatte ein beachtliches Repertoire an Schimpfwörtern. Als sie endlich Luft holen mußte und Carver damit Gelegenheit gab, eine Bemerkung über das Geld dazwischenzuschieben, das sie angeblich von Cave verlangt hatte, machte sie von dem wiedergewonnenen Atem reichlich Gebrauch. Von einem Mörder wolle sie kein Geld, sagte sie, freilich mit weit weniger höflichen Worten. Es sei ein schwarzer Tag gewesen, als er ohne ihr Wissen und ihr Einverständnis zum ersten Mal ihr Häuschen betreten habe, seit Midges Tod habe er sich dort nicht mehr blicken lassen, und er würde auch keinen Fuß mehr über die Schwelle setzen, höchstens über ihre Leiche. Auch dies ist wieder nur eine bereinigte Version dessen, was sie tatsächlich von sich gab. Am Ende brach sie in lautes Schluchzen aus und wurde von Duff aus dem Zimmer geführt. Carver sah Cave fragend an, aber der konnte nur stumm den Kopf schütteln. Robert war nicht klar, ob sie aus Bosheit gehandelt hatte, oder ob sie erreichen wollte, daß er bestraft wurde, wenn nicht für den einen Mord, dann für einen anderen. Oder war sie damals und auch später so betrunken gewesen, daß der ganze Vorfall ihrem Gedächtnis völlig entschwunden war?

Als Robert an diesem Abend allein und völlig entmutigt in seinem Wohnzimmer saß, kam Mrs. Franks herüber und brachte ihm einen abgedeckten Teller mit einem gebratenen Hammelkotelett, Kartoffeln und Gemüse darauf. Zumindest läutete sie an der Tür, und als er öffnete, folgte sie ihm ins Haus. Mrs. Franks hatte Katie versprochen, sich um ihren Vater zu kümmern, und selbst wenn er ein dreifacher Mörder gewesen wäre, Mrs. Franks hätte ihr Versprechen gehalten. Während sie das Kotelett briet, hatte sie sich noch mit der Überlegung getröstet, ihr würde er wohl kaum etwas antun, und wenn doch, so würde das Unvermeidliche, mit dem früher oder später ohnehin zu rechnen war, damit nur beschleunigt. Bei seinem Anblick waren jedoch alle Ängste vergessen. Da saß ein kranker Mann, der zu essen brauchte. Sie wich nicht von seiner Seite, bis der Teller leer war. Robert war zu müde, um sich zu sträuben, außerdem roch das Kotelett gut, und beim Kauen merkte er, wie hungrig er war. Sie wartete geduldig und bescheiden, bis er fertig gegessen hatte, dann fragte sie: »Nun, hat's geschmeckt?«

Er nickte. Robert kannte Mrs. Franks nur durch Katie, doch als er sie näher betrachtete, stellte er fest, daß seine Tochter bei der Wahl ihrer Freundin eine gute Hand bewiesen hatte. Mrs. Franks war freundlich und zuverlässig, sie gab sich vernünftig und sachlich, und indem sie hierherkam, hatte sie gezeigt, daß sie auch Mut besaß. Sie entsprach keineswegs dem Bild der schußligen Alten, das er sich von ihr gemacht hatte, und so wischte er sich den Mund ab und sagte kleinlaut: »Vielen Dank. Das war sehr gut. Ich habe in letzter Zeit nicht viel gegessen. Eigentlich müßten Sie sitzen, und ich müßte stehen. Aber vielleicht möchten Sie lieber gehen?«

Mrs. Franks nahm ihm gegenüber auf einem Stuhl Platz.

»Ich hab's nicht eilig. Ich kann mir meine Zeit einteilen.«

»Würden Sie noch etwas für mich tun? Würden Sie sich um Katie kümmern, wenn man mich vor Gericht stellt?«

»Soweit ich das kann. Wird man Sie denn vor Gericht stellen?«

»Das halte ich für unausweichlich. Es ist nur noch eine Frage der Zeit. Aber ich habe es nicht getan, das schwöre ich Ihnen.«

Sein ernster, offener Blick erinnerte Mrs. Franks so deutlich an Katie, daß sie sich trotz ihrer Zweifel, ob die Unschuld der beiden in irgendeiner Weise vergleichbar sei, zu der Frage hinreißen ließ: »Was ist eigentlich passiert?«

Er erzählte ihr die ganze Geschichte. Inzwischen war er so weit, daß er jeder mitfühlenden Seele sein Herz ausgeschüttet hätte. Midge erwähnte er nicht, aber er sprach von Lucy, wie er sie bei ihrem Cousin kennengelernt und mit ihr den Jahrmarkt besucht hatte. Und wie Lucy aussah; was sie gesagt und wie er Forbes und dessen Schwester getäuscht hatte. Er war nicht mehr zu bremsen, zu lange hatten sich die Worte in ihm aufgestaut. Er berichtete, was er an dem bewußten Abend getan oder vielmehr vorgehabt hatte, und wie er Forbes reinen Wein einschenken wollte; den Besuch bei Ma Turner überging er jedoch, um nicht Midges Namen ins Gespräch bringen zu müssen. Und schließlich erzählte er ihr von Lucys Tod. Dann hielt er inne, er konnte nicht mehr. Mrs. Franks hatte ihm so aufmerksam zugehört, als sitze Katie vor ihr. Bei ihren früheren Dienstherren waren ihr viele Geschichten zu Ohren gekommen. Sie war durch nichts zu erschüttern und traute sich zu, auf Anhieb zu erkennen, ob jemand ehrlich war. Von Roberts Schwäche wußte sie, Joyce hatte oft genug darüber geklagt – doch Katie liebte ihn, und deshalb war es für Mrs. Franks ausgeschlossen, daß er gar nichts taugte. Seiner eigenen Aussage nach hatte er dieses junge Mädchen nur zweimal gesehen, doch wenn er von ihr sprach, geschah es ganz unverkennbar im Tonfall des Verliebten. Wahrscheinlich nur eine romantische Schwärmerei, die bei näherer Bekanntschaft schnell im Sande verlaufen wäre. Doch durchaus echt, solange sie anhielt. Oh, ja, sie erinnerte sich noch gut… Woran sie sich erinnerte, spielte keine Rolle, aber es überzeugte sie davon, daß man in diesem Stadium den Gegenstand seiner Zuneigung nicht umzubringen pflegte. Es sei denn, man war verrückt, und ein Verrückter verzehrte nicht mit sichtlichem Genuß ein Hammelkotelett. Das war jedenfalls die Ansicht von Mrs. Franks; einen Psychiater hatte sie dazu nicht konsultiert. In Roberts Geschichte gab es einige Punkte, die sie interessierten. Sie wartete also, bis er ruhiger geworden war, dann sprach sie an, was ihr der Aufklärung bedürftig erschien.

»Dieser Mr. Forbes. Sie sagten, Sie hätten sich mit ihm im Pub verabredet, aber er sei nicht gekommen?«

»Er ist nicht gekommen, und jetzt behauptet er sogar, es habe nie eine Verabredung gegeben. Ich kann mir das nur so erklären, daß er es vergessen hat.«

»War seine Schwester dabei, als er zusagte?«

»Nein, sie war schon nach oben gegangen. Ich hatte Lucy vom Jahrmarkt nach Hause gebracht und wollte mich gerade verabschieden. Wir standen in der Tür.«

»Eigenartig, so etwas zu vergessen, noch dazu, wenn er Geschäftsmann ist, wie Sie sagen.«

»Vielleicht hat er erfahren, wer ich bin, und wollte sich daraufhin nicht mehr mit mir treffen.«

»Aber deshalb bräuchte er doch noch lange nicht zu leugnen, daß er sich überhaupt verabredet hatte?«

»Nein, aber so was kommt eben vor.«

»Mr. Cave«, sagte sie scharf. »Das ist keine Einstellung für einen Mann in Ihrer Situation. Sie sollten Ihre fünf Sinne zusammennehmen. Mir ist noch etwas aufgefallen. Sie sagten, diese Lucy hätte Ihnen erzählt, sie wolle sich eine Farm kaufen. Womit denn? Mit Kaurimuscheln?«

»Ach, ich schätze, das war nur so dahingesagt. Genauso könnte ich behaupten, ich wollte mir einen Rolls Royce kaufen.«

»Ja, aber Sie sind Sie, und Lucy ist – oder war – Lucy. Wenn man Ihrer Beschreibung glaubt, war sie nicht der Typ, der sich aufspielt, ohne daß etwas dahintersteckt. Könnten Sie genau wiederholen, was sie sagte?«

»Soweit ich mich erinnere, sagte sie, ihr Vater habe eine Farm gehabt, die sei nach seinem Tod verkauft worden, und sie habe den Erlös angelegt.«

»Aha! Wie lange lebte sie denn schon bei ihren Verwandten?«

»Das weiß ich nicht.«

»Hat sie sich dort wohl gefühlt?«

»Als ich bei ihnen war, schien sie mir ganz glücklich zu sein. Und man spürte auch, daß sie viel von ihr hielten. Aber ich habe herausgehört, daß sie das Leben auf der Farm vermißte.«

»Lucy hätte die beiden also mitgenommen, wenn sie sich wieder eine Farm gekauft hätte?«

»Nein, das glaube ich nicht. Sie fand wohl, das Leben auf einer Farm sei nichts für die Forbes.«

»Und wie ist Ihre Meinung dazu?«

»Nun ja, er hat sich für einen Schrebergarten interessiert. Aber ich glaube, sie sind doch eher Stadtmenschen.«

»Sind sie gutsituiert?«

»Ich schätze, es geht ihnen nicht schlecht. Forbes habe ich nur in Sportkleidung gesehen, aber man merkt doch, wenn die Sachen teuer sind. Zu trinken gab es in Hülle und Fülle. Und alles war neu – sämtliche Möbel.«

»Ist das nicht etwas ungewöhnlich? Jede einigermaßen angesehene Familie hat nicht nur moderne, sondern auch alte Möbel. Erbstücke von beiden Seiten, wissen Sie?«

»Lucy hatte noch einiges aus dem alten Haus eingelagert. Das hat sie mir erzählt.«

»Dann kann sie noch nicht lange bei den Forbes gewohnt haben. Kein junger Mensch lagert Möbel über längere Zeit ein, Mr. Cave.«

»Mag sein. Aber ich verstehe nicht, warum das wichtig sein soll.«

»Das muß daran liegen, daß Ihr Gehirn nicht richtig funktioniert, Mr. Cave. Was hält denn die Polizei von alledem?«

»Die wissen vermutlich gar nichts davon. Ich hab's ihnen nicht erzählt.«

»Sie haben's Ihnen nicht *erzählt*!«

»Wozu denn? Die glauben mir doch sowieso kein Wort; für die bin ich längst als Lügner abgestempelt.«

Und wahrscheinlich nicht ohne Grund, folgerte Mrs. Franks scharfsichtig. So forsch sie konnte, sagte sie:

»Mr. Cave, ich finde, Sie brauchen jemanden, der Sie berät.«

»Kommt nicht in Frage, daß irgendein Klugscheißer von einem Anwalt seine Nase in meine Angelegenheiten steckt«, lehnte er erbost ab.

»Gibt es denn auf dem Polizeirevier niemanden, der Ihnen zuhören würde?«

»Dieser Grobian von einem Kommissar bestimmt nicht. Der will mir nur ein Bein stellen.«

»Nun, dann jemand anders. Die sind doch sicher nicht alle gleich.«

»Da wäre noch der Sergeant. Wenn Sie meinen, daß es etwas nützt, könnte ich ja mal mit ihm reden. Er ist ein recht aufgeschlossener Mensch. Aber die wollen doch gar nichts über die Forbes wissen. Die interessieren sich nur für mich«, fügte er verbittert hinzu.

»Aber wenn Sie es wirklich nicht getan haben, Mr. Cave...«

»Habe ich Ihnen das nicht gesagt?«

»Nun, dann muß es eine andere Erklärung geben. Es sei denn, es war Selbstmord.«

»Das wäre nicht ihre Art gewesen. Dafür war sie zu vernünftig.«

»Das dachte ich mir. Daraus folgt, daß jemand anders sie in den Kanal gestoßen haben muß, wenn Sie es nicht waren. Nun liegt es an Ihnen, mit Ihren Informationen herauszurücken. Auch die Polizei braucht Material, um arbeiten zu können.«

»Ach, lassen Sie's doch gut sein! Ich habe die ganze Geschichte gründlich satt. Lucy ist tot, und was aus mir wird, ist nun auch schon egal. Wenn alles gegen einen ist, kann man ebensogut aufgeben. Sollen sie mich doch verurteilen und ins Gefängnis stecken. Je schneller es vorüber ist, desto besser.«

»Jetzt ertrinken Sie in Selbstmitleid. Und egoistisch sind Sie obendrein. Was ist mit Katie? An sie denken Sie wohl gar nicht?«

»Sie ist besser dran, wenn ich nicht mehr da bin.«

»Das bezweifle ich. Das bezweifle ich sogar sehr. Wenn ich ein Kind hätte, würde ich es niemals den Verwandten meiner Frau ausliefern. Jedenfalls nicht jemandem wie diesen beiden.«

»Ihre Mutter ist auch noch da.«

»Aber sie verläßt sich auf Sie. Reißen Sie sich doch in Gottes Namen zusammen, Mann. Sie widern mich an!«

»Sie haben die Forbes nie kennengelernt. Sonst wüßten

Sie, daß sie sich niemals auf zwielichtige Dinge einlassen würden. Das sind anständige Leute.«

»Mr. Cave, ich habe in Familien gearbeitet, von denen glaubte alle Welt, sie könnten kein Wässerchen trüben. Doch kaum war ein wenig Geld zu verteilen, schon verwandelten sie sich in ein Rudel reißender Wölfe.«

»Sie werden mich niemals überzeugen...«

»Ich will Sie nur von einem überzeugen. Legen Sie dem Sergeant vor, was Sie haben. Hören Sie sich an, was er dazu meint. Auch wenn man mit dem Rücken zur Wand steht, heißt das noch lange nicht, daß man sich nicht mehr verteidigen kann. Nun kommen Sie! Ein bißchen Courage werden Sie doch wohl aufbringen!«

Ihr resoluter Ton riß ihn unwillkürlich aus seiner Lethargie. Unschlüssig kaute er an seiner Unterlippe.

›Gib mir Geduld‹, dachte sie. ›Damit ich diesem Feigling ein Quentchen Mut einflößen kann. Um Katies willen.‹ Und dann war es tatsächlich, als habe sich ihre Willenskraft auf ihn übertragen, er zeigte endlich Kampfgeist. Dieses Verbrechen hatte er nicht begangen. Warum sollte er nicht sein möglichstes tun, um seine Unschuld zu beweisen? Sie beobachtete, wie er sich zu einer Entscheidung durchrang, und das war für jemanden in seiner Verfassung ungeheuer schwer.

»Gut. Ich tue, was Sie sagen.«

Sie verhehlte ihre Befriedigung nicht. »Das klingt schon besser«, sagte sie. »Wenn Sie dieses Mädchen wirklich gern hatten, ist es Ihre Pflicht, den zur Rechenschaft zu ziehen, der sie auf dem Gewissen hat.«

Nun schwiegen sie beide.

»Es ist sehr freundlich von Ihnen, so viel Anteil zu nehmen«, sagte er endlich; die Dankesworte kamen ihm nur schwer über die Lippen.

»Bilden Sie sich ja nichts ein«, sagte Mrs. Franks. »Ich tue es nicht für Sie, sondern für Katie. Ich möchte, daß sie bald von ihrer Tante Em zurückkommt.«

12

»Was hat er gewollt?« fragte Laura.

Sergeant Duff war mit Fragen gekommen und mit Antworten wieder gegangen und hatte in ›Kilmorin‹ eine gewisse Unruhe zurückgelassen. Die Spannung war die ganze Zeit vorhanden gewesen; er hatte die Schraube lediglich noch weiter angezogen. Dabei hatte er sich als die Milde in Person gezeigt, was freilich nichts daran änderte, daß man einmal mehr von der Polizei heimgesucht wurde. Laura hatte ihm die Tür geöffnet und sich dann in die Küche zurückgezogen, um dort mehr Gedanken als Rosinen in ihren Kuchenteig zu mischen. Jetzt erst fragte sie: »Was wollte er denn?«

»Nichts Besonderes«, antwortete John Trewen Forbes und zündete seine Pfeife wieder an, die ihm während des Gesprächs mit dem Sergeant ausgegangen war. »Cave hat erzählt, ich sei an dem Abend, an dem Lucy verschwand, im *Grapes* mit ihm verabredet gewesen. Sie wollten wissen, ob ich das bestätigen könne oder nicht. Ich habe natürlich alles abgestritten.«

»Und damit waren sie zufrieden?«

»Es steht Aussage gegen Aussage. Das Wort eines ehrlichen Mannes gegen das eines Hochstaplers und Lügners.« Er warf ihr einen zynischen Blick zu. »Natürlich waren sie zufrieden. Alles nur Routine. Eine Rückfrage, das ist alles.«

»Dafür ist er aber lange hier gewesen. War sonst wirklich nichts?«

»Jedenfalls nichts, was dir schlaflose Nächte bereiten sollte. Cave hat ausgesagt, ich hätte Lucy die Uhrenbrosche geschenkt, die man in ihrer Tasche gefunden hat. Komisch, ich weiß gar nicht, wann er sie gesehen hat. Ich habe doch dafür gesorgt, daß sie ihren Mantel bereits anhatte, als er kam, um sie zum Jahrmarkt abzuholen.«

»Sie hätte ihm aber davon erzählen können, oder?«

»Nun, hoffentlich war es das einzige, was sie ihm erzählt hat. Bei uns hat sie immer getan, als könne sie nicht bis drei zählen. Wer hätte gedacht, daß sie bei ihm auf einmal zu gackern anfängt? Die Sache mit der Uhr war nicht weiter schlimm. Ich habe dem Sergeant erzählt, daß sie nicht von mir stammt, und er hat nicht mit der Wimper gezuckt. Schon die Tatsache, daß sie das Ding in die Handtasche gesteckt hatte, war sehr nützlich. Dadurch sah es ganz danach aus, als habe sie das Geschenk gerade vor den Menschen verbergen sollen, die am meisten um ihr Wohl besorgt waren.«

»Das klingt einleuchtend«, gab Laura zu.

»Ich habe gesagt, ich hätte das Ding nie zu Gesicht bekommen. Das hatten wir ja vereinbart.«

»Du hast von mir verlangt, das zu sagen, wenn man mich danach fragt«, verbesserte sie bissig.

»Läuft aber doch wohl auf das gleiche hinaus? Die Sache wäre damit erledigt. Auch wenn ich mir nicht vorstellen kann, wie das Ding in ihre Tasche gekommen ist. Ich hatte sie am Dienstag morgen noch in die Mangel genommen, weil sie die Uhr nicht trug, und ich dachte, daraufhin wäre sie hinaufgegangen und hätte sie angesteckt.«

»Das hat sie auch getan. Sie hat sie den ganzen Tag getragen. Sie kann sie erst abgenommen haben, als sie aus dem Haus ging, um sich mit Cave zu treffen.«

»Wirklich eigenartig, sie ausgerechnet in die Handtasche zu stecken. Genau dort hat man auch die Uhr des anderen Mädchens gefunden.« Er stieß dicke Rauchwolken aus. »Weißt du, Laura, ich habe schon die ganze Zeit das Gefühl, daß jemand mir alles möglichst einfach machen will. Da oben gibt es ein Wesen, das John Trewen Forbes sehr liebhat.«

»Du meinst wohl eher, da unten«, sagte sie und verzog das Gesicht, als habe sie auf eine Zitrone gebissen. Wenn er zu prahlen anfing, bekam sie jedesmal Angst, denn sie erkannte, daß er sich damit nur selbst Mut machen wollte. Laura hatte Lucy abgelehnt, weil sie sich zwischen sie und ihren Bruder drängte. Nun wäre sie froh gewesen um eine dritte Person, einen Puffer sozusagen. Diese Nähe – die Nähe zu einem Mörder – war ihr einfach zu viel. Sie war fast sicher, daß letzten Endes er die Tat begangen hatte und nicht Robert Cave, auch wenn er es zunächst anders geplant haben mochte. Nicht, daß sie Cave etwa bedauert hätte, er war für sie ein haltloser Schwachkopf, der sein Schicksal verdient hatte. Sie nahm ihm höchstens noch übel, daß er den in ihn gesetzten Erwartungen nicht entsprochen und damit die Verantwortung ihrem Bruder aufgeladen hatte. Die Opfer ziehen immer den Haß auf sich. Laura Forbes wußte nicht einmal genau, warum sie so bestürzt darüber war, daß John getötet hatte. Lag es daran, daß sie Angst um ihn hatte – oder vor ihm? Würde sie sein nächstes Opfer sein oder als seine Komplizin angesehen werden? Sie war in juristischen Fragen nicht genügend beschlagen, um das Ausmaß ihrer Mittäterschaft abschätzen zu können. Sie hatte bei Cave zu Hause vorgesprochen. Nun, das konnte in aller Unschuld geschehen sein; daraus konnte man nicht schließen, daß sie von etwaigen kriminellen Absichten gewußt hatte. Dann war sie zur Hauptstraße gegangen und... von da an wurde es problematisch. Sie durfte auf keinen Fall zugeben, daß sie sich mit John dort verabredet hatte, das könnte als Beweis dafür gewertet werden, daß sie auch gewußt hatte, was danach geplant war.

Dabei wußte sie gar nichts. Sie vermutete nur. Aber wenn sie nun jemand zusammen gesehen hatte? Sie waren nur einen Moment beieinander stehengeblieben, aber für ein scharfes Auge konnte das genügen. Sie besaß genügend Verstand, um zu erkennen, daß Unwissenheit – vorgetäuschte Unwissenheit – ihre einzige Rettung war. Doch der Drang zur Selbstzerfleischung, der offenbar so manchem Frauenherzen innewohnt, ließ ihr keine Ruhe, sie wollte aus Forbes' eigenem Munde hören, was sie bereits ahnte. Wie alle Frauen steuerte sie ihr Ziel auf gewundenen Pfaden an.

»Was ist mit dem Geld?« fragte sie.

»Welches Geld?« Er stellte sich ahnungslos.

»Lucys Geld. Wie kommen wir daran?«

»Verdammt, das arme Ding ist noch nicht einmal unter der Erde.«

»Weich mir nicht aus, John. Du hast dir das sicher vorher überlegt.«

»Nun, wir brauchen nichts zu überstürzen. Die Aufregung soll sich erst ein wenig legen. Wir müssen den Anstand wahren. Ich habe eine Kopie des Totenscheins. Wenn ich die Zeit für gekommen halte, fahre ich mit der Bahn in unser gutes altes Birmingham und lasse mich von einem Anwalt, mit dem ich schon mal zu tun hatte, zum Nachlaßverwalter einsetzen.«

»Was ist das?«

»Das macht man so, wenn kein Testament vorhanden ist. Du mußt dich gedulden. Es kann fast ein Jahr dauern, bis wir auch nur einen Penny zu sehen kriegen.«

»Und dann für jeden die Hälfte?«

War da ein kleines Zögern? »So ist es. Wenn du artig bist.«

»Was willst du damit sagen?«

»Du mußt dich am Riemen reißen, Laura. Ich hätte dir mehr Stehvermögen zugetraut. Du bist ganz schön nervös, wenn du mich fragst.«

»Wer wäre das nicht in meiner Lage?«

»Aber du hast doch nichts getan.«

»Dafür hast du mehr getan, als wir ausgemacht hatten!« brauste sie auf.

»Was blieb mir denn anderes übrig, wenn dieser verdammte Narr von Cave nicht mitspielen wollte?«

Jetzt war es also heraus. Im selben Augenblick tat es ihm

auch schon leid. Die ganze Zeit hatte er gefürchtet, sie könnte ihm auf die Schliche kommen, und nun hatte er ihr sein Geheimnis auf dem Silbertablett überreicht. Nach der anfänglichen Erschütterung – kein zivilisierter Mensch bleibt von seinem ersten Mord völlig unberührt – hatte er weder Gewissensbisse noch Reue verspürt. Getrieben hatte ihn nur, was ihn auch aus den Midlands nach London geführt hatte: die tiefe Sorge um seine persönliche Sicherheit. Sie stand auch hinter seiner Reaktion auf Duffs Besuch. Forbes hatte nicht viel übrig für einfache Sergeant; in seinem früheren Beruf als Polizeispitzel hatte er ihresgleichen zur Genüge kennengelernt. Spitzfindigkeiten waren nicht ihre Sache, sie suchten nach Fakten, wie ein Hund nach Knochen gräbt. Sie witterten, wo etwas zu finden war, und dann begannen sie zu buddeln, ohne sich ablenken zu lassen, bis sie etwas zwischen den Zähnen hatten. Forbes zog einen Typ wie Gibson mit seiner gewundenen Vorgehensweise bei weitem vor. Mit dieser Art von Schläue konnte man sich messen, Fangfragen ließen sich mit durchtriebenen Antworten parieren.

Sergeant waren dagegen eine verdammte Plage – und Schwestern ebenfalls. In den Augen jüngerer Kinder sind ältere Schwestern oft so etwas wie höhere Wesen, und sie tun auch nichts, um diese Illusion zu zerstören. Doch nun hatte sich Laura, die immer so steif aussah, als habe sie einen Besen verschluckt, als die Schwächere von ihnen entlarvt. Natürlich besaß sie nicht so viel Erfahrung im Umgang mit der Polizei wie er; er hatte stets dafür gesorgt, daß sie im Hintergrund blieb. Er zog hinaus in die Welt, sie blieb zu Hause, wie es für ledige weibliche Verwandte in den Midlands üblich war. Trotzdem hätte er nie geglaubt, daß sie in einer Krise zusammenbrechen könnte. Oder etwa doch? Hatte er ihr deshalb instinktiv verschwiegen, was er getan hatte, sie aber zugleich so weit mit hineingezogen, daß er ihrer Loyalität sicher sein konnte? In ihrer gegenwärtigen Verfassung stellte sie eine Gefahr für ihn dar – und dabei standen die Voruntersuchung und die Beisetzung noch bevor. Er konnte nur hoffen, daß Sergeant Duff zumindest so lange die Finger von Laura lassen würde, bis sie sich etwas beruhigt hatte. Mit ausgesprochenem Widerwillen blickte er ihr ins Gesicht und sah sie erstmals so, wie sie wirklich war, verblüht und launenhaft, wohl kein Mensch, den das Alter läutern würde. Ein Gedanke schoß ihm durch den Kopf – sobald der Sturm vorüber war – eine andere Gegend – es war schließlich ganz einfach gewesen... Und sie durchschaute ihn sofort.

Hastig suchte er, den Eindruck zu verwischen. »Gute, alte Laura«, sagte er. »Hab keine Angst. Überlaß nur alles deinem großen Bruder, der weiß schon, was für sein geliebtes Schwesterherz am besten ist.«

Damit legte er ihr die Hand auf den Arm. Aber in Laura war eine Veränderung vorgegangen. Sie stellte fest, daß ihr seine Berührung unerträglich war.

Als Sergeant Duff in einem persönlich im Polizeirevier abgelieferten Briefchen gebeten wurde, zu Cave nach Hause zu kommen, fragte er den Kommissar um Rat.

»Sollte mich nicht wundern, wenn er das Stadium erreicht hätte, wo er sich an Ihrer Schulter ausweinen möchte«, bemerkte Carver. »Dazu zieht er Sie vor, weil Sie mehr Verständnis zeigen als ich. Na schön, hören Sie sich an, was er zu sagen hat, und dann bringen Sie ihn hierher, damit er uns alles noch einmal erzählt. Viel Glück. Das erspart uns eine Menge Schwierigkeiten.«

Duff hatte ganz ähnlich gedacht, und so war er mehr als erstaunt, als er einen ganz neuen, kämpferischen Cave vorfand, der ihn lediglich auf einige Fakten aufmerksam machen wollte, die bisher nicht zur Sprache gekommen waren. Fakten oder Fiktionen? fragte sich der Sergeant, der dem Ganzen natürlich nicht ganz unvoreingenommen gegenüberstand. Dabei nahm er es dem Burschen nicht einmal übel, daß er sich drehte und wand wie ein Aal; das taten seiner Erfahrung nach die meisten Menschen, wenn die Polizei sie in den Klauen hatte. Auch war es nicht völlig von der Hand zu weisen, daß Cave in der allgemeinen Aufregung das eine oder andere übersehen hatte, was zu seinen Gunsten sprach, und viel war es ja auch nicht. Doch das wenige war interessant und konnte die Sache in einem anderen Licht erscheinen lassen, falls es sich als wahr herausstellte. Duff hatte Laura Forbes zwar nicht persönlich kennengelernt, aber er hatte gespürt, daß im Hause ›Kilmorin‹ irgend etwas in der Luft lag. Forbes war, seiner Pfeife nach zu urteilen, ein erfahrener Raucher, und einem solchen ging die Pfeife nicht aus, wenn er wirklich ganz entspannt war. Vielleicht hatte er insgeheim für seine Cousine geschwärmt, obwohl sie so viel jünger war. Und nichts hatte verheerendere Auswirkungen auf die Nerven als verletzte Gefühle. Duff hatte keinen Grund, Forbes zu mögen oder nicht zu mögen; er war ein ganz gewöhnlicher Mensch. Dennoch hatte er etwas an sich, was den

Sergeant abstieß. Dessen Sympathien lagen eher bei Cave, obwohl der ein Mörder war. Duff war über sich selbst erstaunt.

Ob Lucy Trewen in der Lage gewesen wäre, sich eine Farm zu kaufen, oder nicht, ließ sich leicht feststellen. Sie mußte Cave gegenüber wohl etwas davon erwähnt haben, aber es war durchaus möglich, daß sie Luftschlösser gebaut hatte. Lügner denken sich oft die unwahrscheinlichsten Dinge aus, aber wie sollte eine Londoner Stadtpflanze wie Cave ausgerechnet auf eine Farm kommen? Die Vorstellung war überraschend. Bisher hatte sich Lucy Trewen immer als das schlichte Naturkind dargestellt. Und wer hatte diesen Eindruck erweckt? Die Forbes. Der Rahmen, in dem Lucy sich bewegte, war so unübersehbar bieder und kleinbürgerlich, daß niemand, nicht einmal Inspektor Gibson, auf die Idee gekommen war, sich nach ihrer Herkunft zu erkundigen. Ein schwerer Fehler, der schleunigst behoben werden mußte. Was Caves Verabredung mit Forbes im *Grapes* anging, so stand Aussage gegen Aussage, und welche Version die richtige war, würde man wohl bis zum Jüngsten Tag nicht herausfinden. Trotzdem war dieser Punkt nicht ohne Bedeutung. Wenn Cave die Wahrheit sagte, dann hatte man ihn genau zur kritischen Zeit in unmittelbare Nähe der Stelle gelockt, wo Lucy ertrunken war. Vielleicht war doch alles ein klein wenig zu glatt. Vielleicht... Vielleicht legte Cave auch nur die Gerissenheit mancher Verrückter an den Tag. Duff hatte die neuen Möbel bemerkt, aber im Gegensatz zu Mrs. Franks keinen Verdacht geschöpft. Seine eigene Wohnung war voll mit altem Gerümpel, das er liebend gern ausrangiert und gegen etwas Neues eingetauscht hätte. Außerdem liebte er blanke Flächen, und deshalb war bei den Forbes alles ganz nach seinem Geschmack.

»Wieso rücken Sie mit alledem erst jetzt heraus, Mr. Cave?« fragte er, als Robert mit seinen Offenbarungen zu Ende war.

»Ich habe mit der alten Klatschbase von nebenan gesprochen, mit Mrs. Franks. Kennen Sie sie?«

»Hatte noch nicht das Vergnügen. Was hat sie mit der ganzen Sache zu tun?«

»Sie hat mir etwas zu essen gebracht, und da sind wir ins Reden gkommen. Sie fand das offenbar alles wichtig und hat mir ans Herz gelegt, es Ihnen sofort zu erzählen.« Nach einer Pause fügte er verlegen hinzu: »Ich wollte es ihr nicht abschlagen. Sie ist eine komische alte Schachtel, aber Katie liebt sie über alles.«

»Katie ist Ihre kleine Tochter, nicht wahr? Wie geht's ihr denn?«

»Sie ist nicht da. Ihre Mutter ist mit ihr zu ihren Verwandten gezogen. Zu den Clarks, Sie wissen schon.«

»Hm. Nun, vielleicht ist es so für sie am besten. Und was ist mit Ihrer Frau?«

»Warum soll ich's Ihnen verschweigen. Sie hat mich verlassen.«

Duff schnalzte nur mitfühlend mit der Zunge. Doch sofort wurden seine Zweifel in bezug auf Cave wieder wach. Gewöhnlich kann die Ehefrau am besten beurteilen, ob ihr Mann schuldig oder unschuldig ist. Wenn Joyce Cave, die immer so vehement für die Unauflöslichkeit der Ehe eingetreten war, ihre Koffer gepackt und das Haus verlassen hatte, konnte das nur bedeuten, daß sie die Sache verloren gab.

»Und was macht der Beruf, Mr. Cave?«

»Oh, ich war nicht mehr im Büro, seit der Wirbel angefangen hat. Wozu auch? Ich kann mich in meiner Verfassung nicht auf Zahlen konzentrieren. Außerdem mußte ich ja für Sie und Ihresgleichen ständig verfügbar sein, nicht wahr?«

»Ja, aber Sie möchten doch sicher wieder zurück?«

Robert zuckte die Achseln. »Das ist mir egal. Ich habe die Arbeit immer gehaßt. Vorerst habe ich mich krankgemeldet. Irgendwo stimmt das ja auch. Aber wenn ich nicht bald wieder auf der Bildfläche erscheine, werden sie ein ärztliches Attest verlangen. Ich weiß nicht, ob ich kündigen oder abwarten soll, bis sie mich feuern.«

»Sie müssen sich aber doch Ihren Lebensunterhalt verdienen, Mr. Cave.«

»Ich dachte mir, dafür kommt vielleicht schon bald der Staat auf«, bemerkte Robert trocken.

»Natürlich müssen wir die Angaben überprüfen«, fauchte Carver. »Wahrscheinlich ist dieser Cave nur mit allen Wassern gewaschen, und wir haben ihm die Zeit gelassen, sich ein paar neue Ausreden auszudenken. Wenn Sie mir sagen, wo Forbes herstammt, beziehungsweise, wo er zuletzt gewohnt hat, dann rufe ich die dortige Polizei an, sobald wir hier fertig sind.«

»Jawohl, Sir«, antwortete der Sergeant wie aus der Pistole geschossen. Insgeheim dankte er seinem Schicksal, daß er, nachdem er von Cave weggegangen war, noch einmal in ›Kilmorin‹ vorgesprochen hatte, um sich diese Information zu besorgen. Das hätte ich schon viel früher tun sollen, überlegte er, als ihm Forbes' erschrockenes Gesicht wieder einfiel.

»Wenn Sie mich fragen«, sagte Gibson, den niemand gefragt hatte, »dann ist das alles nur leeres Gewäsch. Ich habe Forbes' Aussagen bezüglich des Abendessens in der Stadt nachgeprüft, und es war alles genau so, wie er sagte. Und der Mann, mit dem er zusammen war, ist nicht einmal ein enger Freund von ihm. Er ist Bürovorsteher bei einem Makler, und Forbes wollte ihm um den Bart gehen, um als erster informiert zu werden, wenn ein geeigneter Laden zum Verkauf steht. Das paßt zu dem, was er mir über seine Pläne erzählt hat. Wenn Forbes seine Cousine umgebracht haben soll, nachdem er die Stadt verlassen hatte und bevor er nach Hause kam, hätte er mit Lichtgeschwindigkeit handeln müssen.«

»Oder er hatte alles bis ins letzte geplant«, sagte der Sergeant *sotto voce.*

»Wie? Was war das? Na, ich weiß nicht, Duff, offenbar braucht ein Mann nur ein Doppelmörder zu sein, schon stehen Sie auf seiner Seite. Der Kerl ist ein ausgekochter Lügner. Erst besorgt er sich ein Alibi für das erste Verbrechen...«

»Warum dann nicht auch für das zweite, Sir?« warf der Sergeant ein.

»Weil man nicht so leicht jemanden findet, der sich drängt, einem für das zweite Mal ein Alibi zu geben, Sergeant, darum. Er weiß, daß er in der Falle sitzt, und wird wie eine Ratte versuchen, sich durchzubeißen.«

»Er sitzt noch längst nicht in der Falle«, widersprach der Kommissar verbittert. »Wenn sich nicht noch ein Zeuge meldet und aussagt, er habe gesehen, wie Cave das Mädchen ins Wasser gestoßen hat, kriegen wir ihn nie.«

»Sie muß doch gar keine Spuren aufweisen, oder? Ein kräftiger Stoß ins Kreuz, und sie wäre reingeplumpst wie ein Stein.«

»Richtig. Aber Sie wissen so gut wie ich, Gibson, daß wir den Fall schon zu drei Vierteln verloren haben.«

»Dann müssen wir eben den ersten noch einmal aufgreifen. Ich war immer schon der Ansicht, daß damals nicht alles unternommen wurde, was nötig gewesen wäre.«

›Aber selbstverständlich‹, dachte Carver. ›Du hattest den Fall schließlich nicht zu bearbeiten, mein Junge.‹ Laut sagte er: »Vielleicht hätten Sie ein paar Vorschläge zu machen?«

»Ich würde noch einmal versuchen, das Alibi zu widerlegen.«

»Das haben wir damals recht gründlich abgeklopft. Duff hat persönlich mit allen Nachbarn gesprochen. Aus denen kriegen Sie nichts raus.«

»Das würde ich auch gar nicht probieren. Ich würde die Verwandten so lange bearbeiten, bis ich hätte, was ich wollte.«

»Mr. Joe Clark ist eine harte Nuß.«

»Es gibt keine Nuß, die sich nicht knacken ließe. Außerdem haben sich die Voraussetzungen geändert. Clark will sicher nicht, daß seine Tochter oder meinetwegen auch seine Adoptivtochter weiter mit einem mehrfachen Mörder zusammenleben muß. Kaum anzunehmen.«

»Sie hat ihn verlassen«, bemerkte der Sergeant. »Mrs. Cave hat ihren Mann verlassen und ist zu den Clarks gezogen.«

»Na, sehen Sie. Bestätigt das nicht meine Theorie? Erstaunlich, daß Sie immer noch nicht überzeugt sind, Sergeant.«

»Das wußte ich nicht«, sagte Carver langsam. »Wann ist das passiert, Duff?«

»Vor zwei Tagen. Keine Ahnung, warum es nicht gemeldet wurde. Cave selbst hat es mir erzählt.«

»Überlassen Sie das mir«, schaltete sich Gibson ein. »Überlassen Sie das einfach mir. Jetzt brauchen wir nur noch das Alibi zu knacken. Und dann ein Geständnis.«

»Sie können gleich damit anfangen«, sagte der Kommissar und wechselte einen Blick mit dem Sergeant. »Duff, ist bei den Hausbesuchen etwas herausgekommen?«

»Bisher nicht, Sir.«

»Machen Sie weiter.«

»Jawohl, Sir.«

»Aber setzen Sie nicht den Armleuchter ein, der es versäumt hat, den Auszug von Joyce Cave zu melden.«

»Ganz recht, Sir.«

»Nichts vom Kanalufer? Keine Liebespärchen?«

»Dafür ist es zu früh im Jahr, Sir.«

»Wenn ich jemals einen Mord begehen will, suche ich mir dafür diesen Kanalabschnitt aus. Da könnte man eine ganze Fußballmannschaft ins Wasser stoßen, ohne daß es jemand merkt.«

»Es gibt da ein Team, bei dem ich das gern ausprobieren würde, Sir.«

Carrer grinste, aber Gibson war, wie die Königin Viktoria, nicht so leicht zu erheitern.

»Ich weiß nicht so recht, was ich mit Cave anfangen soll«, sagte Carver und kam damit wieder zur Sache. »Er brennt vermutlich darauf, wieder zur Arbeit zu gehen.«

»Sie werden doch dieses Ungeheuer nicht wieder auf die Menschheit loslassen?« rief Gibson sichtlich entsetzt.

»Er wäre sicher nicht der einzige Ganove, der in der Hauptstadt frei herumläuft. Bei seinen Rechnungen kann er nicht viel Unheil anrichten.«

»Ich würde das Risiko nicht eingehen.«

»Nach allem, was er sagt, hat er es ganz und gar nicht eilig, auf seinen Posten zurückzukehren«, warf der Sergeant beschwichtigend ein.

»Und die Lohntüte?« wollte der Kommissar wissen.

»Ist ihm anscheinend egal.«

»Ganz typisch«, bemerkte Gibson.

»Wofür?«

»Verminderte Zurechnungsfähigkeit.«

»Oh, ich dachte schon, für Schuldbewußtsein. So hätte ich es nämlich gedeutet.«

»Hat sich wegen der Uhrenbrosche etwas ergeben?« fragte Gibson stirnrunzelnd. »Konnten Sie den Kauf zurückverfolgen?«

»Noch nicht, nicht wahr, Duff? Die verdammten Dinger werden importiert. Kamen mit einer ganzen Schiffsladung Modeschmuck ins Land. Das dauert seine Zeit, Gibson. Und was wollen Sie damit schon beweisen?«

»Wenn sich herausstellen sollte, daß Forbes seiner Cousine die Uhr tatsächlich geschenkt hat, dann wäre das doch ein Hinweis, nicht wahr?« erkundigte sich der Sergeant verschmitzt. »Das war es vielleicht, was der Inspektor im Sinn hatte.«

Gibson war es lediglich darum gegangen, irgendwelche Versäumnisse aufzudecken, und so schnaubte er nur verächtlich.

»Du lieber Himmel«, sagte Carver. »Ich muß ja noch telefonieren. Bitte, Sergeant, lassen Sie die Verbindung herstellen. Wo war das doch noch? Ach ja, und verlangen Sie den stellvertretenden Polizeipräsidenten, damit wir die Sache gleich richtig anpacken. Alles klar, Gibson. Lassen Sie es mich wissen, wenn Sie mit Clark weitergekommen sind.«

Eine halbe Stunde später ließ er den Sergeant abermals rufen. Diesmal hatte er sein Pokergesicht aufgesetzt, wie Duff es bei sich nannte.

»Auf die Information wegen der Farm müssen wir noch warten«, sagte er und legte eine bedeutungsvolle Pause ein. »Aber unser Freund Forbes ist ihnen bekannt.«

»Teufel auch!« sagte der Sergeant.

»Ja. Er ist einer von uns. Oder jedenfalls fast. Ein Informant.«

»Was Sie nicht sagen.«

»War auf eine Bande von Wettschwindlern angesetzt. Hat auf beiden Seiten abgesahnt, bis sie Verdacht geschöpft haben. Dann hat er sich nach London verzogen.«

Der Sergeant schien das sehr erheiternd zu finden.

»Was gibt's da zu lachen?«

»Er und seine Tierhandlung«, sagte der Sergeant. Er brauchte einen Moment, um sein Gleichgewicht wiederzufinden, dann fragte er:

»Was ist nun mit dem Inspektor und seinem Gespräch mit dem Heiligen Joe?«

Der Kommissar schien die Frage gründlich zu erwägen, ehe er sagte: »Da mischen wir uns am besten nicht ein. Wir warten lieber auf das Material über die Farm. Der Inspektor soll sich schließlich frei entfalten können.«

»Jawohl, Sir.«

Damit gingen sie, innerlich tief befriedigt, zu anderen Dingen über.

13

Am nächsten Tag wagte sich Inspektor Gibson schon frühmorgens in die Höhle des furchterregenden Onkels Joe. Zuerst fragte er zu Hause nach ihm, und als man ihm sagte, der alte Herr sei bereits zur Arbeit gegangen, verfolgte er ihn bis in seinen Laden. Mr. Clarks Lebensmittelhandlung erfreute sich einer ausgezeichneten Lage an der Hauptstraße des Vororts. Das schmale Gebäude war zwischen ein großes Textilkaufhaus und ein kaum kleineres Geschäft für Radio- und Fernsehgeräte eingezwängt. Neben den riesigen, neuzeitlichen Glasflächen zur Rechten und zur Linken strahlten die altmodischen, leicht gewölbten Schaufenster in ihren Holzrahmen eine ganz eigene Würde aus. Auf dem Quersims darüber zog sich anstelle von Chromlettern auf der einen und von Neonbuchstaben auf der anderen Seite eine schlichte, aufgemalte Schrift von links nach rechts und verkündete: *Feinkosthandlung Jos'h Clark. Importeur.* So hieß nicht nur der jetzige Inhaber, so hatte auch schon dessen Vater geheißen. Gibson warf einen kurzen Blick auf den Namen, fühlte sich aber nicht bemüßigt, längere Betrachtungen über den Stolz und die Unabhängigkeit des alteingesessenen Kleinhändlers anzustellen, sondern überlegte sich vielmehr, daß ein großer Konzern mit dem schmalen Streifen Grund wohl kaum etwas anfangen könne. Dann drückte er mit dem Daumen den Messingriegel herunter und trat ein. Sofort stieg ihm aus dem dampfenden, zylinderförmigen Kaffeebohnenröster ein strenger, leicht bitterer Geruch in die Nase. Sonst war alles kühl. Hinter den langen Theken waren Verkäufer in weißen Kitteln bei den täglichen Verrichtungen, die vor dem morgendlichen Kundenandrang erledigt werden mußten. Alle hatten bläulich angehauchte Gesichter und legten, weniger um ihren Chef zufriedenzustellen, als um sich einigermaßen warm zu halten, beim Staubwischen auf kalten Konservendosen und eiskalten Blechbehältern großen Eifer an den Tag. Beim Anblick des vermeintlichen Kunden – eines leicht zu beeindruckenden Mannes, wie sein eiförmiger Schädel vermuten ließ – kam der Inhaber persönlich dienstbeflissen angerauscht. Als er die gezückte Visitenkarte sah, hielt er inne, das Lächeln auf seinen Lippen erstarb; er hatte es nicht nötig, sich Vertretern gegenüber besonders entgegenkommend zu zeigen. Als sich der Besucher bei genauerer Betrachtung als etwas noch Schlimmeres entpuppte, knurrte er: »Kommen Sie lieber mit nach hinten«, und führte Gibson an der Kasse vorbei, durch einen Gang, in dem sich die Kartons vom

Boden bis zur Decke stapelten, und in ein winziges Kämmerchen von einem Büro, das mit einer Wand aus Brettern und Glas vom übrigen Lager abgetrennt war. Sobald der Inspektor hier auf einem Bugholzstuhl Platz genommen hatte, mußte er feststellen, daß er unterlegen war, wo er doch geglaubt hatte, das Feld zu beherrschen. Anders als der blitzblanke Verkaufsraum wirkte dieser Winkel schlicht und einfach vernachlässigt. Zugegeben, man war hier für sich. Aber nicht ungestört. Draußen im Hof war jemand dabei, eine Packkiste zu öffnen. Der Lebensmittelhändler sah auf eine Armbanduhr von der Größe eines Pfefferkuchens. Gibson machte den Mund auf, aber sein Gegenüber war schneller. »Ich bin ein vielbeschäftigter Mann, fünf Minuten kann ich erübrigen – nicht mehr. Was kann ich für Sie tun, Inspektor – Gibson, nicht wahr?«

»Richtig. Ich glaube, wir kennen uns noch nicht, Sir.«

»Polizisten unterscheiden sich kaum voneinander. Nun sagen Sie schon, was Sie zu sagen haben, und damit basta. Wir sind nicht zum Vergnügen hier.«

»Einverstanden«, erklärte Gibson. »Ich möchte über Ihren Schwiegersohn Robert Cave mit Ihnen sprechen.«

»Er ist nicht mein Schwiegersohn, sondern der Mann meiner Nichte. Ich habe seit Monaten kein Wort mehr mit ihm gewechselt – und gesehen habe ich ihn nur am Karfreitag hinter dem Steuer seines Wagens, als er kam, um seine Frau und sein Kind abzuholen.«

»Wenn man Sie so reden hört, halten Sie offenbar nicht mehr viel von ihm.«

»Ich habe nie viel von ihm gehalten. Meine Nichte hätte keinen schlechteren Ehemann finden können.«

»Aber an Ihrer Nichte hängen Sie?«

»Sie ist mein eigen Fleisch und Blut.«

»Und für sein eigen Fleisch und Blut drückt man schon einmal ein Auge zu?«

»Ich weiß nicht, was Sie damit sagen wollen.«

»Sie sähen es zum Beispiel nicht gern, wenn sie an einen Mann gefesselt wäre, der eine lebenslängliche Gefängnisstrafe verbüßt?«

»Wie auch immer, ich würde sie nicht ermutigen, ihr Ehegelübde zu brechen. Was Gott verbunden hat, das soll der Mensch nicht trennen.«

»Sehr ehrenwert. Und vor diesem Hintergrund hat man mehr von einem verfügbaren Ehemann als von einem, der aus dem Verkehr gezogen wurde.«

»Das kommt auf den Charakter des Ehemannes an.«

»Würden Sie mir zustimmen, daß es höchst gefährlich ist, einen Verbrecher zu decken?«

»Das würde nur ein Narr bestreiten. Worauf wollen Sie eigentlich hinaus, Inspektor?«

»Cave ist wieder in Schwierigkeiten. Aber darüber wissen Sie ja sicher Bescheid.«

»Ich weiß nur, was meine Nichte mir erzählt hat.«

»Und was hat sie Ihnen erzählt?«

»Sie sagte, ihr Mann stehe unter Verdacht, ein junges Mädchen mit Namen Trewen ertränkt zu haben.«

»Bedauerlich, nicht wahr, wenn man bedenkt, daß er vor kurzem erst mit einer ähnlichen Sache in Zusammenhang gebracht wurde?«

»So bedauerlich es auch sein mag, ich wüßte nicht, was ich dagegen tun könnte.«

»Nicht? Mir fiele da eine ganze Menge ein. Ich will ganz offen sein, Mr. Clark. Wenn sich in bezug auf dieses junge Mädchen nichts Neues ergibt, sind wir mit unserer Weisheit am Ende. Kann ich mich auf Ihre Verschwiegenheit verlassen?«

»Ich verlasse mich selbst darauf«, gab Mr. Clark unverbindlich zurück.

»Nun, der Obduktionsbericht wurde noch nicht an die Presse weitergegeben, aber die Leiche weist keinerlei Spuren von Gewaltanwendung auf. Niemand hatte sich an dem Mädchen vergangen. Der Beweislage nach könnte es ebensogut ein Unfall gewesen sein.«

»Vielleicht war es ja ein Unfall.«

»Das glaube ich nicht, Mr. Clark. Nun, wenn Sie sich erinnern, hatte das andere Mädchen auffällige Blutergüsse an den Schultern. Ein eindeutiger Mord.«

»So hieß es damals.«

»Mr. Clark, viele Morde bleiben unaufgeklärt, und viele Mörder gehen aus Mangel an Beweisen – oder wegen eines falschen Alibis – straffrei aus.«

»Das müssen Sie am besten wissen. Sie sind der Polizist.«

Gibson spielte seinen letzten Trumpf aus. »Was würden Sie dazu sagen, wenn ich Ihnen mitteilte, einer Ihrer Nachbarn habe gemeldet, Robert Caves Wagen sei an dem Abend, an dem Midge Turner ermordet wurde, erst spät vor Ihrem Haus vorgefahren? Viel später, als Sie uns glauben machen wollten?«

»Ich würde sagen, daß entweder Sie oder der Betreffende das Blaue vom Himmel herunterlügt, Inspektor.«

Mr. Clark dehnte die Worte so genüßlich, als verkünde er von seiner Kanzel einen der üblichen Gemeinplätze.

Da eine derartige Meldung nicht existierte, brachte diese Antwort Inspektor Gibson ein wenig aus dem Gleichgewicht. Er fing sich jedoch schnell wieder und fuhr fort: »Niemand macht Ihnen deshalb einen Vorwurf... in einer Krisensituation trifft man schnell eine falsche Entscheidung, und hinterher sitzt man dann damit da. Eine derartige Falschaussage stellt natürlich eine Behinderung der Justiz dar, doch bei einem Widerruf könnte sich die Polizei eventuell bereit finden, Milde walten zu lassen.«

»Die Frage stellt sich nicht. Trauen Sie mir wirklich zu, daß ich mich wegen eines pflichtvergessenen Tagediebs, der noch nie einen Finger gerührt hat, um sich selbst aus der Patsche zu helfen, in Gefahr begeben würde?«

Ein schneller Blick in das entschlossene Gesicht mit den groben Zügen und dem schwarzen Bartgestrüpp, und Gibson sah ein, daß dies in der Tat höchst unwahrscheinlich war.

»Allerdings«, fügte der Heilige Joe hinzu, »ist es nie zu spät, und jede Seele kann gerettet werden.«

»Davon verstehe ich nichts«, bemerkte der Inspektor trocken. »Aber ich glaube auch nicht, daß Sie Cave einen derartigen Gefallen tun würden. Ich dachte dabei eher an Ihre Nichte. Übrigens hörte ich, daß sie mittlerweile bei Ihnen wohnt.«

»Erfreulich, wenn die Polizei wenigstens hin und wieder korrekte Informationen hat.«

»Sie sind noch nicht auf die Idee gekommen, daß sie ihn verlassen haben könnte, weil sie sich in Gefahr glaubte?«

»Sie ist ausgezogen, weil sie völlig verstört war. Dazu hatte sie auch allen Grund, und Frauen neigen oft dazu, sofort nach Hause zu laufen, wenn es in der Ehe Schwierigkeiten gibt. Aber keine Sorge, sie wird zu ihm zurückkehren. Und zwar schon bald, wenn ich mich nicht irre.«

»Sie haben nichts dagegen, wenn ich ihr einen Besuch abstatte, sobald ich hier fertig bin?«

»Ich kann Sie nicht daran hindern. Auch wenn ich nicht begreife, warum man das arme Kind immer weiter belästigen muß.«

»Mir war nicht bewußt, daß sie belästigt wird, Sir. Es ist einfach meine Pflicht, die Wahrheit dort zu suchen, wo sie zu finden sein könnte.«

»Ich fürchte, dann suchen Sie am falschen Platz. Ihre fünf Minuten sind um, Inspektor. Kann ich mich nun wieder meinem Geschäft widmen?«

»Ist das Ihr letztes Wort in dieser Angelegenheit, Mr. Clark?«

»Mein allerletztes Wort.«

»Dann wünsche ich Ihnen noch einen schönen Tag.«

»Ebenfalls. Und noch etwas Inspektor, niemand – ich betone, *niemand* würde sich mehr darüber freuen als ich, wenn Sie die Geschichte aufklären könnten. Manchmal wird ein Mord auch von einem willensschwachen Individuum *kopiert,* und Robert Cave ist ein Schwächling. Vielleicht sollten Sie in dieser Richtung weiterdenken.«

»Ich habe verstanden«, antwortete Gibson knapp. »Aber ich würde mich dieser Theorie nicht anschließen.«

Er ließ sich auf dem gleichen Weg hinausgeleiten, den er gekommen war. Von einem Ende der Theke zum anderen verfolgten ihn die Blicke der Verkäufer, kalt und berechnend, aber auch mit heimlicher Genugtuung. Er kam sich irgendwie gedemütigt vor – aber wieso? Doch kaum hatte sich die Tür hinter ihm geschlossen, als er auch schon gerächt wurde, freilich ohne es zu wissen. Joe Clark ging geradewegs auf ein Regal zu, das er zu Recht für schwer erreichbar hielt, fuhr mit seinem dicken Zeigefinger am Rand entlang und zeigte triumphierend den leichten, grauen Belag vor.

»Das nennt man also Staubwischen«, bemerkte er mit aller Schärfe, die er aufbringen konnte, kehrte dem Personal seinen breiten Rücken und zog sich abermals in sein Allerheiligstes zurück. Dort setzte er sich auf den Stuhl, den eben noch sein Befrager innegehabt hatte. Er war zu klein für ihn. Seine Krämerschürze – er konnte sich mit den Kitteln, die seine Angestellten trugen, noch immer nicht anfreunden – spannte sich über seinen wuchtigen Knien. »Denn siehe, vernichtet habe ich meine Feinde«, sagte er leise vor sich hin. Besonders befriedigte ihn, daß er den Sieg mit einer einfachen Täuschung errungen hatte, ohne direkt lügen zu müssen. Doch es war ein wertloser Sieg. Joyce kam ihm in den Sinn, und er fragte sich, wie sie gegen Gibson wohl bestehen würde. Wie immer man in höheren Regionen dazu stehen mochte, es war nicht seine Art, an seinen eigenen Motiven zu zweifeln. Die Liebe zu Joyce und die Liebe zu seinem Geschäft, beides altbewährte Empfindungen, hatten ihn in dieses Dilemma gebracht, wo er nicht die Wahrheit sagen konnte, ohne sich als Lügner zu entlarven. Es hatte ihn schwer getroffen, als Joyce ihn wegen dieses lebensuntüchtigen Cave verlassen hatte, und nicht minder schwer traf ihn der unerbittliche Strom des sogenannten Fortschritts, der an den Fundamenten seines kostbaren Geschäfts nagte. In jedem Heuchler findet sich ein Quentchen Aufrichtigkeit, und speziell dieser Heuchler wäre selbst für einen Engel des Jüngsten Gerichts nur schwer zu durchschauen gewesen.

Joyce Cave empfing Gibson in einer geblümten Kleiderschürze, denn sie hatte einen Teil der Hausarbeit übernommen und befand sich mitten in der Schlacht. Tante Em pflegte erst spät aufzustehen, und die Feindseligkeit der Zugehfrau, die ihrer Empörung über die Störenfriede auf die einzige für sie statthafte Weise Ausdruck verlieh, indem sie nämlich mit ihrem Handwerkszeug möglichst viel Lärm machte, erleichterte Joyce die Arbeit nicht gerade. Bei seinem ersten Besuch hatte Gibson nur diese Dame angetroffen. Joyce kannte er bisher noch nicht, und der erste Kontakt verlief etwas unglücklich, weil sie wie Onkel Joe erst einmal von der Annahme ausging, er wolle ihr etwas verkaufen. Nachdem er die Situation geklärt hatte, führte sie ihn ins Wohnzimmer, wo allerdings der Gasofen noch nicht brannte. Gibson lechzte nach einer guten Tasse Kaffee, sah jedoch schnell ein, daß er diese Hoffnung begraben mußte. Es gab einige Anzeichen dafür, daß es sich in diesem Raum gelegentlich jemand bequem machte, aber ganz bestimmt nicht so früh am Tage. Immerhin lag so etwas wie Behaglichkeit im Bereich des Möglichen, was aber nur noch mehr betonte, wie wenig man im Moment davon spürte. Gibson dachte bei sich, einer so unsympathischen Person sei er noch nie begegnet, und unwillkürlich empfand er Mitleid mit Cave, der mit diesem Drachen hatte zusammenleben müssen. Sie wiederum dachte, so viel blanke Kopfhaut auf einmal habe sie noch nie gesehen. Er kam ihr vor wie ein alter Mann, dabei war er in Wirklichkeit nicht älter als sie. Frauen zu verhören war nicht Gibsons Stärke. Ihre Denkprozesse waren ihm ein Rätsel. Außerdem machte er sich mit seiner aggressiven Art nicht gerade beliebt, war aber unfähig, sich zu mäßigen. Auch jetzt begann er barsch: »Mrs. Cave, ich komme geradewegs aus dem Laden Ihres Onkels. Ich habe mit ihm über das Alibi gesprochen, das Sie beide Ihrem Mann für den Abend gegeben haben, an dem Miss Turner ermordet wurde.«

Sie sah ihn wütend an. »Ich weiß nicht, was Sie mit dem Wort ›geben‹ sagen wollen.«

»Nun, wenn Sie einverstanden sind, möchte ich den Ablauf dieses Abends gern noch einmal mit Ihnen durchgehen.«

»Wozu soll das gut sein? Ich habe doch bereits eine Aussage gemacht.«

»Zugegeben. Aber die Lage hat sich geändert. Oder wären Sie sonst hier?«

»Warum denn nicht? Schließlich bin ich hier aufgewachsen. Mag sein, daß ich nicht die leibliche Tochter bin, aber ich bin hier zu Hause. Wenn ich eine Weile hier bleiben will, ist das ganz allein meine Sache.«

»Und mit dem Tod dieses zweiten Mädchens hat es gar nichts zu tun?«

Sie zögerte. »Vielleicht bin ich überempfindlich. Vielleicht will ich einfach nicht in einem Haus leben, wo ständig Polizisten ein und aus gehen und mit meinem Mann sprechen wollen. In einem Haus, das rund um die Uhr bewacht wird. Das gibt nämlich Gerede.«

»Oh, ja, das gibt Gerede. Es gab auch Gerede, als Miss Turner ermordet wurde, nicht wahr?«

»Wie auch immer, es ändert nichts daran, wo Robert an dem bewußten Abend war.« Sie hatte einen ebenso verbissenen Zug um den Mund wie er. »Wieso kommen Sie überhaupt noch zu mir, wenn Sie schon mit meinem Onkel gesprochen haben?«

»Ich brauche eine Bestätigung.«

»Bestätigungen haben Sie weiß Gott genug bekommen. Sie oder Ihresgleichen.«

Das hatte gesessen. Es gefiel Gibson ganz und gar nicht, mit seinen Kollegen auf diese Weise in einen Topf geworfen zu werden.

»Sie wissen also nichts über dieses zweite Mädchen, Mrs. Cave?«

»Nicht das geringste.«

»Sie wußten nicht einmal, daß sie existierte.«

»Das sagte ich bereits.«

»Aber Miss Turner kannten sie?«

»Ich hatte gerüchteweise von ihr gehört. Sie war das ›gefallene Mädchen‹ des Dorfs. Und ich weiß, daß Robert gern herumschäkert, ohne an die Folgen zu denken.«

»Wobei die Folgen in diesem Fall darin bestanden, daß sie mit Blutergüssen an den Schultern aus dem Kanal gezogen wurde.«

Sie schwieg, und er setzte noch einmal nach.

»Wäre es nicht möglich, daß Sie zu der Ansicht gelangten, ein weiteres Zusammenleben mit einem Mann, der Beziehungen zu diesen beiden Mädchen hatte, sei gefährlich? Deshalb kamen Sie hierher. Sie haben Zuflucht gesucht.«

Aus seiner Sicht hätte er sich kaum ungeschickter ausdrücken können. Das Wort war zu treffend. Hier und nur hier war ihre Zuflucht, und er hatte sie daran erinnert. Ihr gesunder Menschenverstand sagte ihr, daß der Inspektor nur deshalb von Onkel Joe zu ihr gekommen war, weil er sich dort eine Abfuhr geholt hatte. Joyce wußte seit ihrer Kindheit, daß ihr Onkel sich nicht umstimmen ließ, wenn er erst einmal einen Entschluß gefaßt hatte. Auch seine Liebe zu ihr konnte daran nichts ändern, wenn sie gegen eines seiner Gebote verstoßen hatte. Sollte sie ihm in den Rücken fallen, was das Alibi anging, dann würde sie mit Katie auf der Straße sitzen oder nach Eastwood zurückkehren müssen, mit oder ohne Robert. Wie um sie noch deutlicher an ihre Verantwortung zu erinnern, rief Katie in diesem Moment »Mummy! Mummy!« und kam gleich darauf ins Zimmer gestürmt. Als sie den fremden Mann sah, blieb sie stehen und sah ihn unschlüssig an. Der Inspektor bemerkte verblüfft, daß sie Robert Cave wie aus dem Gesicht geschnitten war, wenn man den Geschlechtsunterschied in Rechnung stellte.

»Siehst du nicht, daß ich beschäftigt bin, Katie?« fuhr Joyce sie schroff an. »Nun geh spielen, bis der Herr gegangen ist.«

Ohne ein einziges Wort verschwand Katie so plötzlich, wie sie gekommen war.

»Das ist also Ihr kleines Mädchen.« In seiner Not klammerte sich besagter Herr an das Offensichtliche.

»Ja. Sie war eben im Garten. Das ist etwas ganz Neues für sie. Unser Grundstück zu Hause ist nicht so groß.«

»Wenn ich mich recht erinnere, haben Sie sie an jenem Abend schlafend im Bett zurückgelassen, als Sie zu Ihrem Onkel fuhren. Ich meine den Abend, an dem Miss Turner ermordet wurde.«

Offenbar lief das Gespräch immer wieder auf diesen einen Abend hinaus. Joyce Cave verzog keine Miene, obwohl man nun am schwächsten Punkt ihrer Geschichte angelangt war. Sie war inzwischen schon so oft heil über das dünne Eis gekommen, daß sie sich keine Sorgen mehr machte, ob es wohl tragen würde. »Das war nicht ungewöhnlich«, sagte sie fast gelangweilt, »das haben wir oft so gehalten. Abgesehen von den Wochenenden war der Abend die einzige Zeit des Tages, zu der Onkel Joe nicht im Geschäft sein mußte und Robert nicht im Büro. Ich kann nicht autofahren, und mit dem Bus ist man eine Ewigkeit unterwegs. Manchmal haben wir Katie mitgenommen, manchmal aber auch nicht. Ich weiß, daß manche Leute nichts davon halten, Kinder nachts allein im Haus zu lassen, aber Katie wacht nie auf, wenn sie einmal eingeschlafen ist, und außerdem hatten wir ja eine zuverlässige Nachbarin.«

»Ach ja, diese Mrs. Franks. Ich habe von ihr gehört.«

»Sie hatte einen Schlüssel.«

»Aber woher sollte sie wissen, ob das Kind sie brauchte?«

»Sie haben nie in solchen Häusern gewohnt, sonst würden Sie nicht so fragen. Die Wände sind dünn wie Papier. Wenn Katie bei Mrs. Franks ist, brauche ich nur an die Wand zu klopfen, wenn sie nach Hause kommen soll.«

»War es nicht noch sehr früh, um Katie zu Bett zu bringen? Ein so aufgewecktes, intelligentes kleines Mädchen?«

»Ich habe da etwas altmodische Grundsätze. Katie geht immer zwischen sechs und sieben schlafen. Das wird Ihnen jeder bestätigen, der uns kennt.«

»Sehr verdienstvoll. Ihr Mann kam also vom Büro direkt nach Hause, Sie tranken Tee und fuhren dann gemeinsam hierher. Wann haben Sie Katie zu Bett gebracht?«

»Sie geht von alleine, außer wenn sie gebadet wird. Ich brauche nur hinaufzugehen, sie zuzudecken und gute Nacht zu sagen. Was soll das alles, Inspektor? Glauben Sie wirklich, daß ich an dieser Aussage festhalten würde, wenn es nicht die reine, lautere Wahrheit wäre? Ich weiß nicht, was Robert mit diesem zweiten Mädchen getrieben hat. Ich bin nicht sein Hüter, obwohl ich manchmal weiß Gott glaube, daß er einen bräuchte. Sie haben ihm keine Ruhe gelassen. Wenn Sie ihn so verrückt gemacht haben, daß er genau das in die Tat umgesetzt hat, was Sie ihm vorwerfen, ist es nicht meine Sache, ihn zu verteidigen. Je eher er in eine Nervenklinik eingewiesen wird, desto besser, denn dort gehört er hin.«

Das Blut war ihr in die Wangen geschossen. Der Inspektor konnte nicht übersehen, daß sich hinter der abweisenden Fassade eine willensstarke Persönlichkeit verbarg, die jetzt deutlich in Erscheinung trat. Joyce Cave wirkte auf ihre Weise ebenso einschüchternd wie ihr Onkel Joe. Gibson fand sich damit ab, daß er nicht mehr erreichen würde, und so nahm er nach ein paar versöhnlich klingenden Höflichkeitsfloskeln seinen Hut und ging. Sobald er draußen war, kam Katie, die hinter der Küchentür gewartet hatte, wieder ins Zimmer. Sie hielt einen Brief in der Hand.

»Schau mal, Mummy, was der Postbote gebracht hat. Einen Brief von Mrs. Franks. Ist das nicht toll? Ein richtiger Brief mit meinem Namen drauf. Wer war denn der garstige Mann?«

»Ach, den kennst du nicht.«

»Ein Polizist, nicht wahr? Ich *hasse* sie. Ich *hasse* sie alle.«

»Man soll niemanden hassen«, tadelte ihre Mutter mechanisch.

»Warum nicht? Ich hasse auch Tante Em!«

»Katie!«

»Es stimmt aber. Ich hasse dieses Haus. Ich hasse alle, die hier wohnen. Die alte Higgins – alle. Ich möchte wieder heim. Ich möchte...« Und dann begann Katie, ihren kostbaren Brief immer noch krampfhaft umklammernd, mit einer Hemmungslosigkeit zu weinen, die sehr im Widerspruch zu ihrer guten Kinderstube stand.

»Sei still, Katie«, fauchte ihre Mutter.

Das war so ungewöhnlich für die stets beherrschte Joyce Cave, daß Katie erschrocken verstummte, aber den Mund weit offen ließ, um sofort weiterbrüllen zu können.

»Was steht in deinem Brief?« fragte Joyce beschämt, aber nach dem Ausbruch auch irgendwie erleichtert.

»Möchtest du ihn lesen? Du kannst, wenn du magst.« Ihre Tochter war ebenfalls um Wiedergutmachung bemüht.

Joyce nahm den Brief, zog das einzige Blatt aus dem Umschlag und entfaltete es. Der schönen Handschrift war nichts vom fortgeschrittenen Alter der Schreiberin anzusehen, man merkte nur, daß diese einer Generation entstammte, deren Erziehung auf solche Dinge noch Wert gelegt hatte. Jeder einzelne der zierlichen Buchstaben war mit einer Präzision ausgeführt, die sich seither von der Kunst auf die Wissenschaft verlagert hat. Joyce las langsam vor:

Liebe Katie,
hier ist der erste von den Briefen, die ich dir versprochen habe. Ich habe deinen Vater besucht. Er ißt gut und wirkt viel munterer. Bald ist alles wieder in Ordnung, hofft er, und dann kannst du mit deiner Mummy nach Hause kommen. Er läßt dich grüßen. Hoffentlich hast du viel Freude mit der Spieldose. Vergiß nicht, was ich über deine Tante Em gesagt habe.

Immer deine Alice Franks

»Alte Klatschbase«, murmelte Joyce.

»Sieh doch mal.« Falls Katie die Bemerkung gehört hatte, so achtete sie nicht darauf. »Sie hat mit ihrem Vornamen unterschrieben. Das heißt, daß wir wirklich Freunde sind. Alice. Ich finde, das paßt zu ihr, meinst du nicht auch?«

»Katie, was hast du nur immer mit der alten Frau? Der Altersunterschied zwischen euch ist so groß, ihr könnt unmöglich Freunde sein.«

»Sind wir aber«, sagte Katie schlicht und hoffte, daß die Frage damit ein für allemal geklärt war.

»Jetzt wirst du ihr antworten müssen.«

»Nein, muß ich nicht. Solche Briefe mag ich am liebsten. Ich brauche nicht zu antworten, das hat sie extra gesagt.«

»Ich weiß nicht, wie sie dazu kommt«, sagte Joyce spitz. »Und was soll der Satz über Tante Em?«

Katie besaß genug Anstand, um rot zu werden. »Sie hat gesagt, ich soll nett sein zu Tante Em, das wäre besser für dich und auch für mich.«

»Was habt ihr über mich zu lästern?« Tante Em stand in voller Lebensgröße im Zimmer, und die beiden fuhren erschrocken zusammen. Sie hatte sich in ihren wattierten Pantoffeln mit den großen Bommeln lautlos angeschlichen. »Katykins, du solltest draußen an der frischen Luft sein, anstatt im Haus herumzulungern. Joycey, warum hat Mrs. Higgins den Gasofen noch nicht angezündet? Sonst macht sie das immer eine halbe Stunde bevor ich herunterkomme, damit das Zimmer ein wenig temperiert ist.«

»Ich bin schon dabei«, sagte Joyce hastig und sah sich nach den Streichhölzern um. »Ich hatte Besuch, deshalb konnte sie nicht herein.«

»Ich dachte mir doch, daß ich eine Männerstimme gehört habe. Was ist nur in dich gefahren, Joycey, du kannst doch nicht einfach fremde Männer ins Haus lassen. Das ist viel zu gefährlich, es gibt so viele schlechte Menschen auf der Welt. Ehe wir uns versehen, sind wir an Händen und Füßen gefesselt, und das Tafelsilber ist weg. Dein Onkel Joe sagt, man muß sehr vorsichtig sein, ehe man jemanden über seine Schwelle läßt, besonders wenn er Hosen anhat, ob Mann oder Frau ist dabei ganz egal.«

»Ich konnte nicht anders, Tante Em. Der Mann war kein Einbrecher. Er war von der Polizei.«

Tante Ems Augenbrauen gingen nach oben. »Ach, du meine Güte, das ist ja noch schlimmer. Ich stehe das alles nicht noch einmal durch. Das kann kein Mensch von mir verlangen. Es war schon beim letzten Mal schrecklich genug, ständig wollten sie dieses und jenes wissen, und ich mußte immer erst nachdenken, was ich sagen durfte.«

Joyce sah sie böse an. »Kleine Kessel haben große Ohren«, warnte sie.

»Wie? Ach so! Nun, Katie ist hoffentlich so gut erzogen, daß sie nicht lauscht, wenn Erwachsene miteinander reden. Was läßt du sie auch im Haus, sie gehört hinaus in den Garten. Da sind tobende Kinder am besten aufgehoben. Was war das eigentlich für ein entsetzliches Geschrei, als ich gerade ins Bad ging? Mein armer Kopf wäre fast geplatzt. Das klang ja verdächtig nach einem Wutanfall. So etwas können wir in einem anständigen Haus nun wirklich nicht dulden, Miss Katie. Nein, wirklich nicht. In meinem Alter braucht man seinen Frieden.«

»Ich glaube, du bist keinen Tag älter als meine Freundin, Mrs. Franks!« schrie Katie bis aufs Blut gereizt. »Und sie *freut* sich, wenn ich sie besuche.« Doch dann kam sie wieder zur Vernunft, entsann sich der Anweisungen, die ihr eben diese Freundin erteilt hatte und sagte ganz artig: »Entschuldige bitte, Tante Em. Es wird nicht wieder vorkommen.«

»Das hört man gern«, sagte Tante Em. »Und jetzt geh

und hilf Mrs. Higgins, im Speisezimmer den Tisch zu decken.«

»Sie sagt, ich bin ihr nur im Weg.«

»Ach so. Nun, dann essen wir jetzt alle ein Pfefferminzbonbon. Dabei hältst du wenigstens den Mund.«

»Ich hole die Bonbondose«, sagte Katie und ließ ihren Worten die Tat folgen.

»Wir dürfen uns den Appetit nicht verderben«, mahnte Tante Em, während sie mit dem Deckel kämpfte. »Heute gibt es Leber. Leber mit Zwiebeln. Mrs. Higgins hat es mir erzählt, als sie mein Frühstückstablett abholte. Und danach Pflaumen mit Vanillesauce. Die großen, dicken Pflaumen, nicht die kleinen, mickrigen. So, Katykins. Eins für dich, eins für mich und eins für deine Mummy.«

Joyce schüttelte heftig den Kopf.

»Schon gut. Dann legen wir das dritte wieder zurück. Ach, du meine Güte, die Dose ist ja fast leer. Wir müssen sie Onkel Joe geben, damit er sie nachfüllen läßt. Er *verkauft* zwar keine Süßigkeiten, aber diese Bonbons besorgt er direkt vom Großhändler, eigens für mich.«

Inspektor Gibson bewältigte den Rückweg zum Polizeirevier Eastwood mit Bus und U-Bahn, eine spartanische Methode, die er aber einem Dienstwagen vorzog, angeblich, weil er sich auf diese Weise Bewegung verschaffte und Zeit zum Nachdenken fand. Es war schon merkwürdig. Da war er mit der festen Absicht aufgebrochen, ein Alibi zu widerlegen; nun kehrte er mit der Überzeugung zurück, daß es nicht nur nicht zu knacken, sondern vielleicht sogar echt war. Das Problem war immer wieder das gleiche. Seine eigene Gefühlsarmut machte es ihm unmöglich, sich bis zu den tiefen Emotionsschichten vorzutasten, die das Verhalten ungebildeter Menschen noch stärker steuerten als das Gehirn. Er haßte es, Kinder auszufragen, und ließ sich auch, außer in Fällen von Kindesmißhandlung, wo es nicht zu umgehen war, nie darauf ein. Alte Damen wiederum mied er mit der Begründung, sie seien nicht nur weniger zuverlässig als Kinder, sondern gäben auch noch schlechtere Zeugen ab.

Katie und Tante Em hatten jedoch beide die Gabe, alles außer den Freuden des Jetzt aus ihrem Bewußtsein zu verdrängen. Ihre Geheimnisse, ihre Meinungsverschiedenheiten waren vergessen, sie lutschten so hingebungsvoll an ihren Pfefferminzbonbons, als seien die das einzige, was wirklich zählte.

14

Über Nacht war die Stimmung im Polizeirevier umgeschlagen. Das war immer so, wenn die Dinge in Fluß gerieten. Alles schien in Alarmbereitschaft, vom Dienststellenleiter bis zum jüngsten Wachtmeister, der kaum besser informiert war als der Mann auf der Straße. Sobald Gibson den Kopf durch die Tür steckte, schickte man ihn ins Büro des Kommissars.

»Ach, da sind Sie ja!« Carver sah von seinen Notizen auf. »Nehmen Sie Platz. Es geht um die kleine Trewen. Ich möchte Sie ins Bild setzen. Heute morgen hat die Grafschaftspolizei angerufen. Cave hatte recht, was die Farm anging, die junge Frau hat keine Luftschlösser gebaut. Die Farm gehörte ihrem Pa. Er war Witwer und sie das einzige Kind. Nach seinem Tod wurde alles versteigert und brachte zweiunddreißigtausend Pfund ein.«

»Mannomann!«

»Es war keine übermäßig große Farm, aber eine Immobilienfirma wollte das Gelände als Baugrund. Den Verkaufserlös hat man noch nicht gefunden, aber vermutlich liegt der ganze Batzen irgendwo da oben. Falls das Geld noch vorhanden ist. Lucy hatte in der hiesigen Filiale ein kleines Girokonto. Das haben wir ausfindig gemacht.«

»Und Forbes?« fragte Gibson scharf.

»Hat in seinem ganzen Leben nie ein Geschäft besessen.«

»Dann ist er vorbestraft?«

»Oh, nein. Er hat der Polizei den Wind aus den Segeln genommen, indem er mit ihr zusammengearbeitet hat.«

»Informant?«

»Treffer.«

Carver breitete in knappen Worten die Fakten aus. Mit ausdruckslosem Pokergesicht hörte sich Gibson die wahre Lebensgeschichte des John Trewen Forbes an. Als der Kommissar geendet hatte, bemerkte der Inspektor verdrießlich: »Ich muß geschlafen haben.«

»Oh, bitte keine Selbstanklagen. Wir haben uns gegenseitig nichts vorzuwerfen. Eine geschickte Täuschung. Der Zauberkünstler mit seinem Kaninchen. Wir waren so mit Cave beschäftigt, daß wir Forbes übersehen haben.«

»Forbes erbt dieses Geld? Wenn er es sich nicht bereits unter den Nagel gerissen hat.«

»Scheint so. Er und seine Schwester sind die nächsten Verwandten, und bisher ist nirgends ein Testament aufgetaucht.«

»Wie lange hatte Lucy Trewen bei ihnen gewohnt?«

»Das ist noch nicht klar. Aber vermutlich seit dem Tod des Vaters. Sie haben ihr wohl ein Heim angeboten. Sie bei sich aufgenommen.«

Carver verzog spöttisch die Lippen. Gibsons Stirn legte sich in tiefe Falten. Dann sagte er:

»Wir sollten aber keine voreiligen Schlüsse ziehen. Nicht schon wieder.«

»Was meinen Sie damit?«

»Die Sache ist doch recht kompliziert. Forbes muß auch etwas eigenes Geld besitzen. Immerhin hat er sich ein Haus gekauft.«

»Dazu hat er eine Hypothek aufgenommen. Ich habe nachgesehen. Und sämtliche Möbel wurden auf Raten angeschafft. Er hat ein Konto, aber auf der Bank tun sie sehr geheimnisvoll. Wollen nicht verraten, was drauf ist. In Lucys Fall war das anders. Sie ist tot und kann sich nicht mehr beschweren.«

»Sie meinen, er könnte sich an dem Geld vergriffen und es beim Glücksspiel durchgebracht haben, und deshalb mußte er etwas unternehmen, um sich zu schützen?«

»Nein. Möglich wäre es, aber ich habe so eine Ahnung, daß noch alles da ist. Das folgt aus dem, was sie Cave erzählt hat. Ich halte es für wahrscheinlicher, daß bei den Forbes Ebbe in der Kasse war, sie sich nichts abluchsen ließ und er der Versuchung nicht widerstehen konnte und alles haben wollte.«

»Wenn er bei dieser Bande von Wettbetrügern ausgestiegen ist, waren seine üblichen Einnahmequellen wohl versiegt.«

»Anzunehmen.«

»Aber wenn er sich Cave mit der Absicht geangelt hat, ihm die Sache anzuhängen – oder gar…« Gibson hielt inne.

»Sie meinen, er hätte sich möglicherweise in der Hoffnung gewiegt, daß Cave ihm die Drecksarbeit abnehmen würde?«

»Mehr noch. Es könnte sogar geklappt haben. Jedenfalls scheinen das seine Verwandten zu glauben.«

»Allmächtiger! Richtig, Sie waren ja dort. Wie sind Sie denn mit dem schmierigen, alten Heuchler zurechtgekommen?«

»Ein einmaliges Erlebnis!« stöhnte Gibson. »Trotzdem werde ich nicht schlau aus ihm. Er klammert sich an das Alibi wie ein Blutegel. Es fehlte nicht viel, und er hätte auch mich noch überzeugt. Mit der Ehefrau habe ich auch gesprochen. Die beiden sind nicht zu erschüttern.«

»Ich verstehe das einfach nicht. Wenn sie Cave im ersten Fall für unschuldig halten, wieso trauen sie ihm dann den zweiten Mord so ohne weiteres zu?«

»Der Alte hat mir etwas von willensschwachen Individuen vorgeschwätzt, die die Verbrechen anderer kopieren. Und Caves Ehefrau behauptet, wir hätten ihn dazu getrieben.«

»Aber sie haben keine Beweise?«

»Wenn sie welche hätten, würden sie damit herausrücken. Weil sie Cave nämlich hassen, Clark und seine

Nichte, meine ich. Wenn Sie mich fragen, dann wollen sie, daß er eingesperrt wird, aus welchem Grund auch immer. Vielleicht, weil sie ihn für übergeschnappt halten.«

»Duff sagt, sie hat ihr Heim nur verlassen, weil sie Angst hat, weiter mit ihm zusammenzuleben.«

»Onkelchen tut so, als sei alles nur vorübergehend. Vielleicht sollten wir sie eine Weile im eigenen Saft schmoren lassen. Kehren wir lieber zu Forbes zurück. Wenn wir annehmen, daß es vorsätzlicher Mord war, was haben wir in der Hand?«

Carver warf einen Blick auf seine Notizen. »Forbes' eigene Aussage, mit Cave Kontakt gehabt zu haben. Lediglich Caves Behauptung, im *Grapes* mit ihm verabredet gewesen zu sein. Ein ganz dickes Motiv ...«

»Wenn wir schon dabei sind, die Schwester hätte das gleiche Motiv gehabt. Ich nehme an, sie würden die Erbschaft miteinander teilen. Was sie nach dem Besuch bei Cave getrieben hat, wissen wir nur von ihr selbst. Obwohl sie nicht der Typ ist, den man mit einem Gewaltverbrechen in Zusammenhang bringen würde. Falls Sie sie noch nicht gesehen haben, sie ist der Prototyp der alten Jungfer.«

»Ich habe mir längst abgewöhnt, Mörder in Kategorien einzuordnen. Früher habe ich das auch getan, aber ich habe schon zu viel erlebt. Vielleicht stecken die beiden unter einer Decke.«

»Genau. Sie hat mir erzählt, daß sie ihm seit dem Tod der Mutter den Haushalt führt. Also muß sie gewußt haben, womit er seinen Lebensunterhalt verdiente, ganz unbeleckt von der rauhen Wirklichkeit kann sie nicht sein.

Wir müssen uns noch genauer mit der Zeitfrage beschäftigen. Soll ich mich darum kümmern?«

»Das wäre schön. Sie könnten versuchen, den Bürovorsteher dieses Maklers etwas mehr unter Druck zu setzen. Wir müssen auf die Minute genau wissen, wann Forbes die Stadt verließ, und daß sich im Steakhaus jemand daran erinnert, ist wohl nicht zu erwarten.«

»Inzwischen werden Sie ihn ja wohl zum Verhör vorführen lassen.«

»Das hat Zeit. Er läuft uns nicht weg. Schließlich muß er so lange warten, bis er den Zaster ganz legal in die Hand bekommt, und das wird noch eine Weile dauern.«

»Sie sind ganz sicher, daß er unser Mann ist?«

»Aus dreißigtausend guten Gründen. Aber man soll nichts überstürzen. Ich dachte, wir warten noch die Voruntersuchung ab, sie steht ja unmittelbar bevor. Sie und die Beisetzung müßten ihn doch ein wenig mitnehmen. Er ist zwar ein Ganove, wie er im Buche steht, aber ich möchte wetten, unter der rauhen Schale ist er so weich wie Butter.«

»Bei seinem Vorleben hätte ich das nicht gedacht.«

»Was ist er denn im Grunde anderes als ein Schakal? Informanten waren mir immer schon zuwider. Der mieseste Abschaum, den es gibt. Ein Jammer, daß wir in unserem Geschäft nicht ohne sie auskommen. Wenn ich den Burschen hinter Schloß und Riegel bringen kann, gehe ich ganz zufrieden in Pension.«

»Bei den Hausbesuchen irgendwelche Fortschritte?«

»Duff läßt seine Leute immer noch Fragebogen sortieren. Nein, nichts Greifbares. Mein Gott, was gäbe ich nicht für einen Augenzeugen! Die extremistischen Randgruppen machen sich einen Spaß daraus, massenweise Briefe zu schreiben. Meistens gegen Cave gerichtet.«

»Was machen wir jetzt mit ihm?«

»Duff hat auch das unter Kontrolle. Wenn wir ihn brauchen, wird er zur Verfügung stehen. Ich weiß offen gestanden nicht, was ich von alldem halten soll. Jedenfalls möchte ich nicht mit Joyce Clark verheiratet sein. Sie etwa?«

»Ich möchte überhaupt nicht verheiratet sein. Aber ich weiß nicht, wer mich mehr abschreckt, sie oder Laura Forbes. Ich brauche übrigens ein Foto von Forbes.«

»Da war heute morgen eins in der Post. Irgendein heller Junge oben in den Midlands hat es in den Akten gefunden und gedacht, wir wären vielleicht froh darüber. Ich werde dafür sorgen, daß nach der Voruntersuchung noch eine Aufnahme gemacht wird, aber davon braucht er nichts zu wissen. Ich will meinen Vogel erst aufscheuchen, wenn ich ihn auch abschießen kann.«

›*Seinen* Vogel‹, dachte Gibson verbittert. Trotz der großmütigen Haltung des Kommissars oder vielleicht gerade deshalb litt er noch immer darunter, daß er so kläglich versagt hatte. Man hätte alles überprüfen müssen, *alles.* Das war Teil seines Ethos, und er hatte dagegen verstoßen. Er mußte sich irgendwohin zurückziehen und sich die ganze Sache noch einmal genau überlegen. Es sah so aus, als hätte sein Vorgesetzter noch gar nicht alle Möglichkeiten erkannt. Aber er durfte nicht noch einmal Kopf und Kragen riskieren. Zuerst mußte er sich völlig sicher sein.

Der Coroner verhandelte den Fall mit Geschworenen, die auf seine Belehrung hin auf Mord erkannten, die Frage nach dem Täter aber offenließen. Schon die Einberufung von Geschworenen genügte, um die Reporter in Scharen anzulocken. Doch ihr Weitblick zahlte sich nicht aus. Die Untersuchung hätte langweiliger nicht sein können; selbst jene Zuhörer, die in der Hoffnung auf eine Sensation Schlange gestanden hatten, um einen der wenigen Plätze in dem winzigen Gerichtssaal zu ergattern, wünschten sich weit weg. John Forbes, der in seinem dunklen Anzug seltsam verändert wirkte, sagte mit erstickter Stimme zur Identität des Opfers aus. Laura Forbes war grau im Gesicht und mußte sich sichtlich eisern im Zaum halten, als sie schilderte, wie Lucy ohne ein Wort der Erklärung das Haus verlassen habe. Gibson, der perfekte Polizeizeuge, berichtete knapp über das Absuchen des Kanals und die Bergung der Leiche. Der Pathologe beschrieb aufs eingehendste seine Untersuchung, und nachdem er die Geduld der Geschworenen bis zum äußersten mit Fachausdrücken strapaziert hatte, erlöste er sie schließlich und beantwortete die Fragen des Coroners in allgemein verständlichem Englisch.

Cave wurde nicht aufgerufen, nicht einmal sein Name fiel. Die Verhandlung verlief in geschäftsmäßiger Atmosphäre und endete mit einer kurzen Warnung des Coroners vor den Gefahren von Treidelpfaden für Spaziergänger. Doch Kommissar Carver, der sich unauffällig in der Nähe der Anwälte postiert hatte und die beiden Forbes abwechselnd beobachtete, bildete sich ein, eine gewisse Unsicherheit festzustellen, die sich von der in dieser Situation ganz natürlichen Nervosität deutlich unterschied. Als Forbes seine Schwester am Arm durch die Tür und zum wartenden Auto führte, gelang einem Polizeifotografen mit einer Knopflochkamera ein ausgezeichneter Schnappschuß von ihm. Aber das war noch gar nichts. Ein Vertreter der Presse machte ebenfalls eine Aufnahme, und die erschien in allen Abendzeitungen.

Bei der Beisetzung der armen Lucy Trewen, die tags darauf stattfand, ging es sehr viel gefühlsbetonter zu. Ermordet oder nicht, das arme Ding hatte ein jähes und rätselhaftes Ende gefunden, und allein schon auf Grund ihrer Jugend hatte sie Anspruch auf eine Sympathiebekundung. Die Forbes hatten gehofft, jedes Aufsehen vermeiden zu können, und da sich der Sarg beim Bestattungsunternehmer befand und von dort direkt zum Krematorium gebracht werden sollte, hatten sie auch nicht damit gerechnet. Doch wenn die britische Öffentlichkeit sich zu etwas entschlossen hat, so führt sie es auch aus, ganz gleich, was geschieht, und ohne Rücksicht auf persönliche Unannehmlichkeiten.

»Sieh nur!« sagte Laura. »Sieh doch nur!« Wie eine schwarze Krabbe krallte sich ihre Hand in den Mantelärmel ihres Bruders. Der Wagen, mit dem sie abgeholt worden waren, hatte sich hinter den Leichenwagen gesetzt, und auf den Bürgersteigen drängten sich, soweit das Auge reichte, Frauen aus allen Schichten und Klassen, zumeist aber schäbig gekleidet, mit Kopftüchern oder barhäuptig. Einige hielten Frühlingsblumensträußchen in den Händen, andere trugen sogar schwarze Armbinden. Es wehte ein scharfer Wind, und die Gesichter wirkten vom langen Warten in der Kälte verkniffen. Ihre Trauer hatte etwas Rührendes, denn keine dieser Frauen hatte das Mädchen persönlich gekannt, aber Laura empfand nichts dergleichen. Sie schauderte. »Aasgeier!«

»Ich kann's nicht ändern.« Forbes schüttelte ihre Hand ab und bemühte sich zugleich um einen dem Anlaß angemessenen Gesichtsausdruck, denn etliche der günstiger postierten Schaulustigen verrenkten sich bereits die Köpfe, um einen Blick auf die Trauernden zu erhaschen. Er sah besorgt auf den breiten Rücken des Fahrers hinter der gläsernen Trennscheibe. Ob sie wohl schalldicht war? Er zitterte davor, was Laura sagen oder tun könnte; sie war schrecklich mit den Nerven herunter. Das letzte Mal hatten sie an einer Beisetzung teilgenommen, als ihre Mutter gestorben war. Forbes neigte wie die meisten Spieler sehr zum Aberglauben, und nun bildete er sich ein, eines der Gesichter, die durch die Autofenster spähten, sehe ihr zum Verwechseln ähnlich.

Ob das wohl ein schlechtes Omen war?

Er dankte seinem Schicksal, daß das Krematorium drei Meilen von der Hauptstraße entfernt und die Busverbindung dorthin schlecht war. Das sollte der Neugier eigentlich Grenzen setzen. Dennoch hatte sich in der kleinen Kapelle ein Häufchen Fremder eingefunden, und als er Laura auf ihren Platz vorne rechts führte, sah er aus den Augenwinkeln Cave neben einer älteren Frau in Schwarz sitzen. Die Frau war Mrs. Franks, was er natürlich nicht wissen konnte, und sie hatte, nachdem sie dem Gerede in der Siedlung entnommen hatte, wann der Gottesdienst angesetzt war, Robert überredet, sich dort sehen zu lassen. Das sei er Lucy schuldig, hatte sie argumentiert, in Wirklichkeit fand sie jedoch, er schulde es sich selbst. Sie hatte die Vorstellung, seine Anwesenheit bei Lucys Beisetzung würde den Glauben an seine Unschuld fördern, von der sie selbst inzwischen überzeugt war. Mrs. Franks gehörte zwar formell der Church of England an, aber von der Auferstehung hielt sie nichts. Hierfür hatte sie wie immer eine praktische Begründung. »Wo wollen Sie all die vielen Seelen bloß unterbringen?« hatte sie den Vikar gefragt, als er ihr einen Besuch abstattete. »Und womit sollen sie sich denn beschäftigen?« Diese persönliche Überzeugung verstärkte noch ihre Trauer über den Tod eines so jungen Menschen. Ihrer Ansicht nach war Lucy um mindestens vierzig Jahre Leben betrogen worden, und ob diese Jahre nun glücklich oder unglücklich verlaufen wären, der Alternative, die sich in ihrer Phantasie als große Leere darstellte, waren sie in jedem Fall weit vorzuziehen. Wenn es nun Katie getroffen hätte! Mrs. Franks wußte, daß letztlich alles dem Tod geweiht war, sie selbst eingeschlossen, meinte aber, man solle das Ende doch so lange hinausschieben wie nur irgend möglich. Robert folgte mechanisch dem Beispiel der übrigen Gemeinde, aber da er nicht gläubig war, bedeutete ihm das Ritual nichts. Für ihn hatte die tote Lucy in ihrer Kiste nichts mit der lebenden Lucy gemein, und er bereute schon, überhaupt gekommen zu sein. In dieser Umgebung war er sich selbst fremd. Beim Verlassen der Kapelle wollte sich eine Frau, von ihren Gefühlen überwältigt, auf ihn stürzen. Die Umstehenden mußten sie festhalten. Robert ließ sich von dem Vorfall in keiner Weise beeindrucken, Mrs. Franks war dagegen tief erschüttert, denn er zeigte ihr, wie stark die öffentliche Meinung gegen ihn war.

»Hast du ihn gesehen?« fragte Laura, als sie wieder im Wagen saßen. »Hast du Cave gesehen?«

»Natürlich habe ich ihn gesehen«, antwortete Forbes. Sie ging ihm unerträglich auf die Nerven. Warum konnte sie nicht den Mund halten? Sie benahm sich, als sei sie allein mit ihm; als sei der breite Rücken des Fahrers hinter der Scheibe gar nicht vorhanden. Er spürte den verzweifelten Drang, sie zu beschimpfen – sie anzuschreien wegen ihrer Dummheit –, aber er wagte es nicht. Nicht einmal einen bösen Blick konnte er riskieren, falls ihn der Mann im Rückspiegel beobachtete. So versetzte er seiner Schwester nur einen heftigen Fußtritt, worauf ihr ein schmerzlicher Aufschrei entfuhr.

»Tut mir leid«, murmelte er scheinheilig. »Ich fand den Gottesdienst sehr schön«, fügte er bedeutungsvoll hinzu. Sie starrte ihn so fassungslos an, als habe er den Verstand verloren. Von da an flüchteten sie sich in Schweigen, aber auch das brachte ihnen keine Erleichterung, denn es änderte nichts daran, daß jeder die Anwesenheit des anderen als bedrängend empfand. Carver hatte recht behalten. Nach der schnellen Aufeinanderfolge von Voruntersuchung und Beisetzung, wie eine linke Gerade nach einem Hieb mit der Rechten, war Forbes schwer angeschlagen. Seine Zusammenarbeit mit der Polizei hatte sich strikt im verborgenen abgespielt. Nie war er vor Gericht erschienen, um eine Aussage zu machen, und obwohl es in diesem Fall nur eine Formalität war, konnte er sich nun vorstellen, wie es sein würde, wenn er in einem Verfahren gegen Cave in den Zeugenstand treten mußte. Wenn er jetzt schon nervös war, wie wollte er dann einem Kreuzverhör standhalten?

Und als er ganz vorne in der Kapelle vor Lucys Sarg gekniet hatte, da waren seine Handflächen schweißnaß gewesen. Dabei hatte er die beiden Ereignisse immer nur als kleinere Unannehmlichkeiten gesehen, die bei einem plötzlichen Todesfall unvermeidlich waren, und auch jetzt wollte er noch nicht glauben, daß sie einen derart starken Eindruck auf ihn gemacht haben sollten. Irgend jemandem mußte er die Verantwortung aufladen für die Schuldgefühle, die ihn bereits jetzt ausgliederten und Urängste in ihm weckten. Und wer wäre dafür besser geeignet und naheliegender gewesen als Laura? Natürlich war es Laura, die sie mit ihrem Leichtsinn und ihrer Hysterie alle beide in Gefahr brachte. Voll Abscheu beobachtete er die straff gespannten Sehnen an ihrem mageren Hals. Schließlich hatte er es für sie getan. Dieses dumme Stück hatte mit allem angefangen. Doch hier schreckte selbst er zurück, das brachte er nicht hinunter, auch die Selbsttäuschung hatte ihre Grenzen. Gewiß, ob mit oder ohne Geld, das Zusammenleben zu dritt wäre keinesfalls lange gutgegangen. Eine der Frauen mußte weg. Doch allmählich kam ihm der Verdacht, er habe die falsche beseitigt. Ohne Laura hätte er mit Lucy vielleicht so etwas wie eine Ehe führen und auf diese Weise ihr Vermögen in die Hand bekommen können. Auf die Idee, daß sie ihm vielleicht einen Korb gegeben hätte, kam er nicht.

Die Rückbank des Mietwagens war für die knochige Laura zu breit und zu stark nach hinten geneigt, sie fühlte sich, als habe man sie umgekippt, ihrer Bewegungsfreiheit beraubt. Sie rutschte ein wenig zur Seite, betrachtete Johns Profil und sah endlich ein, daß alles verloren war. Er war nicht mehr das Baby, das sie gepflegt, der kleine Junge, den sie gehätschelt, der junge Mann, den sie abgöttisch geliebt hatte. Sie saß neben einem Fremden, der den Kinderschuhen entwachsen war, mit dem sie nur noch ein Mord verband. Sie trafen früher zu Hause ein, als ihr lieb war. Der Fahrer stieg aus und öffnete ihr den Wagenschlag. Unbeholfen rutschte sie hinaus, und als sie auf das Gartentor zuging, trat hinter ihr Sergeant Duff zu ihrem Bruder, und sie hörte, wie er sagte:

»Mr. Forbes, der Kommissar möchte auf dem Revier mit Ihnen sprechen. Ich muß Sie leider bitten, mich zu begleiten.«

Laura fuhr herum. »Das können Sie nicht – er hat noch nicht einmal gegessen...«

»Wir besorgen ihm ein paar Sandwiches. Und eine Kanne Tee. Außerdem kommt er bald wieder.«

Forbes war plötzlich erschlafft. Ohne ein Wort des Protests stand er auf dem Gehsteig, scheinbar unfähig, sich zu bewegen.

»Ich muß sowieso in diese Richtung. Da nehme ich Sie gleich mit«, erbot sich der Fahrer, der Duff gut kannte.

»Prima, mein Junge. Ist Ihnen das recht, Mr. Forbes?«

Allem Anschein nach ja. Forbes stieg wieder in den Wagen, und der Sergeant folgte ihm. Sie fuhren ab, Laura blieb allein zurück und sah ihnen nach. Dies war wohl das erste und einzige Mal, daß ein Trauerwagen einen Verdächtigen auf dem Polizeirevier absetzte.

Er kam erst um acht Uhr abends zurück. Sie war in der Küche. Als sie hörte, wie er die Tür aufschloß, seinen Mantel in den Garderobenschrank hängte und weiter ins Wohnzimmer ging, folgte sie ihm. Er saß zusammengesunken, völlig erschöpft in einem Sessel. Seine blühende Gesichtsfarbe – das Ergebnis vieler Stunden auf dem Rennplatz bei jedem Wetter – hatte er nicht verloren, aber von der Nase zum Mund zogen sich Falten, die sie bisher nie bemerkt hatte. Seine Augen wirkten glasig vor Müdigkeit.

»Nun?« fragte sie. Wahrscheinlich hätte sie ihn besser in Ruhe gelassen, aber sie hatte die ganze Zeit über wie auf glühenden Kohlen gesessen, nun wollte sie unbedingt wissen, wie es ihm ergangen war.

»Das Spiel ist aus«, sagte er.

»Was!« Ein Aufschrei des Entsetzens.

»Sie wissen Bescheid über die Farm und was sie eingebracht hat. Diese verdammte Lucy hat Cave alles brühwarm erzählt. Jetzt hat die Polizei Erkundigungen eingezogen. Die wissen besser über mich Bescheid als ich selber. Sie haben mich so lange bearbeitet, bis ich nicht mehr wußte, wo mir der Kopf stand. Aber sie werden mich nicht kriegen. Niemals! Hast du nicht gehört, was der Arzt sagte? Keine Spuren an ihrem Körper. Das war nicht so geplant, aber, mein Gott, es ist ein Glück, daß es so gekommen ist.«

»Wenn dich jemand gesehen hat …«, sagte sie.

»Dann hätte er sich inzwischen gemeldet. Solange du den Mund hältst, können die mir überhaupt nichts anhaben.«

»Als ob ich etwas sagen würde!«

Er brauste auf. »Du stehst schon den ganzen Tag kurz davor. Und du kommst als nächste an die Reihe. Wie soll ich mich denn sicher fühlen, wenn sie dich durch die Mangel drehen? Ich werde keine ruhige Minute mehr haben.«

»Ich habe dir von Anfang an gesagt, daß mir die Sache nicht gefällt. Ich habe dich gewarnt. Immer wieder habe ich gesagt, es ist zu riskant.«

»Aber nicht nur für mich, sondern auch für dich, vergiß das nicht. Auch du hattest ein Motiv und die Gelegenheit.«

»Ich habe nichts damit zu tun!«

»Ach, wirklich? Wer war denn bei Cave zu Hause? Du hast zugegeben, daß du die Hauptstraße hinuntergegangen bist.«

»Aber ich hab's nicht getan. Du kannst mich nicht mit hineinziehen.«

»Warum nicht? Profitieren wolltest du schon davon. Du hast das Mädchen gehaßt. Es ist alles deine Schuld. Du wolltest mich für dich allein haben. Mein ganzes Leben hängst du mir schon wie ein Klotz am Bein. Aber jetzt reicht es mir, Laura. Du bist nichts als eine häßliche, verbrauchte alte Hexe, du hast dich immer an deinen Bruder geklammert, weil kein anderer Mann dich auch nur ansehen wollte. Nicht einmal jetzt kannst du mich in Frieden lassen.«

»John, wie kannst du so etwas sagen? Ich habe mich abgeschuftet für dich. Ich habe mir nichts gegönnt, damit du dir jeden Wunsch erfüllen konntest. Um Mutters willen habe ich dein Lotterleben ertragen und über deine schmutzigen Geschäfte hinweggesehen.«

»Du hast den Gewinn mit mir geteilt, willst du wohl sagen…«

»Ich habe Lucy aufgenommen, weil du es so wolltest. Ich habe meine Heimat verlassen, damit du deine kostbare Haut retten konntest. Und was das andere angeht, so hast du mir gar nichts vorzuwerfen. Wenn hier jemand nicht normal ist, dann bist es du.«

Ganz die gekränkte Unschuld, sah sie ihn an, ihr hageres Gesicht zuckte vor Erregung.

Mit ihrem Angriff auf seine Männlichkeit hatte sie den Drang nach Vergeltung freigesetzt, den er während des Verhörs bei der Polizei gewaltsam hatte unterdrücken müssen. Wie ein Roboter erhob er sich aus seinem Sessel und schlug ihr die zur Faust geballte Rechte mit voller Wucht in die vorstehenden Zähne. Ohne einen Laut taumelte sie rückwärts gegen die Wand. Ihr Gebiß mußte erstaunlich stabil sein, denn die Zähne hielten. Totenstille herrschte, als sie ein Taschentuch hervorzog, um sich damit das Blut von den aufgeplatzten Lippen zu tupfen.

15

Robert saß zu Hause und zerbrach sich den Kopf darüber, was Forbes ihm angetan hatte. Von den Entwicklungen, die sich aus seinem Gespräch mit Duff ergeben hatten, ahnte er nichts. Er wußte, daß er weiterhin beobachtet wurde, und hatte sich mit dieser Demütigung soweit abgefunden, daß er den Bewachern sogar kameradschaftliche Gefühle entgegenbrachte. Die Begegnung mit Forbes bei Lucys Beisetzung ließ alle Bedenken wieder aufleben und drohte, seine Vorstellung von diesem Mann als rabenschwarzem Bösewicht zu zerstören. Denn in seinem schwarzem Überzieher schien Forbes von einer fast greifbaren Aura bürgerlicher Anständigkeit umgeben, und Miss Laura Forbes war von Kopf bis Fuß die spindeldürre, tugendhafte alte Jungfer. Aber sah er selbst etwa aus wie ein Mörder? Ach, das war doch etwas ganz anderes gewesen, ein Unfall, sonst nichts. Aber wenn es ein Unfall war, wie kamen dann die Blutergüsse auf Midges Schultern? Seit wann verhinderte ein Unfall die Rettung des Opfers, seit wann war er Mittel zum Zweck? Robert verdrängte diese ungelösten Fragen wie schon so oft. Auch wenn er nichts als Zeitungen und Zeitschriften las, war er keineswegs dumm, obwohl eine Reihe von beruflichen Sackgassen und die Abhängigkeit von Joyce seinen Verstand hatten einrosten lassen. Solange er Forbes kannte, hatte er nie daran gezweifelt, daß der Mann genau so war, wie er sich gab, ein liebenswerter, erfolgreicher, netter Bursche, der an einem Mitmenschen Gefallen gefunden hatte. Er war sich seiner eigenen Unaufrichtigkeit so sehr bewußt, daß er nie auf die Idee gekommen wäre, er selbst würde ebenfalls getäuscht. Nun war er in seiner Eitelkeit gekränkt – und mehr. Denn er sah ein, daß man ihm genau das vorgespielt hatte, was er sich verzweifelt wünschte. Anständige Leute, bei denen er als ihresgleichen ein und aus gehen konnte, ein Haus, wo er als Freund geschätzt wurde und stets willkommen war. Selbst die Episode mit Lucy und die Hoffnung auf ein engeres Verhältnis zu ihr stellten in Wirklichkeit nur eine Ergänzung dieses ausgeprägten Verlangens dar, wieder einen festen Platz in der Gesellschaft zu finden. Und wenn Mrs. Franks recht hatte, dann war er die ganze Zeit über zum Narren gehalten worden. Nur von Lucy selbst nicht, sie war ebenso ein Opfer wie er. Aber woran hätte er das merken sollen? Seit dem Treffen im Schrebergarten – von dem er nun annehmen mußte, Forbes habe es gezielt arrangiert – war eins so folgerichtig auf das andere gefolgt, daß alles ganz und gar natürlich schien. Er versuchte, sich jedes Wort ins Gedächtnis zu rufen, das Forbes zu ihm gesagt hatte. Hatte nicht er selbst den Vorschlag gemacht, mit Lucy auf den Jahrmarkt zu gehen? Und hatte Miss Forbes anfangs nicht sehr zurückhaltend reagiert? Es war ein Glück, daß Cave nie dahinterkam, welche Rolle man ihm an jenem Abend zugedacht hatte. Manche Dinge sind so schrecklich, daß man sie nicht glauben will. Er hatte schon Mühe, sich mit der Vorstellung vertraut zu machen, man habe ihm, während alle Welt ihn bereits eines Mordes für schuldig hielt, ein zweites Verbrechen unterschieben wollen. Trotz alledem war es doch wohl seine Idee gewesen, sich mit Forbes im *Grapes* zu verabreden, und nicht umgekehrt. Andererseits hatte jemand Lucy in den Kanal gestoßen, und wenn nicht Forbes, wer dann? Aber wieso sollte Forbes es auf Lucys Geld abgesehen haben, wenn er doch selbst so wohlhabend war? Und wo stand Miss Forbes in der ganzen Sache? Sie mochte ein Hausdrache sein, aber als Mitglied einer Verschwörung konnte er sie einfach nicht sehen. Robert überlegte gerade, ob er versuchen sollte, sie unter vier Augen zu sprechen, als Mrs. Franks ihm sein Essen brachte. Mrs. Franks verköstigte Robert auch weiterhin, eine für beide Seiten zufriedenstellende Regelung. Mrs. Franks war beschäftigt und hatte das Gefühl, gebraucht zu werden, und Robert wurde vor dem Hungertod bewahrt. Außerdem hing er inzwischen an ihr, wenn auch nicht mit solcher Inbrunst wie Katie.

»Wozu soll das gut sein?« fragte sie, als er ihr diesen Einfall anvertraute.

»Ach, ich weiß nicht. Vielleicht könnten wir einfach nur über alles reden. Ich glaube, sie hat Lucy gern gehabt.«

»Aber hatte Lucy sie auch gern?«

»Davon hat sie nichts gesagt.«

»Dann war es auch nicht der Fall, glauben Sie mir. Wenn man jemanden gern hat, will man ständig über ihn reden. Deshalb sind Gespräche mit Verliebten auch so langweilig.«

»Selbst wenn nicht, sie lebten immerhin unter einem Dach.«

»Ich möchte um nichts in der Welt in Miss Forbes' Haut stecken.«

»Wieso denn nicht?«

»Entweder weiß sie, was ihr Bruder getan hat, oder sie weiß es nicht. Weiß sie es, dann macht sie jetzt die Hölle durch, weiß sie es nicht, dann steht ihr die Hölle erst noch bevor.«

»Wenn er es getan hat, wird man es ihm wohl nie beweisen können. Und was immer da gespielt wurde, sie hatte sicher nichts damit zu tun.«

»In den Familien, wo ich angestellt war, waren die Schwestern immer eingeweiht, wenn ihre Brüder etwas im Schilde führten, ganz gleich, wie abscheulich es war. Und oft genug standen sie ihnen mit Rat und Tat zur Seite.«

Sie wechselten das Thema: »Stellen Sie sich vor! Katie hat mir einen Brief geschrieben.«

»Da bin ich aber platt. Ich wußte gar nicht, daß sie schon schreiben kann.«

»Mr. Cave. Katie ist neun Jahre alt, und sie ist ein sehr intelligentes, kleines Mädchen.« Dabei schob sie die Erinnerung an das, was ihr dieses intelligente, kleine Mädchen vor einiger Zeit anvertraut hatte, entschlossen beiseite.

»Ganz der Vater, wie? Was hatte sie denn alles zu erzählen?«

Mrs. Franks zeigte ihm den Brief nicht. Katie hatte ihn ganz ohne Hilfe verfaßt, und um der Wahrheit die Ehre zu geben, die Schrift war miserabel und der Stil noch schlimmer. Aber ihre Freundin hatte keine Mühe, die darin enthaltene Botschaft zu verstehen.

»Sie will wieder nach Hause.«

»Und was soll ich nun machen?«

»Sie haben noch nichts Neues gehört? Der Sergeant ist nicht vorbeigekommen?«

»Nein. Man hat mich auch nicht aufs Revier bestellt.«

»Immerhin ein Trost. Auch Rom wurde nicht an einem Tag erbaut.«

»Ich werde immer noch überwacht.«

»Ich weiß. Der arme Kerl, der da bei jedem Wetter draußen sein muß, hat mir leid getan. Ich habe ihm eine Tasse Tee angeboten, aber er sagte, das sei nicht gestattet.

Haben Sie den Bericht über die Voruntersuchung in der Zeitung gelesen?«

»Nein, wir haben sie nicht abonniert, und ich bin heute den ganzen Tag nicht aus dem Haus gekommen.«

»Die Geschworenen haben auf Mord erkannt, ohne Nennung eines Täters. Das Mädchen wies keinerlei Spuren von Gewaltanwendung auf, sagte der Arzt.«

»Das dürfte Ihren Vorstellungen wohl widersprechen?«

»Keineswegs. Einem Verwandten hätte sie sicher nicht mißtraut. Mr. Cave, es geht mich vielleicht nichts an, aber haben Sie je daran gedacht, sich von Ihrer Frau zu trennen? Ich spreche nicht von Scheidung.«

»Wie denn? Zum einen könnte ich es mir nicht leisten. Und dann ist da noch Katie. Ich halte nichts davon, ein Heim auseinanderzureißen.«

»Lieber das Heim auseinandergerissen als das Kind, Mr. Cave. Ich habe in Familien gelebt, wo sich Eheleute, die nicht miteinander auskamen, auf eine Trennung geeinigt hatten, und den Kindern hat es nichts geschadet, wenn der Vater hier wohnte und die Mutter dort. Auf sich gestellt ist man ein ganz anderer Mensch. Ich mache Ihrer Frau keinen Vorwurf. Ich würde sagen, ihr Problem ist das Milieu, in dem sie aufgewachsen ist. Aber für einen Mann von Ihrer Veranlagung ist es schwer, mit einer Frau wie ihr zusammenzuleben.«

»Sie verlangen, daß ich auf Katie verzichte?«

»Nicht ganz. Sie könnten sie von Zeit zu Zeit sehen.«

»Und wie paßt das zu Ihrem Herzenswunsch, sie wieder zu Hause zu haben?«

»Ach, vorerst möchte ich sie doch nur aus den Klauen

ihrer Großtante Em befreien. Alles andere ist auf lange Sicht gedacht. Ich möchte nicht, daß sie zwischen Ihnen beiden hin und her gerissen wird. Katie ist eine Persönlichkeit mit eigenen Rechten. Später wird sie keinen von Ihnen mehr brauchen. Wenn das alles vorüber ist...«

»Wenn es vorüber ist! Glauben Sie, daß das so schnell geht?«

»Ja. Ich glaube, Mr. Forbes hat den Mund etwas zu voll genommen.«

»Bei der Beisetzung kam mir das aber gar nicht so vor.«

»Sie haben noch nicht so viele Familien kennengelernt wie ich, Mr. Cave. Jedenfalls würde ich an Ihrer Stelle nicht nach ›Kilmorin‹ hinübergehen, um mit Miss Forbes zu sprechen. Sie könnten sie damit in Verlegenheit bringen. Ein Mann, der imstande ist, ein so kompliziertes Verbrechen zu planen, ist ein gefährlicher Hausgenosse.«

Und plötzlich durchschaute Cave den ganzen sorgsam ausgetüftelten Plan, jedes einzelne Steinchen fiel an seinen Platz, wurde erkennbar als Mittel, um ihn ins Verderben zu stürzen. Forbes' fleischiges, gutmütiges Gesicht verwandelte sich in eine bedrohliche Fratze, und das prädestinierte Opfer mußte einen Schauder unterdrücken.

Robert hatte nicht als einziger das Bedürfnis, sich mit Laura Forbes zu unterhalten. Während Forbes selbst sich wieder einmal zum Verhör auf dem Polizeirevier befand, wurde Duff nach ›Kilmorin‹ geschickt, um in trautem Zwiegespräch mit der Dame des Hauses so viel wie möglich in Erfahrung zu bringen.

»Sie becircen die Schöne nach allen Regeln der Kunst«,

wies ihn Carver an, »während ich den Kerl ausquetsche wie eine Zitrone.«

»Sie wäre als Zitrone bestimmt viel besser geeignet«, brummte Duff. Dabei mißfiel ihm der Auftrag gar nicht. In Zusammenhang mit Miss Forbes gab es ein paar Dinge, die seine Neugier reizten. Beim Anblick ihres übel zugerichteten Gesichts wurde sein Interesse noch größer.

»Was für ein häßlicher Riß«, bemerkte er mitfühlend, als er ihr ins Zimmer folgte. Und das war noch untertrieben. Die ganze Oberlippe war aufgeschwollen und verfärbt.

»Ich bin kurzsichtig, und da bin ich in der Dämmerung gegen einen Türpfosten gerannt, bevor ich das Licht einschalten konnte.«

›Pah! Wenn mich nicht alles täuscht, bist du direkt in eine Faust hineingerannt‹, dachte er. »Nun, Miss Forbes, ich möchte Ihnen gerade in dieser schweren Zeit nicht noch mehr Unannehmlichkeiten bereiten, aber es gibt da ein paar Punkte, denen man auf den Grund gehen sollte. Ich habe mir gedacht, in Abwesenheit Ihres Bruders sind Sie vielleicht ein wenig entspannter.«

»Ich wüßte nicht, warum.«

»Nun ja, ich habe immer das Gefühl, mich viel ungezwungener benehmen zu können, wenn kein Angehöriger dabeisteht und jedes Wort auf die Goldwaage legt. Ich will vorerst nur in aller Freundschaft mit Ihnen plaudern und Ihnen helfen, sich über einiges klarzuwerden. Sollte sich dabei etwas ergeben, dann ziehen wir später einen zweiten Beamten zu und setzen ein Protokoll auf.«

»Ich habe nichts zu sagen.« Wenn ihre Verletzung nicht

gewesen wäre, hätte sie vielleicht verächtlich die Lippen gekräuselt.

»Sie wußten natürlich, daß Ihre Cousine eine wohlhabende Frau war, Miss Forbes.«

»Das ging mich nichts an. Lucy hat ihren Anteil am Wirtschaftsgeld beigesteuert, und das war das einzige, was mich interessierte.«

»Sie haben sicher Ihr eigenes Einkommen.«

Sie zögerte. »Mein Bruder gibt mir eine bestimmte Summe. Ich versorge den ganzen Haushalt ohne fremde Hilfe. Das Taschengeld, das ich bekomme, ist vollkommen ausreichend. Wie Sie selbst sehen, stelle ich keine großen Ansprüche.«

»Und Miss Lucy hat doch sicher mit angepackt?«

»Ein bißchen hat sie geholfen.«

»Sie hatten sie wohl sehr gern?«

Wieder zögerte sie. »Soweit eine ältere Frau ein junges Mädchen gern haben kann, will ich einmal sagen. Wir hatten nicht viel gemeinsam. Doch wir kamen gut miteinander aus.«

»Aber anvertraut hat sie sich Ihnen nicht?«

»Wenn Sie darauf anspielen, daß sie mir nichts von ihrem Rendezvous mit Cave erzählt hat, so haben Sie völlig recht. Ich dachte, das hätte ich bereits klipp und klar gesagt.«

»Immerhin lagen Sie sich nicht ständig in den Haaren. Und hin und wieder machte man sich gewiß auch kleine Geschenke, das ist ja in den meisten Familien so.«

»Gewiß.«

»Nur an Weihnachten, oder auch an Ostern?«

»Ach, eine Kleinigkeit. Sie hatte ein paar Taschentücher für mich, und von mir hat sie eine Schachtel Pralinen bekommen.

»Und ihr Bruder hat ihr eine Uhrenbrosche geschenkt?«

»Ganz bestimmt nicht.«

»Was hat er ihr denn dann geschenkt?«

Damit hatte er sie in Verlegenheit gebracht. Im Gegensatz zu ihrem Bruder fiel ihr das Lügen schwer, dachte er. Wenn sie gut vorbereitet war, kam sie zurecht, aber sonst nicht. Diese Erkenntnis machte ihm Mut.

»Ich weiß es nicht mehr«, sagte sie endlich. »Aber das ist doch sicher nicht wichtig.«

»Ich halte es eigentlich schon für wichtig. Um Ihretwillen.«

»Ich weiß nicht, was Sie damit sagen wollen.«

»Lassen wir das. Nun zu Ihrem Besuch bei Cave an jenem Abend, als Ihre Cousine verschwand. Ich hätte nicht gedacht, daß Sie mit der Nachbarschaft viel im Sinn haben, Miss Forbes. Ich will ja nicht unverschämt sein, aber ich finde, Sie sind den Leuten in dieser Gegend um einiges überlegen. Es paßt gar nicht zu Ihnen, so einfach zu Caves Haus zu laufen.«

»Ich dachte, ich hätte auch das klipp und klar gesagt. Ich habe mir um Lucy Sorgen gemacht und wollte wissen, ob sie dort war. Außerdem hatte ich eine Ausrede. Mein Bruder wartete auf die Auskunft, an wen er sich wegen eines Schrebergartens wenden sollte.«

»Ich behaupte, er hat Sie nur hingeschickt, um zu erfahren, ob Cave weggegangen war, weil er sich im *Grapes* mit ihm verabredet hatte.«

»Unsinn!«

»Und Sie sind zur Hauptstraße hinuntergegangen, um sich dort mit Ihrem Bruder zu treffen und ihm genau das mitzuteilen.«

»Davon ist kein Wort wahr.« Aber das Blut war ihr in die Wangen geschossen.

»Dann sind Sie vielleicht geradewegs zum Kanal gegangen?«

»Sie unterstellen mir einen Mord! Ich werde mich bei Ihrem Vorgesetzten beschweren.«

»Schon gut, schon gut, Miss Forbes. So war das doch nicht gemeint. Ich will nur die Wahrheit wissen, wegen Miss Lucy, aber auch um Ihretwillen. Ganz im Vertrauen, es ist immer noch besser, als Komplizin eines Mörders dazustehen, als sein nächstes Opfer zu werden.«

»Haben Sie den Verstand verloren?«

»Ich werde jetzt gehen, dann haben Sie Zeit, darüber nachzudenken. Wie gesagt, Miss Forbes, Ihre Lippe sieht wirklich böse aus. Sie sollten vorsichtig sein. Man weiß nie, was daraus werden kann.«

Ihre Hand näherte sich ihrem Mund.

»Sie hängen sehr an Ihrem Bruder, Miss Forbes.« Duffs Stimme klang jetzt ganz anders, sie hatte einen Unterton von Mitleid.

»Ich – ich habe mein ganzes Leben mit ihm verbracht.«

»Das ist kein Grund...« Duff brach ab und überließ den Rest ihrer Phantasie. Dann begann er von neuem: »Der Selbsterhaltungstrieb ist eine gute Einrichtung, Miss Forbes. Jedenfalls findet das Ihr Bruder. Wie auch immer, ich muß zurück aufs Revier. Sie wissen ja, wo Sie mich finden können. Sehen Sie, hier ist meine Nummer, für Notfälle.«

Er reichte ihr eine Karte und verabschiedete sich vergnügt.

Auf der Suche nach einer Anlaufstelle kam ihm Caves Haus in den Sinn, das (er wußte es nur zu gut) ganz in der Nähe lag, und er beschloß, auf dem Rückweg dort vorbeizuschauen. Cave war aufrichtig erfreut über seinen Besuch und führte ihn direkt ins Wohnzimmer.

»Sie sehen sehr zufrieden aus«, bemerkte er.

»Sie sehen auch nicht schlecht aus.«

»Wie wär's mit einer Tasse Tee?«

Der Sergeant stand zu kurz vor der Pensionierung, um ein solches Angebot abzulehnen. Außerdem hatte er das Gefühl, sich eine Stärkung verdient zu haben.

»Ich setze nur schnell den Kessel auf.«

»Und ich gehe auf einen Sprung nach oben. Ich war bei einer alleinstehenden Dame, und da wollte ich nicht nach der Toilette fragen, das wäre ihr sicher peinlich gewesen.«

Als sie beide wieder zurück waren und Cave nur noch darauf wartete, daß das Teewasser kochte, fragte er: »Wer war die alleinstehende Dame?«

»Ach, Miss Laura Forbes. Sie haben sie, glaube ich, einmal kennengelernt.«

»Müssen Sie den Witzbold spielen? Ich war selbst schon fast entschlossen, sie zu besuchen.«

»Sie halten mir Abstand von diesem Haus, mein Junge. Das ist keine Umgebung für Leute wie sie. Was zum Teufel wollten Sie denn von ihr?«

»Ich – ich wollte über Lucy sprechen.« Er gab Milch und Zucker in die Tasse. »Ich habe gedacht, sie hat sie gern gehabt, aber Mrs. Franks sagt nein.«

»Und damit hat Mrs. Franks wahrscheinlich recht. Sie scheint ziemlich oft recht zu haben.«

»Sie könnten es nicht genauer treffen. Was ich wissen wollte… Nun, hat die Sache mit der Farm gestimmt?«

»Die Information war absolut zutreffend.«

»Und nun?«

»Nicht so schnell. Sie können jetzt eingießen. Ich mag den Tee inzwischen nicht mehr so stark.« Als er Cave die Tasse abnahm, sagte er: »Ich kann natürlich keine Staatsgeheimnisse verraten, deshalb nur soviel: Man soll die Hoffnung nie aufgeben.«

»Deshalb haben Sie mich also in Ruhe gelassen. Keine ausgedehnten Sitzungen beim Kommissar mehr.«

»Ich hatte nicht den Eindruck, als hätten Sie Sehnsucht nach ihm. Bei meiner Seele, Cave, Sie sind wie umgewandelt. Das Strohwitwerdasein bekommt Ihnen gut.«

»Finden Sie?«

»Bestimmt.« Das war ehrlich gemeint, auch wenn er die Besserung nicht allein auf Joyces Abwesenheit zurückführte. Cave war völlig mit den Nerven heruntergewesen und wurde nun allmählich wieder normal. Mehr noch: Der normale Robert Cave war nur ein schwaches, leichtsinniges Geschöpf gewesen, das sich willenlos ins Verderben treiben ließ. Das Unglück hatte seinen Charakter gefestigt. Das war in manchen Fällen zu beobachten, aber beileibe nicht immer. Der Sergeant trank seinen Tee, der heiß und sehr süß war, ganz nach seinem Geschmack. Er reichte daher Cave die Tasse, damit dieser sie ihm nachfüllen konnte.

»Sonst haben Sie mir nichts zu erzählen, Mr. Cave?«

Cave sah ihn überrascht an.

»Jeder kleine Hinweis wird dankbar angenommen. Fällt Ihnen nichts ein, was Miss Lucy sonst noch sagte?«

»Nichts, was mit dieser Sache zu tun hätte. Schließlich haben wir uns nur zweimal getroffen.«

Noch während er es aussprach, erschien es ihm unmöglich. Lucy hatte einen so tiefen, unauslöschlichen Eindruck hinterlassen, unvorstellbar, daß dazu zwei kurze Begegnungen genügt haben sollten.

Duff seufzte. »Armes, junges Ding. Und wie geht es Katie?«

»Recht gut, wenn man Mrs. Franks glauben darf. Sie hat so etwas wie einen Brief von ihr bekommen. Sie sehnt sich nach Hause.«

»Vielleicht dauert es nicht mehr allzu lange. Aber berufen Sie sich bitte nicht auf mich. Ich bin lange genug bei der Polizei, um zu wissen, daß man oft genau dann wieder ganz am Anfang steht, wenn man glaubt, endlich weiterzukommen. Machen Sie's gut, Mr. Cave. Und halten Sie weiter die Ohren steif. Das steht Ihnen.«

Trotz der bevorstehenden Pensionierung ging der Sergeant mit sehr elastischem Schritt zum Polizeirevier zurück, wo ihn noch mehr Arbeit erwartete. Arbeit und nochmals Arbeit.

16

Ganz außer sich kam Inspektor Gibson ins Büro gestürmt, wo Carver und Duff sich über einen Fragebogen beugten.

»Oh, Verzeihung. Wollte nicht stören, aber da wäre eine ziemlich wichtige…«

Er wirkte überaus selbstzufrieden, ein Ausdruck, der zu seinen scharfen Zügen gar nicht so recht passen wollte.

»Nur herein, Inspektor«, forderte Carver ihn gereizt auf. Ein verzückter Gibson war nur schwer zu ertragen. »Wenn Sie ein As im Ärmel haben, dann legen Sie es um Himmels willen auf den Tisch. Hier gibt es nichts, was nicht warten könnte.« Auf seinem Schreibtisch türmten sich Berge von Papier.

»Soll ich gehen, Sir?«

»Das muß der Inspektor entscheiden.«

»Bleiben Sie ruhig hier, Sergeant. Es ist sicher auch für Sie von Interesse. Ich bin eben draußen auf dem Korridor über Kent gestolpert. Er kommt in ein paar Minuten; schreibt nur noch seinen Bericht. Er hat die Uhrenbrosche aufgespürt.«

»Ausgezeichnet. Woher stammt sie denn nun?«

»Aus einem Laden in Holborn. Kurzfristig gepachtet, verkauft allen möglichen billigen Ramsch aus dem Osten. Kent war schon einmal dort, weil das Geschäft in Betracht kam, aber erst diesmal hat er das richtige Mädchen angetroffen. Beim letzten Mal hatte sie ihren freien Tag.«

»Wie das Leben so spielt, was? Bei diesen Ermittlungen sind neunzig Prozent Zufall. Aber Kent gibt nicht so leicht auf. Deshalb habe ich ihn damit beauftragt. Nun aber los, Gibson, raus mit der Sprache. Wo bleibt die große Überraschung?«

»Sie hat den Käufer nach einem Foto identifiziert.«

»Forbes?«

»Ja – woher wissen Sie?«

»Es steht Ihnen ins Gesicht geschrieben. Sie haben Kent einen Abzug gegeben?«

»Hoffentlich habe ich damit nicht meine Kompetenzen überschritten?«

»Hätte auch selbst auf die Idee kommen können. Schon gut. Und sie hat ihn eindeutig identifiziert?«

»Ja. Sie schwört, daß er es ist. Aber das ist noch nicht alles. Der Kauf ist ihr deshalb so genau in Erinnerung geblieben, weil sie so viele Umstände damit hatte. Offenbar werden diese Uhren in einem halben Dutzend verschiedener Ausführungen hergestellt. Leichte Unterschiede in der Aufmachung, wie bei Massenartikeln üblich, damit der Kunde die Möglichkeit hat zu wählen. Forbes war ein schwieriger Kunde. Er wollte genau die gleiche Uhr, wie er sie vor kurzem für eine andere Freundin gekauft hatte.«

Carver zog die Augenbrauen hoch. Jetzt verstand er, warum Gibson so erregt war.

»Die Uhr war nicht unter den ausgestellten Exemplaren. Die Verkäuferin wollte ihm eine von den anderen andrehen, schließlich handelte es sich nicht um ein teures Stück. Aber er blieb fest, und schließlich zeigte er ihr eine Abbildung – einen Zeitungsausschnitt. Sie mußte eine Leiter hinaufsteigen, um eine Schachtel mit dem gesamten

Sortiment zu holen. Dann erst war er zufrieden und zog mit seiner Errungenschaft ab.«

»Ich war ganz sicher, daß Forbes sie ihr geschenkt hatte«, sagte Duff. »Sagte ich das nicht gleich, Sir, nachdem ich mit Miss Forbes gesprochen hatte?«

»Stimmt. Nun, damit hätten wir die Bestätigung. Aber eigentlich läßt sich damit nicht mehr beweisen als die Absicht, Cave zu belasten.«

»Das fände ich auch«, sagte Gibson, »wenn Clark und Mrs. Cave nicht so hartnäckig an dem Alibi festhalten würden. Ich muß zugeben, das hat mich unsicher gemacht. Und nachdenklich. Möglich wäre es nämlich. Ich habe mich genauer umgehört, und die Forbes wohnten bereits hier, als Midge Turner ertrank. Sie waren etwa zwei Wochen zuvor in ihr neues Haus gezogen.«

»Aber wo ist das Motiv? Nennen Sie mir nur ein klitzekleines Motiv.«

»Ein Test vielleicht – die Generalprobe für das eigentliche Verbrechen. Das hat es schon gegeben.«

»Nur in Romanen.«

»Ich kann Ihnen nicht widersprechen, weil mir so aus dem Handgelenk kein Präzedenzfall einfällt. Aber der Bursche ist durch und durch verschlagen. Und genau diese Sorte von Romanen liest er.«

»Dazu kann ich nur Amen sagen, Sir«, schaltete Duff sich ein. »Bei ihm zu Hause steht ein ganzes Regal voller Taschenbücher und Krimis.«

»Wenn er damals bereits das nächste Verbrechen plante, warum hat er dann nicht gleich zwei Uhrenbroschen gekauft?«

»Vielleicht hatte er mit der ersten nicht mehr im Sinn, als sich bei dem Mädchen einzuschmeicheln«, überlegte Gibson. »Genau auf die Sorte Schmuck wäre sie geflogen. Er konnte schließlich nicht im voraus wissen, wie sich die Beziehung entwickeln würde. Aber er hat wohl darauf gebaut, aus dem Schneider zu sein, wenn er weder ein Motiv hatte, noch vorher mit ihr gesehen oder gar dabei beobachtet wurde, wie er sie ins Wasser stieß. Sobald der Verdacht auf Cave fiel, war er in einer ausgezeichneten Position für den nächsten Zug. Er brauchte sich nur die Umstände zunutze zu machen.«

»Das ist mir alles zu weit hergeholt. Wie hätte er denn Midge Turner überhaupt kennenlernen sollen?«

»Im *Bunch of Grapes.* Und genau dahin will ich jetzt, wenn Sie gestatten. Ich möchte sehen, ob der Wirt das Foto von Forbes erkennt.«

»Sie wäre mit jedem gegangen, soviel steht fest, Sir«, meldete Sergeant Duff sich abermals zu Wort. Er schlug sich nur ganz selten auf Gibsons Seite, aber sein letzter Besuch bei Cave hatte ihn sehr beeindruckt. Er war immer bereit einzuräumen, daß hin und wieder Fehler unterlaufen und Unschuldige verurteilt werden, und zwar im allgemeinen deshalb, weil sie selbst den Anschein erwecken, schuldig zu sein. Es war nicht auszuschließen, daß Caves einziges Verbrechen sein verbotenes Abenteuer mit der jungen Midge gewesen war, einem bekanntermaßen mannstollen Frauenzimmer. Bekannt war freilich auch, daß Sie allem Anschein nach ausgerechnet in diesem Fall treu gewesen war, aber vielleicht war ihr das nach einer Weile zu langweilig geworden. Vielleicht war sie bereit gewesen, sich einem anderen zuzuwenden, besonders wenn der Geld hatte wie Heu.

»Ich bin noch nicht überzeugt«, sagte Carver skeptisch. »Ich werde mir erst einmal anhören, was Kent zu berichten hat, und dann werde ich Kommissar Willis bitten, eine Gegenüberstellung mit der Verkäuferin anzusetzen. Es genügt nicht, wenn sie ihn nur nach einem Foto identifiziert, und wir brauchen ihre Aussage, ganz gleich, wohin der Hase läuft. Übrigens, Gibson, das Geld wurde gefunden, es liegt auf einer Bank in Birmingham. Wenn man die Erbschaftssteuer abzieht und die Ausgaben der kleinen Trewen bis zu ihrem Tod, ist alles bis auf den letzten Penny vorhanden. Duff hat festgestellt, daß sie sich in ›Kilmorin‹ angemessen an den Haushaltsaufwendungen beteiligt hat. Möglicherweise hat sie sogar die Anzahlung für das Haus geleistet.«

»Hat Forbes versucht, an das Geld ranzukommen?«

»Noch nicht. Wäre ja auch nicht ratsam, solange sich die Gemüter nicht wieder beruhigt haben. Er hat sogar behauptet, er wisse nicht einmal, wo es liegt, aber das ist wohl kaum überzeugend, schließlich war das Mädchen noch so jung, und wem hätte sie sich denn sonst anvertrauen sollen? Dieser Forbes ist dumm, aber nicht dümmer als die meisten Verbrecher. Auf diese Weise kriegen wir sie alle irgendwann.«

»Mag sein, daß er dumm ist, aber auf jeden Fall ist er ein übler Kunde«, bemerkte der Sergeant.

»Duff sagt, er hat seine Schwester verprügelt.«

»Ich finde, Sie sollten Anklage erheben.«

»Und weshalb? Wegen des neuen Verbrechens, das Sie

eben ausgegraben haben, oder wegen des Mordes an seiner Cousine, an der nicht der kleinste Kratzer gefunden wurde?«

»Dann nehmen Sie ihn wenigstens wegen dringenden Tatverdachts in Haft. Man kann ihn nicht frei herumlaufen lassen. Er muß übergeschnappt sein.«

»Das haben Sie auch von Cave gesagt, wenn Sie sich erinnern.«

Da Gibson sich daran nicht gerade gern erinnerte, kam es ihm sehr gelegen, daß Kent sich genau diesen Moment aussuchte, um anzuklopfen und ins Zimmer zu treten.

»Ach, Kent, da sind Sie ja«, sagte er. »Ich habe Ihnen hoffentlich nicht die Schau gestohlen. Sie können ja zu dritt versuchen, Ordnung in dieses Chaos zu bringen. Ich mache mich auf den Weg ins *Grapes*, damit ich dort bin, ehe das Lokal aufmacht.«

»Nicht vergessen, kein Alkohol im Dienst«, rief Carver ihm scherzhaft nach. Dabei wußte er genau, daß selbst er sich noch eher einen solchen Verstoß gegen die Vorschriften erlaubt hätte als Gibson.

Nachdem auch Kent nach Entgegennahme der durchaus angebrachten Glückwünsche zum krönenden Erfolg seines mühsamen Einsatzes gegangen war, wandte sich Carver an den Sergeant.

»Wie denken Sie darüber, Duff?«

»Ich weiß nicht, was ich denken soll, Sir. Das überlasse ich Ihnen, Sie haben die bessere Ausbildung.«

»Sehr diplomatisch. Typisch Gibson, hinter jeder verrückten Idee herzujagen, solange sie nur von ihm stammt.«

»Das ist natürlich die eine Seite. Andererseits haben wir Cave wegen Midge Turner damals mit allen Hunden gehetzt und trotzdem nichts gefunden. Dabei will ich gar nicht abstreiten, daß seine Frau ihm eine Stütze war. Hinterher hatte er einen schlimmen Zusammenbruch, ganz so, als ob ihm etwas schwer aufs Gewissen drückte. Aber als wir ihn uns wegen des Todes der kleinen Trewen geschnappt haben, war das nicht anders, und inzwischen sind wir doch wohl überzeugt, daß er damit nichts zu tun hatte. Ich habe schon erlebt, wie ein junger Wachtmeister feuerrot wurde, nur weil jemand was von einem fehlenden Sixpence in der Teekasse sagte. Manche reagieren eben so. Ich hatte in letzter Zeit ziemlich viel mit Cave zu tun, und ich finde es erstaunlich, wie gut er sich wieder gefangen hat.«

»Mag sein, daß ich ihn falsch eingeschätzt habe. Ich habe immer gedacht, bei ihm stimmt etwas nicht.«

»Schwach war er tatsächlich. Und wahrscheinlich sexuell ausgehungert, sonst hätte er sich nicht ausgerechnet an Midge Turner gehängt.«

»Wenn ein Mann schwach ist, kann er durchaus auch gewalttätig werden.«

»Gewiß. Aber nicht nur die Schwachen neigen zur Gewalt. Denken Sie nur daran, was Forbes seiner Schwester angetan hat.«

»Ich habe es nicht vergessen. Möglicherweise ist Gibson da tatsächlich auf etwas gestoßen. Ob die Frau in diesem Haus wohl noch sicher ist?«

»Um sie würde ich mir keine Sorgen machen. Wenn's drauf ankommt, ist sie hart wie Stein, genau wie er. Sogar noch härter, könnte ich mir vorstellen. Überlassen wir die beiden doch ruhig sich selbst. Vielleicht ist das die einzige Möglichkeit, ihn zu kriegen.«

»Die Chancen für eine Verurteilung stünden besser, wenn wir ihm für den Zeitpunkt etwas nachweisen könnten, zu dem das Mädchen tatsächlich ermordet wurde. Sehen wir uns doch den verdammten Fragebogen noch einmal an.«

»Ein bißchen stumpfsinnig nach der ganzen Aufregung.«

»Aber mal angenommen, es würde passen? Wenn ich richtig lese, geht es um den Fall Midge Turner. Was macht diese Ada May doch noch beruflich? Bedienen? Das tun doch eigentlich alle Frauen, oder nicht?«

»Sie ist Kellnerin«, erklärte der Sergeant geduldig.

»War ein schlechter Scherz. Sie hat überall ›nein‹ angekreuzt. Sehr negative Persönlichkeit. Ich glaube, der ganze Papierkram steigt mir allmählich zu Kopf. ›Nein, nein, nein.‹ Das einzig Greifbare steckt im P. S. ›*Ist es zu spet*‹ – mit ›e‹ anstatt mit ›ä‹ – ›*Ist es zu spet wenn ich jezt sage was ich beim leztenmal gesehen habe weil meine Freundin maint das mus ich tun. Hochachtungsvol, Ada May.*‹ In Klammern ›Mrs.‹. Grammatik und Rechtschreibung sind nicht gerade ihre Stärke, was?«

»Was aber nicht heißen muß, daß sie ihre Augen nicht gebrauchen kann«, hielt der Sergeant dagegen.

»Dann laden wir sie zur Sicherheit doch lieber vor. Kümmern Sie sich bitte darum, Duff.«

»Jawohl, Sir. Ich gehe bei ihr zu Hause vorbei und erkundige mich, wo sie arbeitet und wie sie aussieht, und dann bringe ich sie so schnell wie möglich her.«

»Ich wünschte, dieses Foto von Forbes wäre nie in die Zeitung gekommen. Ich hätte die Veröffentlichung verboten, wenn ich gewußt hätte, daß es existiert. Es stiftet nur Verwirrung.«

»Was ist mit Heath als Beschatter, Sir?«

»Das soll doch hoffentlich nicht heißen, Sie rechnen damit, daß unser guter Mr. Forbes sich noch einmal auf den Kriegspfad begibt. Zwei unaufgeklärte Morde genügen mir vollauf. Ich möchte nicht noch eine dritte Leiche vor unserer Tür finden.« Der Kommissar stieß einen tiefen Seufzer aus.

Mit einem Fahndungsfoto in der Tasche saß Inspektor Gibson in der Bar des *Grapes.* Der Wirt leistete ihm Gesellschaft. Was für ein Ferkel, dachte der Inspektor angewidert und verteilte im Geist schlechte Noten für das schmutzige Hemd, die fehlende Krawatte und die speckigen Hosen. Sein Urteil war etwas zu streng. Charles Box – für seine Gäste Charley-boy – war in diesem Pub nicht nur der Wirt, sondern notgedrungen auch sein eigener Kellner und seine eigene Putzfrau. Er hatte eben den Fußboden aufgewischt, und obwohl das Linoleum vor Nässe triefte, hing der Bier- und Zigarettendunst vom Vorabend noch immer im Raum und beleidigte die empfindliche Nase des Inspektors. So früh am Morgen war Charleyboy immer mürrisch; eine gewisse Liebenswürdigkeit konnte man von ihm erst gegen Abend erwarten, wenn das Lokal öffnete. Nachdem er widerwillig die Tür aufgeschlossen und ohne große Begeisterung zur Kenntnis genommen hatte, wer Gibson war, fuhr er ihn grob und ohne Rücksicht auf seinen Rang an: »Wenn Sie wegen Überschreitung der Sperrstunde kommen, sind Sie an der falschen Adresse. Für meinen Geschmack ist die Sperrstunde viel zu *spät* angesetzt.«

»In dieser Hinsicht gibt es keine Klagen«, sagte Gibson steif. »Ich bin aus einem ganz anderen Grund hier. Ich möchte mich noch eingehender über die Gewohnheiten der verstorbenen Midge oder Margery Turner informieren.«

Der Wirt fluchte und entschuldigte sich dann.

»Verzeihung, Sir. Aber ich habe dieses Flittchen gründlich satt. Und was ihre Gewohnheiten angeht, je weniger man sich darüber ausläßt, desto besser. Ich weiß, sie ist tot, aber ich finde, was man getrieben hat, als man noch gesund und munter war, bleibt davon unberührt. Sie und ihre alte Ma, die waren aus dem gleichen Holz geschnitzt.«

»Sie hielt sich lieber hier in der Bar auf als im *saloon*?«

»Sie ließ sich nicht abwimmeln. Ja, sie hat sich dauernd hier rumgetrieben. Manchmal in Begleitung, manchmal auch allein. Aber wenn sie mal ohne einen Kerl reinkam, hatte sie bestimmt einen im Schlepptau, wenn sie wieder ging. Was sollte ich schon machen? Übrigens war sie immer gut gelaunt und zu einem Spaß aufgelegt. Hat für Stimmung gesorgt.«

»Aber gegen Ende kam sie nur noch mit Robert Cave?«

»Stimmt. Aber ich glaube, das lief sich allmählich tot. Er hatte kein Geld für harte Sachen, und mit Bier war die gute Midge auf Dauer nicht zufrieden.«

»Überlegen Sie jetzt bitte genau. Haben Sie je bemerkt, daß sie mit jemand anderem angebändelt hat?«

»N-nein. Könnte ich nicht sagen. Ich hatte nur irgendwie das Gefühl, daß das bald fällig wäre.«

Der Inspektor zog sein Foto heraus.

»Haben Sie diesen Mann jemals in Ihrer Bar bemerkt? Lassen Sie sich Zeit. Sehen Sie sich das Bild genau an. Ich will Gewißheit, keine frommen Wünsche.«

Charles Box dachte lange nach, dann ging er mit dem Bild ans Erkerfenster, um besseres Licht zu haben. »Schätze schon, ist aber lange her. Sein Zinken kommt mir irgendwie bekannt vor. Bestimmt kein Stammgast. Sie wissen ja, wie das so ist. Wenn sich hier draußen die Kundschaft drängt, hab' ich alle Hände voll zu tun. Aber ich habe ein gutes Gedächtnis für Gesichter, wie die meisten Gastwirte. Ja, ich würde sagen, er war hier.«

»Könnten Sie das beschwören?«

»Ungern, aber wenn es sein muß, ja.«

»Und jetzt geben Sie acht. Haben Sie den Mann auf dem Foto jemals zusammen mit Midge Turner gesehen?«

»Nein, niemals. Ganz ehrlich nicht. Wenn es der Bursche ist, für den ich ihn halte, dann war er von der stillen Sorte. Den meisten Rabauken, die hier verkehren, weit überlegen. Vielleicht kommt er deshalb nicht mehr. Ich kann mich ganz schwach erinnern, daß er mich eines Abends nach jemandem gefragt hat. Nach dem Namen, Sie wissen schon, so als ob er ihn unbedingt kennenlernen wollte. Aber ich weiß nicht mehr, um wen es dabei ging.«

»Hätte es Miss Turner sein können?«

»Vielleicht, vielleicht auch nicht. Ich weiß nur, daß er irgendeine Frage stellte. Wahrscheinlich habe ich sie ihm auch beantwortet. Seitdem habe ich ihn nicht mehr gesehen, es sei denn, Sie rechnen das Bild hier mit.«

»Versuchen wir es doch einmal anders. Können Sie sich erinnern, ob diese Frage vor Miss Turners Tod gestellt wurde oder danach?«

Charley-boy kratzte sich den Kopf. »Schätze, das war *vorher*«, sagte er endlich. »Beschwören könnte ich es nicht, aber ich habe so ein Gefühl, als hätte es was mit ihr zu tun gehabt. Zusammen gesehen hab' ich die beiden allerdings nie. Nein, Sir, das nicht.«

Der Wirt des *Grapes* mochte alles andere als eine elegante Erscheinung sein, aber er war grundehrlich. Er erzählte lediglich, woran er sich erinnerte; doch leider pflegen sich vielbeschäftigte Menschen nur an die Dinge genau zu erinnern, von denen sie unmittelbar betroffen sind.

Den Anweisungen von Mr. Box folgend, überquerte Inspektor Gibson die Straße, um seine Nachforschungen bei der Mutter des Mädchens fortzusetzen. Sie empfing ihn in ganz ungewohnter Verfassung, nämlich stocknüchtern. Außerdem war sie tief deprimiert. Beim Anblick der Fotografie fragte sie dumpf: »Was woll'n Se denn von mir hören?«

»Die Wahrheit«, erklärte Gibson mit Nachdruck.

»Na ja, ich aber nicht.« Dann wurde sie ein wenig munterer und wollte wissen: »War das vielleicht der Kerl, der meine Midge in den Bach geschubst hat?«

»Noch ist nichts bewiesen.«

»Hat mir auf der Seele gelegen, daß es dieser Cave am

Ende doch nicht war. Und wenn er's nicht war, dann will ich zurücknehmen, was ich damals gesagt habe, daß er nämlich in der Nacht, als es das zweite, arme Ding erwischt hat, nicht hier gewesen ist.«

»Soll das heißen, Sie haben der Polizei gegenüber eine falsche Aussage gemacht?« protestierte Gibson entsetzt.

»Ich hab' gesagt, was mir grade in den Sinn gekommen ist«, widersprach sie ihm mit einem Anflug von Würde. »Was? Sie woll'n doch wohl nicht schon gehen?«

Das wollte er tatsächlich. Auf ihre Aussage, so dachte er, kam es nicht an, wie immer sie auch ausfallen mochte.

»Guten Morgen«, sagte Duff gleichmütig. »Ich bin Sergeant Duff von der Londoner Polizei. Meines Wissens wohnt bei Ihnen eine Mrs. Ada May. Ich hätte sie gerne gesprochen, wenn es möglich ist.«

»Was hat *die* denn angestellt?« fragte die Frau, die ihm die Tür geöffnet hatte und noch Lockenwickler im Haar trug, obwohl es bereits Mittag war.

»Sie hat gar nichts angestellt, soweit mir bekannt ist, sie hat nur den Fragebogen beantwortet, den wir Anfang der Woche an alle Hausbewohner verteilt haben.«

»Ach, *darum* geht es, aber dann verstehe ich nicht, warum Sie mit ihr sprechen wollen. Ihr Zimmer geht zwar nach hinten hinaus, aber sie hatte Spätschicht, als das arme Ding ertrunken ist. Sie war gar nicht *zu Hause*.«

»Das mag schon sein«, sagte der Sergeant sanft. »Ich will ja auch nur mit ihr sprechen, sonst nichts.«

»Und das können Sie nicht. Jedenfalls jetzt nicht. Morgens bedient sie im *Green Door* neben dem *Odium*.«

Duff wußte, was gemeint war. »Dann sind Sie wohl die Hauswirtin?« erkundigte er sich höflich.

»Ja, das bin ich.«

»Sind Sie berechtigt, Mrs. Mays Schlafzimmer zu betreten?«

»Ich gehe einfach rein, wenn ich will.«

»Würden Sie mir dann vielleicht gestatten, einen Blick aus dem Fenster zu werfen? Eine Minute, nicht mehr. Ich möchte nur sehen, wie weit sie das Kanalufer überblicken kann. Von draußen läßt sich das schwer abschätzen.«

»Kommt nicht in Frage, mein Junge«, wehrte sie entschlossen ab. »Meine Untermieter werden nicht in Polizeiangelegenheiten verwickelt. Das war immer ein anständiges Haus. Ada May zahlt den Mindestsatz für Kost und Logis. Ich hätt' nichts dagegen, das Zimmer anderweitig zu besetzen. Das können Sie ihr ausrichten, wenn Sie mit ihr reden, über meine Schwelle kommen Sie dazu allerdings nicht.«

Damit wurde ihm die Tür vor der Nase zugeschlagen. Der Sergeant brauchte nicht viel Phantasie, um zu begreifen, warum Mrs. Ada May sich nicht früher gemeldet hatte.

17

Laura Forbes litt Höllenqualen. Sie kam nicht zur Ruhe. Die beschaulichen Tätigkeiten, mit denen sie sonst ihre Mußestunden ausgefüllt hatte, erschienen ihr mit einem Mal sinnlos. An den beiden ersten Tagen, an denen man

John stundenlang im Polizeirevier festhielt, hatte sie weiterhin die gewohnten Mahlzeiten zubereitet, um sie dann wegzuwerfen. Das allein war schon ein Zeichen für einen seelischen Aufruhr gewaltigen Ausmaßes, denn sie war von Natur aus sparsam veranlagt. In normalen Zeiten pflegte sie allmorgendlich mit ihrem Einkaufskorb am Arm durch die Geschäfte an der Hauptstraße zu schlendern. Sie erledigte ihre Einkäufe mit Bedacht, hielt stets die Augen offen, wo sie die gleiche Ware für weniger Geld bekommen konnte, und genoß ihre Macht über die kleinen Geschäftsleute. Doch dieses Vergnügen war nun zum Martyrium geworden. Sie war hier keine Fremde mehr; die Menschen erkannten sie und warfen ihr mitfühlende Blicke zu, die ihre krankhafte Phantasie in stumme Vorwürfe umdeutete. Daheim wußte sie nicht, was schlimmer war: wenn ihr Bruder schweigsam und verdrossen in seinem Sessel saß, als sei er dort festgewachsen, oder wenn er auswärts war und sie allein in dem allzu stillen Haus angstvoll auf seine Rückkehr wartete. Denn seit er sie geschlagen hatte, wurde sie die nackte Angst um ihre eigene Sicherheit nicht mehr los, und die Andeutungen des Sergeant hatten sie nicht beruhigt, was freilich auch nicht Duffs Absicht gewesen war. Nun war sie nur noch von dem einen Wunsch besessen, man möge John, ihren einstigen Abgott, ihren Unterdrücker, ihre einzige Daseinsberechtigung, fortbringen, um ihn ins Gefängnis zu sperren oder gar aufzuhängen – Hauptsache, sie wurde von dieser Angst befreit. Gleichzeitig litt sie unter der Zwangsvorstellung, von allem mitbetroffen zu sein, was ihm widerfuhr. Auch das hatte ihr der Sergeant ganz klar zu verstehen gegeben. Schlimm genug, die Schande ihres nächsten Angehörigen teilen zu müssen, aber selbst ins Gefängnis zu wandern, das war undenkbar für eine Frau von ihrem maßlosen Stolz und ihrer Borniertheit. Vor den Augen solch minderwertiger Kreaturen, wie ihre Nachbarn es waren, womöglich derart erniedrigt zu werden, hielt sie für das Schlimmste, was ihr widerfahren konnte. Aber weit gefehlt. Nach einem zermürbenden Verhör durch die Herren Carver und Gibson und einer dadurch bedingten schlaflosen Nacht beschloß John Trewen Forbes, seine Taktik zu ändern. Überströmend vor falscher Zärtlichkeit kam er zum Frühstück herunter. Als er sich vorbeugte, um Laura zu küssen, zuckte sie zurück, als wolle er sie erdrosseln. Trotzdem streiften seine Lippen flüchtig ihre Wange und brannten wie Feuer auf ihrer Haut.

»Was hast du denn, Laurie? Liebst du mich etwa nicht mehr?«

Sie wagte nicht, ihm ihre wahren Gefühle zu offenbaren.

»Natürlich liebe ich dich. Aber du hast mich überrumpelt. Und schuld daran bist du ganz allein. Oder hast du schon vergessen, daß du mich geschlagen hast?«

»Ja, das war ein starkes Stück. Ich muß den Verstand verloren haben. Es tut mir leid, Laurie.«

»Reden wir nicht mehr davon.«

»Es wäre ein Jammer, wenn wir uns jetzt streiten würden. Wir standen uns doch immer so nahe. Viel näher, als es sonst bei Geschwistern üblich ist. Du würdest alles für mich tun, hast du gesagt.«

»Damals war das auch so gemeint.«

»Das weiß ich, Laurie. Ich sitze in der Tinte. Verdammt tief. Du hast ja keine Ahnung, wie es ist, wenn einem diese Kerle Tag für Tag mit ihren Fangfragen zusetzen. Das hält kein Mensch aus. Irgendwann kriegen sie mich. Sie kriegen uns alle beide.«

»Du hast doch gesagt, sie könnten dir nichts anhaben, weil sie – Lucy – nicht verletzt war. Ich meine, sie – die Leiche – wies doch keine Spuren von Gewaltanwendung auf.«

»Das wird die nicht hindern. Dann werden sie eben etwas erfinden. Lehre du mich die Polizei kennen, ich habe doch Erfahrung mit diesen Leuten. Über den Zeitablauf sind sie sich inzwischen im klaren, sie haben sich ausgerechnet, daß ich zwischen meiner Rückkehr aus London und meinem Eintreffen hier Lucy in aller Ruhe hätte um die Ecke bringen können. Warum gerade ich? Du wärst doch genausogut dazu in der Lage gewesen.«

»Zufällig habe ich es aber nicht getan«, bemerkte sie kalt.

»Laurie, bei einem Geständnis hättest du ein milderes Urteil zu erwarten. Du hast Lucy schon immer mehr gehaßt als ich. Irgendwie habe ich es sowieso nur für dich getan. Eine Frau hat vor Gericht die besseren Chancen. Und daß Frauen in deinem Alter oft nicht ganz richtig im Kopf sind, weiß schließlich jeder. Vielleicht kämst du mit ein paar Jahren davon.«

Sie sah ihn fassungslos an.

»Ich würde lieber sterben, als ins Gefängnis zu gehen«, waren die ersten Worte, die sie schließlich herausbrachte.

»*Das* läßt sich aber doch leicht und schmerzlos arrangieren. Ein paar Tabletten in dem Johannisbeersaft aufgelöst, den du so gern trinkst. Dann legst du dich auf dein weiches Bett, schließt die Augen, und das war's schon. Du bist zwölf Jahre älter als ich, was hast du vom Leben noch groß zu erwarten? Und ein Geständnis läßt sich immer zusammenbasteln.«

Der Vorschlag war von einer Unverfrorenheit, die ihr die Sprache verschlug. Gleichzeitig mußte sie sich mit aller Kraft beherrschen, um nicht in hysterisches Gelächter auszubrechen. Vielleicht war es für beide ein Glück, daß in diesem Moment, noch ehe sie ihr Frühstück auch nur angerührt hatten, ein Polizeiauto vorfuhr, um John zu einem weiteren Verhör abzuholen. Hastig stürzte er eine Tasse Tee hinunter und eilte davon. Der Speck auf seinem Teller wurde kalt.

Nach dem Abwasch ging sie in sein Zimmer hinauf, um wie üblich sein Bett zu machen. Beim Wenden der Matratze stieß sie auf ein altes Exemplar der Lokalzeitung, das er vermutlich aus Angst vor einer unerwarteten polizeilichen Haussuchung hier versteckt hatte. Als sie die Matratze vor einer Woche zum letzten Mal gewendet hatte, war die Zeitung noch nicht dagewesen, das wußte sie genau. Er hätte sie auch in die Mülltonne werfen können, sonst gab es in einem Haus mit Gasboiler und Elektroheizung keine Möglichkeit, unerwünschtes Papier zu beseitigen. Aus der Titelseite war ein kleines Quadrat herausgeschnitten, das Loch lenkte ihren Blick auf den zugehörigen Artikel, einen Bericht über die Voruntersuchung im Fall Midge Turner. Laura begann zu lesen.

Was sie bis dahin über Caves Geschichte wußte, bevor ihn das Verhängnis in Gestalt von John Forbes abermals ereilte, hatte sie aus vereinzelten Bemerkungen ihres Bruders entnommen, manches hatte sie erraten, und einiges ergab sich aus dem, was seither geschehen war. Nie zuvor hatte sie schwarz auf weiß vor sich gehabt, auf welchen grundlegenden Fakten Johns Plan zu Lucys Beseitigung ohne Unannehmlichkeiten für ihn selbst beruhte. Hastig überflog sie den Artikel. Am zweiten März... das war ja ihr Geburtstag. Sie konnte sich noch gut daran erinern. Sie wohnten seit zwei Wochen in diesem Haus, und sie hatte zu diesem Anlaß ein Festmahl auf den Tisch gezaubert. Die meisten der neuen Möbel waren geliefert, und sie wurde siebenundvierzig, falls das ein Grund zum Feiern war. An diesem Tag waren sie zum letzten Mal alle miteinander vergnügt gewesen. Nach dem Essen hatte Lucy sich taktvoll zurückgezogen, um Laura an ihrem Ehrentag mit ihrem Bruder allein zu lassen, was diese, wie sie sich mehr als deutlich anmerken ließ, sehr begrüßte. Konnte einen die eigene Erinnerung noch mehr verhöhnen? Mit zusammengepreßten Lippen las sie zu Ende und wandte sich dann wieder dem Bett zu. Vielleicht sollte sie sich tatsächlich hinlegen und sterben, wie er es ihr so zartfühlend nahegelegt hatte? War die Idee wirklich so grotesk, wie sie im ersten Moment gedacht hatte? Was hielt eine Laura Forbes noch in einer Welt, in der die einzige enge – allzu enge – menschliche Beziehung eine abgrundtiefe Enttäuschung war; in der sie gegen ihren Willen zur Helfershelferin bei einem Verbrechen gemacht wurde, an dem sie sich für schuldlos hielt? Die Antwort kam prompt:

dreißigtausend Pfund. Selbst im reifen Alter von siebenundvierzig können dreißigtausend Pfund eine Menge dazu beitragen, dem Leben eine neue Seite abzugewinnen. Duff hatte recht. Miss Forbes war hart wie Stein – härter noch als ihr Bruder. Mit wundem Herzen und eiskalt berechnendem Verstand begann sie, ihr weiteres Vorgehen zu planen.

Für diesen Nachmittag beraumte der Chef der Bereitschaftspolizei von Eastwood nicht nur eine, sondern zwei Gegenüberstellungen an. Die erste fand für die Verkäuferin aus Holborn statt, und dazu war Forbes' Einwilligung erforderlich, die er freilich kaum verweigern konnte. Das unsichtbare Band zwischen ihm und seiner Schwester mußte wohl endgültig zerrissen sein, denn nun sah er Laura tatsächlich als die Lösung seiner Probleme. Hatte sie ihm nicht geholfen, von klein auf? Er brauchte ihr nur ein wenig zu schmeicheln, und schon tat sie alles, was er wollte. Und wenn er diesmal mehr wollte als sonst, so wurde damit das Grundprinzip noch längst nicht außer Kraft gesetzt. Sie hatte nur zwei Möglichkeiten. Wählte sie die Alternative, die er ihr nahegelegt hatte, so wäre das zwar bedauerlich, aber die Angelegenheit würde damit doch sehr vereinfacht, das ließ sich nicht leugnen. Mit Gegenüberstellungen kannte er sich aus. Er stellte sich in die Mitte, weil einer seiner Kumpel ihm einmal erklärt hatte, das sei der günstigste Platz, und er war weniger verlegen als seine unfreiwilligen Mitspieler. Als man das Mädchen hereinführte, war ihm klar, daß man die Herkunft der Uhrenbrosche zurückverfolgt hatte. Immer noch besser als eine neugierige Klatschbase aus einem der Häuser am Verbindungsweg. Hier wußte er wenigstens, was der Zweck der Übung war. Wenn die Verkäuferin ihn identifizierte, was sie hoffentlich nicht tat, dann stand er als Lügner da. Doch eine Lüge war für ihn nicht weiter schlimm, solange man dabei nicht unter Eid stand. Man konnte sich immer auf Nervosität herausreden. Auch als das Mädchen die ganze Reihe abgeschritten und – sichtlich erfüllt von ihrer momentanen Wichtigkeit – sofort zurückgekommen war, um das Revers seines Mantels zu berühren, ärgerte er sich nur kurz. Jetzt würden sie ihn wieder in die Mangel nehmen, er mußte rasch seine Gedanken ordnen und sich eine möglichst überzeugende Erklärung für seine Unaufrichtigkeit zurechtlegen. Zu seiner Verwunderung kam es jedoch nicht sofort zu dem erwarteten Verhör. Statt dessen bat man ihn noch einmal um seine Mithilfe, und als er sich auch diesmal bereiterklärte, holte man zwei weitere Männer dazu, um die Zahl auf zwölf zu erhöhen, und stattete die ganze Gruppe mit Regenmänteln und Filzhüten mit heruntergeklappter Krempe aus. Nun erschrak er, denn daraus ließ sich (so dachte er) mit etwas Logik unschwer erschließen, daß ihn auf dem Heimweg vom Kanal jemand gesehen haben mußte. Du lieber Himmel! Das war nun wirklich Pech. Er tröstete sich mit der Überlegung, daß es viel leichter war, jemanden zu erkennen, den man in einem hellerleuchteten Geschäft gesehen hatte und nicht nur bei Nacht, bestenfalls im Schein einer Straßenlaterne oder der Kugelleuchten auf der steinernen Brüstung zu beiden Seiten der Brücke. Doch als er aufblickte, traf ihn der nächste Schlag:

Einer der neu hinzugekommenen Männer war Robert Cave, und er wirkte in Regenmantel und Hut wie eine schmächtigere Ausgabe seiner selbst. Nun, wenn es diesmal zu einer Identifikation kam, wäre Laura als Verdächtige aus dem Rennen. Er überlegte, was wohl passieren würde, wenn Cave und er sich den gleichen Platz in der Reihe aussuchten, um sich begutachten zu lassen. Vermutlich würde man zwei Gegenüberstellungen abhalten müssen. Da brachte er es lieber gleich hinter sich. Caves Anwesenheit gab ihm wieder ein wenig Hoffnung. Auch Cave wäre nicht verpflichtet gewesen, hier zu erscheinen, aber er hatte sich, offensichtlich aus praktischen Erwägungen, dafür entschieden. Er schien verwirrt zu sein, außerdem war es nach Forbes' Ansicht ein Nachteil, daß er schon einmal das Auge der Öffentlichkeit auf sich gezogen hatte. Die beiden wechselten nur einen kurzen Blick, dann beachteten sie sich nicht weiter und postierten sich an den entgegengesetzten Enden der Reihe. Forbes wählte die Seite, an der die Zeugin eintreten würde, ein Umstand, dem er psychologische Bedeutung beimaß.

Mrs. Ada May war am Abend zuvor verhört worden, nach Ende ihrer Schicht im Café. Dabei stellte sich zum Glück heraus, daß sie nicht ganz so wirr im Kopf war, wie ihr Postskriptum vermuten ließ. Der Verdacht des Sergeant bestätigte sich, sie hatte sich nur deshalb nicht früher gemeldet, weil sie fürchten mußte, deswegen ihr Zimmer zu verlieren. Was für sie den Ausschlag gegeben hatte, ihr Schweigen zu brechen, war nicht nur ihre ›Freundin‹ gewesen, sondern das zweite Verbrechen. Offenbar konnte sich Mrs. May mit einem Mord abfinden, aber nicht mit zweien. Sie gab zu, daß es stark geregnet hatte, als sie den Mann auf dem Treidelpfad beobachtete. ›Geschüttet‹, wie sie sich ausdrückte. Der Regen sei auch der Grund gewesen, warum sie so spät am Abend noch aus dem Fenster gesehen habe. Sie habe sehen wollen, ob er noch anhalte oder ob das Wetter schön genug sei, um sich zu einem Kinobesuch, ihrem einzigen Freizeitvergnügen, aus dem Haus zu wagen.

Inzwischen bedauerte Mrs. May bereits, nicht weiterhin den Mund gehalten zu haben. Sie wartete allein mit einem Polizisten auf ihren großen Auftritt, und ihre Nerven waren zum Zerreißen gespannt. Würde sie den Mann wiedererkennen oder nicht? Immerhin war alles schon so lange her. Sie wollte die Polizisten nicht enttäuschen, sie waren alle so nett zu ihr gewesen, aber wenn sie niemanden wiedererkannte, würde sie es sagen müssen, auch wenn sie ihnen dann ganz umsonst so viele Ungelegenheiten gemacht hatte.

»Fertig, Mrs. May?« fragte der Mann an ihrer Seite. »Dann tun Sie jetzt genau, was ich Ihnen gesagt habe, und lassen Sie sich Zeit. Sie gehen langsam bis ans Ende der Reihe, dann machen Sie kehrt und berühren den Mann, für den Sie sich entschieden haben. Wenn Sie sich nicht sicher sind, dann unternehmen Sie gar nichts, sondern kommen einfach zu mir zurück.«

Ada May machte sich auf. Anfangs sah sie nur eine Folge völlig identischer Männer in identischer Kleidung. Dann schärfte sich ihr Blick, und sie nahm Unterschiede wahr. Alle waren etwa gleich groß, aber einige waren ungleich massiger. Eigentlich war es nicht ganz fair, dachte sie, denn hier befanden sich die Männer auf gleicher Höhe mit ihr, während sie damals von oben heruntergeschaut hatte. Um die Gesichtszüge brauchte sie sich gar nicht erst zu kümmern. Die hatte sie nie gesehen – nur die tief in die Stirn gezogene Hutkrempe.

›Das ist er‹, dachte sie bei sich, als sie vor Forbes stand. ›Den habe ich schon einmal gesehen. Vielleicht liegt es daran, daß er der erste ist. Vielleicht kommt es mir bei den anderen genauso vor.‹ Ganz langsam ging sie weiter, wie man es ihr gesagt hatte. Jeder neue Mann vergrößerte noch ihre Verwirrung, aber sie sagte sich bei keinem mehr: ›Das ist er.‹ Als sie Cave erreichte, fielen ihr vor Aufregung fast die Augen aus dem Kopf, und sie sah nur noch einen verschwommenen Fleck. Sie machte kehrt und ging im Schneckentempo zurück, wobei sie sich selbst unablässig anfeuern mußte, diese Pflicht zu erfüllen, die ihr nur Ärger einbringen und sie nicht zuletzt vor die schreckliche und völlig aussichtslose Aufgabe stellen würde, sich nach einer neuen Bleibe umzusehen.

Sie war wieder am Ausgangspunkt angelangt – bei Forbes. Sie tippte ihn mit einer Fingerspitze an. Es erging ihr wie Laura, die Berührung brannte wie Feuer auf ihrer Haut. Ada May hatte Forbes tatsächlich schon einmal ›gesehen‹, allerdings war das nicht so lange her, wie sie dachte. Sie hatte das Foto in der Zeitung gesehen, auf dem er in seinem Regenmantel, die Hutkrempe tief in die Stirn gezogen, um das Gesicht vor neugierigen Blicken zu schützen, nach der Voruntersuchung den Gerichtssaal verließ. Carvers Befürchtungen waren nur allzu berechtigt gewesen.

Laura Forbes überlegte schon, ob sie einige der höheren Polizeibeamten um einen Besuch bitten sollte. Doch wie sich herausstellte, war das gar nicht nötig; sie kamen von selbst. Noch ehe sie sich zu einem Entschluß durchgerungen hatte, am frühen Abend nach den beiden Gegenüberstellungen, während sie zitternd vor Angst auf Johns Rückkehr wartete, klingelte es an der Tür. Draußen standen zwei gesetzte Herren, einer davon war ihr bereits bekannt.

»Guten Abend, Miss Forbes«, grüßte der andere. »Mein Name ist Carver, Kommissar Carver von der Londoner Kriminalpolizei, Inspektor Gibson kennen Sie ja schon. Dürfen wir eintreten?«

Wenn sich der Kommissar und der Inspektor wie in diesem Fall von Amts wegen gemeinsam auf den Weg machten, waren sie wie umgewandelt. Nicht nur, daß sie sich in Schale warfen, ihre Zusammenarbeit funktionierte auch so reibungslos, als habe es zwischen ihnen noch nie ein böses Wort gegeben. Sobald sie in den beiden Sesseln im Wohnzimmer der Forbes Platz genommen hatten, erfüllten sie den Raum nicht nur physisch mit ihrer Gegenwart, sondern verbreiteten auch eine fast greifbare Atmosphäre von wohlwollendem Verständnis.

»Wo ist John? Was haben Sie mit ihm gemacht?« waren Lauras erste Fragen.

»Immer mit der Ruhe, Miss Forbes«, beschwichtigte Carver. »Ihrem Bruder fehlt es an nichts, er wird gut versorgt. Die Mahlzeiten bekommt er aus der Polizeikantine, und er steht in keiner Weise unter Druck. Sie haben ihn sehr gern, nicht wahr?«

Laura Forbes biß sich auf die Unterlippe. »Wir waren noch nie getrennt. Als die Ältere von uns beiden neige ich von jeher dazu, ihn zu verhätscheln. Seit dem Tod unserer Mutter führe ich ihm auch den Haushalt.«

»Das ist mir bekannt. Mr. Forbes hat ausdrücklich darauf hingewiesen, wie sehr Sie an ihm hängen.«

›Und ich weiß auch, warum‹, dachte sie verbittert. ›Er wollte möglichst deutlich machen, daß ich bereit gewesen wäre, um seinetwillen einen Mord zu begehen.‹ Doch bisher hatte sie noch keinen Anhaltspunkt, was die beiden in ›Kilmorin‹ wollten. Sie mußte sehr vorsichtig sein und sich jeden Schritt genauestens überlegen.

»Manchmal kommt es freilich so weit«, fuhr Carver fort, »daß um der Gerechtigkeit willen selbst die Liebe einer Schwester zurücktreten muß. Meinen Sie nicht auch, Inspektor?«

Der Angesprochene nickte.

»Wenn ein Verbrechen begangen wurde, ist niemand mehr sicher, solange der Täter nicht gefaßt ist. Das gilt sogar für die engsten Familienangehörigen.«

»Das sehe ich ein«, sagte Laura nach kurzem Zögern.

»Gut. Sie sind doch eine vernünftige Frau. Wenn ich recht informiert bin, hatten Sie auch Ihre Cousine sehr gern?«

Das war ein gefährliches Terrain. Sie senkte stumm den Kopf.

»Traurig, daß sie so jung und unter doch recht rätselhaften Umständen sterben mußte.«

»Sehr traurig.«

»Sie haben uns weiter nichts mitzuteilen, was uns bei

unseren Ermittlungen zum Tod von Miss Lucy helfen könnte?«

›Vorsichtig, ganz vorsichtig.‹ Mit fester Stimme sagte sie: »In einem solchen Fall würde ich niemals etwas verschweigen. Ich habe bereits alles gesagt, was ich weiß.«

»Wie schade. Nun, Miss Forbes«, Carvers Stimme war schärfer geworden, »möchte ich Sie bitten, Ihr Gedächtnis anzustrengen. Meine Frage greift ziemlich weit zurück. Sie wohnten seit etwa zwei Wochen in diesem Haus. Können Sie sich zufällig an den Abend des zweiten März erinnern?«

Da hatte sie es – es fiel ihr regelrecht in den Schoß! Sie brauchte nicht selbst damit herauszurücken, man *fragte* sie danach. Sie lächelte, dazu hatte sie auch allen Grund. Ihre Stimme wurde munterer. »Aber gewiß. Das war mein Geburtstag.«

Der Kommissar wechselte rasch einen Blick mit dem Inspektor. Dann sagte er freundlich: »Das war doch sicher ein Anlaß für eine kleine Familienfeier?«

»Eigentlich schon«, sagte sie schroff. »Ich hatte ein richtiges Festmahl vorbereitet. Aber der Abend wurde uns gründlich verdorben. John wurde aufgehalten und kam nicht nach Hause. Ich habe versucht, das Fleisch warm zu halten. Es gab Grillteller – sein Leibgericht. Aber Sie wissen ja, wie das ist. Am Ende war alles verkohlt, und Lucy und ich mußten alleine essen. Ich konnte es gar nicht begreifen. Er ist sonst nicht so rücksichtslos.«

»Gewiß nicht.«

»Es schüttete wie aus Eimern, und er sagte, der Bus sei ewig nicht gekommen. Dann habe er das Schlangestehen satt gehabt und beschlossen, zu Fuß nach Hause zu gehen.«

»Das war Pech. Und von der U-Bahn-Station ist es ein ganz ordentlicher Marsch.«

»Ja. Er kam mit völlig verdreckten Schuhen an, und ich war wütend, denn die Diele hat Parkettboden, und ich war eben erst damit fertiggeworden, die Spuren der Anstreicher zu beseitigen.«

»Miss Forbes, der Weg von der U-Bahn-Station bis hierher ist durchgehend gepflastert. Wie hat ihr Bruder die schmutzigen Schuhe erklärt?«

»Er hat überhaupt keine Erklärungen abgegeben. Er war ebenfalls schlecht gelaunt. Er ist nur in die Küche gegangen und hat die Schuhe ausgezogen.«

»Um welche Zeit könnte das gewesen sein?«

»Neun Uhr. Ich habe noch darauf hingewiesen. So spät sei er noch nie gekommen, habe ich gesagt.«

»Und was hat er darauf geantwortet?«

»Seinen Blick hätten Sie sehen sollen. Und dann sagte er: ›Ich bin kein kleiner Junge mehr, Laura. Und mein Liebesleben geht dich gar nichts an. Du brauchst dir wegen dieses Mädchens keine Sorgen mehr zu machen. Aber sie hatte ihre Vorzüge. Oh ja, sie hatte ihre Vorzüge.‹«

»Und wie haben Sie das verstanden?«

»Mein Bruder ist Junggeselle.« Miss Forbes' gelblichblasse Wangen färbten sich tiefrot. »Ich dachte, er sei bei einer Prostituierten gewesen.«

Sie hatte vorgehabt, irgendwann die versteckte Zeitung hervorzuzaubern, doch nun sah sie den Gesichtern der beiden Beamten an, daß dem bereits Gesagten nichts mehr hinzuzufügen war. Sie gestattete sich eine letzte, dramatische Geste.

»Was habe ich getan?« murmelte sie nach einer angemessenen Pause vor sich hin. »Was habe ich nur getan?«

»Sie haben uns bei unseren Ermittlungen geholfen«, sagte Carver ganz sachlich. »Nichts sonst, Miss Forbes. Glauben Sie mir, Sie brauchen sich keine Vorwürfe zu machen.«

»Kommt John heute abend nach Hause?«

Sie brauchte nicht zu schauspielern, ihre Besorgnis war echt.

»Ich fürchte, nein. Aber Sie brauchen sich deshalb nicht zu beunruhigen. Er hat es bei uns ganz bequem.«

»Vielleicht möchte Miss Forbes für ihren Bruder ein paar Dinge zusammenpacken?« schlug Gibson vor. »Schlafanzug, Morgenmantel, Waschzeug. Was sonst noch dazugehört. Verwendet er einen elektrischen Rasierapparat, Miss Forbes?«

»Ja.«

»Dann legen Sie ihn dazu. Wir haben einen Adapter. Ein kleiner Koffer läßt sich doch sicher finden?«

Als sie hinaufgegangen war, sagte Carver leise: »Ihr Geburtstag! Da hatten wir wirklich Glück. Glauben Sie an das Glück, Gibson?«

»Wenn es mir lächelt, warum nicht. Wir müssen alles zu Protokoll nehmen und von ihr unterzeichnen lassen, ehe wir gehen.«

»Sie wird kein Wort davon vergessen«, sagte Carver. »Die Aussage hat sich ihr auf ewig ins Herz gebrannt.«

18

Am nächsten Morgen wurde John Trewen Forbes nach einem ausgiebigen Frühstück vom Leiter der Bereitschaftspolizei in Anwesenheit von Kommissar Carver und Inspektor Gibson von der Kriminalpolizei in aller Form wegen des Mordes an Margery Turner (allgemein bekannt als Midge Turner) unter Anklage gestellt. Unter Anklage gestellt und über seine Rechte belehrt. Seine Reaktion war unerfreulich. Wie manche Verbrecher nach der Urteilsverkündung vor Gericht, so drehte auch Forbes ganz plötzlich durch und lehnte sich leidenschaftlich gegen dieses verdiente oder unverdiente Schicksal auf. Unflätige Beschimpfungen, zusammenhanglose Unschuldsbeteuerungen, wilde Anschuldigungen, immer wieder unterbrochen von wirrem Gestammel, quollen über seine Lippen. Der Schock hatte ihn überwältigt. In seinen schlimmsten Träumen hätte er sich nicht vorgestellt, daß das Verbrechen, das er so sorgsam mit einem anderen verknüpft hatte, um es einem bereits unter Verdacht stehenden Mann unterschieben zu können, nun umgekehrt auf ihn zurückfallen würde. Es dauerte lange, bis er wieder in der Lage war, einigermaßen logisch zu denken. Endlich nahm er sich zusammen, zwang sich zu einer künstlichen Ruhe und schnaubte mit der Frechheit des Siegers: »Nun hört mal zu, Leute, das ist doch alles Unsinn. Wenn ihr glaubt, ihr könnt mich reinlegen, dann habt ihr euch geirrt. Am Abend des zweiten März kam ich zum Tee nach Hause und bin nicht mehr weggegangen. Meine Schwester hatte Geburtstag, deshalb kann ich mich so genau erinnern. Sie hatte für uns drei, meine Cousine Lucy, sich selbst und mich das Abendessen vorbereitet. Ich weiß sogar noch, was es gab. Ich mag gern Grillteller, und sie wollte mir damit eine Freude machen. Lucy können sie zwar nicht mehr fragen, aber dafür Laura. Und wir haben schließlich keine Gelegenheit, uns abzusprechen. Ja, tun Sie das. Fragen Sie Laura.«

»Das haben wir bereits getan«, sagte Carver lakonisch. Da wußte er Bescheid. Er wußte, wer ihn verladen hatte und warum. Und dieses Wissen verschloß John Trewen Forbes den Mund.

Als alles vorüber war, bekam Sergeant Duff den dienstlichen Auftrag, sich zum Haus ›Kilmorin‹ zu begeben und Miss Forbes die Nachricht zu überbringen, doch zuvor machte er noch einen Abstecher zu Cave.

»Sie können die Fahnen raushängen, Mann!« rief er, und ein breites Grinsen erhellte sein wettergegerbtes Gesicht.

Caves Augen strahlten auf. »Sie haben ihn. Sie haben Forbes.«

›Jetzt‹, dachte er, ›ist Lucy gerächt.‹

»Ja, wir haben ihn. Heute morgen wurde er unter Anklage gestellt. Bald kommt er vor den Kadi.«

»Das ist wirklich eine gute Nachricht.«

»Sie ahnen gar nicht, wie gut. Man hat ihn des Mordes an Midge Turner beschuldigt. Damit sind Sie entlastet, mein Junge!«

Cave sah ihn so verdutzt an, daß sein Gesicht ausgesprochen dümmlich wirkte.

›Teufel auch!‹ dachte der Sergeant. ›Das war wohl zuviel auf einmal. Vielleicht hätte ich ihn nicht gleich damit überfallen sollen. Andererseits ist die Neuigkeit bestimmt noch vor heute abend in der ganzen Stadt herum.‹

»Tja, ich kann mich nicht lange aufhalten«, sagte er. »Ich habe noch zu tun. Bis bald.«

»Ist – ist das endgültig?«

»Sie meinen, ob es eine vertrauliche Mitteilung ist? Nun, man könnte von einer Vorausinformation sprechen. Es könnte noch ein Weilchen dauern, bis die Presse davon erfährt. Aber ich habe nichts dagegen, wenn Sie schon mal Ihre Frau benachrichtigen.«

Als Mrs. Franks das zweite Frühstück brachte, war Cave in höchster Erregung.

»Aber Mr. Cave, was ist denn nur passiert? Sie sind ja total nervös. Ich sah den Sergeant weggehen. Was war denn los?«

»Sie – sie haben Forbes unter Anklage gestellt«, sagte er.

»Du meine Güte, darauf haben wir doch die ganze Zeit gewartet. Ist das nicht großartig!«

»Sie haben ihn des Mordes an Midge Turner beschuldigt.«

Sie hatte die Kaffeekanne gehoben, um einzugießen. Nun begann ihre Hand zu zittern, und sie mußte die Kanne abstellen.

»Dann sind Sie also reingewaschen – von jedem Verdacht. Mein lieber Junge, ich gratuliere Ihnen. Nun wollen Sie die gute Nachricht sicher sofort Ihrer Frau mitteilen. Ein Jammer, daß wir beide kein Telefon haben. Sie müssen zur Zelle gehen. Haben Sie genug Kleingeld? Soweit ich weiß, braucht man ein Drei-Pence-Stück.«

Er schwieg lange. Dann sagte er mit einer Stimme, in der jedes Gefühl erloschen war. »Ich kann es nicht. Ich kann es wirklich nicht.«

Zum ersten Mal in ihrem Leben reagierte sie überstürzt. »Dann werde ich es für Sie tun. Mrs. Cave muß sofort davon erfahren. Es wäre grausam, wenn man es ihr von anderer Seite zutragen würde. Sie schenken sich jetzt selber eine Tasse ein, ich trinke die meine, wenn ich zurückkomme. Und es macht gar nichts, wenn der Kaffee kalt wird. Er läßt sich leicht aufwärmen. Ich kann Sie verstehen. Gute Nachrichten können einem ebenso einen Schock versetzen wie schlechte. Sie brauchen jetzt eine schöne, starke Tasse Kaffee und ein bißchen Zeit, um sich von dem Schrecken zu erholen.«

Mrs. Franks hatte sich zwar in der Zeit, als sie reichen Leuten den Haushalt führte, an das Telefon gewöhnt, doch nun hatte sie schon seit Jahren keinen Hörer mehr in die Hand genommen, und in einer Zelle war sie überhaupt noch nie gewesen. Frustriert und verärgert über das ›neumodische Zeug‹, wie sie es bezeichnete, preßte sie die Lippen zusammen, aber sie ließ sich nicht entmutigen, sie war fest entschlossen, Kontakt zu Joyce aufzunehmen und Katie so bald wie möglich wieder nach Hause zu holen. Sie suchte die Nummer heraus, las die Anweisungen, nahm ihre durch die unvorhergesehene Entwicklung ein wenig durcheinander geratenen Gedanken zusammen und brachte schließlich eine Verbindung zustande. Sobald sie Joyces Stimme hörte, beruhigte sie sich und war fähig, in klaren, verständlichen Worten zu erklären, was sich zugetragen hatte.

»Ich glaube, Sie sollten so bald wie möglich nach Hause kommen«, schloß sie. »Die Nachricht scheint Mr. Cave regelrecht umgeworfen zu haben. Die Sache hat ihn so lange belastet, und wir wollen doch nicht, daß er gerade jetzt zusammenbricht.« Als von der anderen Seite nur Schweigen kam, fragte sie: »Sind Sie noch da, Mrs. Cave?«

»Wird Robert uns mit dem Auto abholen?«

»Sie mieten sich wohl besser einen Wagen. Würde es Sie kränken, wenn ich Ihnen anbiete, die Kosten zu übernehmen? Ich finde, wir haben einen Grund zum Feiern.«

»Ich bezahle lieber selbst«, gab Joyce unfreundlich wie immer zurück. »Aber ich komme so bald wie möglich, das verspreche ich Ihnen. Irgendwann im Laufe des Nachmittags. Sagen Sie das Robert.«

»Und Katie?«

»Katie kommt auch mit.«

»Dann auf Wiedersehen.« Tief befriedigt legte Mrs. Franks den Hörer auf.

Joyce stand einen Moment unschlüssig da. Dann blickte sie auf und wählte die Nummer einer Autovermittlung. Ein Taxifahrer würde sofort kommen wollen, und sie mußte erst noch packen und vermutlich auch zu Mittag essen. Als alle Vereinbarungen getroffen waren, ging sie geradewegs nach oben und begann, ihre Habseligkeiten trotz des Aufruhrs in ihrem Inneren systematisch und akkurat in die Koffer zurückzulegen. Sie war noch nicht fertig, als Katie heraufkam.

»Wo müssen wir denn nun wieder hin?« fragte das Kind argwöhnisch.

»Wir fahren nach Hause«, antwortete Joyce ziemlich unwillig.

Katie führte einen ausgelassenen Freudentanz auf.

»Wir fahren nach Hause! Wir fahren nach Hause!«

»Geh mir aus dem Weg. Oh, Katie, *bitte.*«

»Wir fahren nach Hause!« rief Katie und tanzte aus dem Zimmer und die Treppe hinunter. »Tante Em, wir fahren nach Hause!«

»Sie fahren nach Hause, Joe«, sagte Tante Em, als Onkel Joe zum Mittagessen nach Hause kam. »Wir werden das Haus wieder für uns allein haben, ist das nicht herrlich?«

»Was redest du da?«

»Du kannst ja Joyce fragen. Sie hat schon gepackt. Die beiden essen noch mit uns, und dann sollst du ihr helfen, das Gepäck hinunterzubringen.«

»Ist das wahr, Joyce?« fragte er, als seine Nichte ins Zimmer trat.

»Genau das hast du doch gewollt? Genau das hast du mir doch geraten?«

»Ein bißchen plötzlich, findest du nicht?«

»Die Lage hat sich geändert. Unsere Nachbarin hat angerufen. Man hat einen anderen Mann des Mordes an der kleinen Turner angeklagt.«

»Komm bitte mit mir ins Arbeitszimmer. Ich möchte allein mit dir sprechen, ehe du abfährst.«

Kaum war die Tür geschlossen, da fuhr er sie an: »Was hat das zu bedeuten?«

»Ich weiß nicht mehr als du.«

»Und du bist absolut sicher, daß es wahr ist?«

»Man kann von der alten Franks halten, was man will, aber zuverlässig ist sie. Und sie sagt, die Polizei hat es ihm persönlich mitgeteilt.«

»Nun, wenn die Polizei jemanden unter Anklage stellt, dann muß sie auch Beweise haben. Sieht so aus, als seien deine Sorgen vorüber, wenn im Hinblick auf das zweite Mädchen nicht noch etwas Neues auftaucht.«

»Vielleicht fangen sie auch erst an. Mrs. Franks sagt, Robert stehe kurz vor dem Zusammenbruch. Ich traue ihm zu, daß er ausgerechnet jetzt, wo er aus dem Schneider ist, noch auspackt, und deshalb muß ich zu ihm, um ihn zur Vernunft zu bringen.«

»Das kann er nicht machen, und selbst wenn, würde ihm niemand glauben. Siehst du jetzt, wie recht ich hatte, an dem Alibi festzuhalten?«

»Sobald ich dort bin, werde ich schon sehen, in welcher Verfassung er ist.«

»Ich weiß nicht so recht, ob du wirklich zurückgehen solltest, Joyce. Diese neue Entwicklung ändert doch nichts an dem, was tatsächlich vorgefallen ist. Vielleicht hatte Robert mit der zweiten jungen Frau, die ertränkt wurde, wirklich nichts zu tun. Aber wir können nicht sicher sein.«

»Für mich ist nur eines sicher. Ob er nun ein Mörder ist oder nicht, ich freue mich darauf, wieder nach Hause zu kommen und den Kopf auf mein eigenes Kissen zu legen. Ich habe ausprobiert, wie es ist, wieder bei meinen Verwandten zu leben, und ich muß sagen, es funktioniert nicht. In Zukunft habt ihr meinetwegen keine Ungelegenheiten mehr zu befürchten. Ich stehe jetzt auf eigenen Beinen.«

»Ich habe nie Dankbarkeit erwartet«, erklärte Onkel Joe hochmütig. »Ich hoffe nur, daß du die Dinge irgendwann im richtigen Licht siehst. Dann wirst du nämlich bereuen, was du eben gesagt hast.«

»Bestimmt nicht«, versprach Joyce, und ihr Mund war ebenso verkniffen wie der seine.

»Daddy!« rief Katie. Die Spieldose in den Händen, kam sie ins Haus gestürmt. »Oh, mein liebster, bester Daddy!«

»Laß doch die Albernheiten, Katie«, schalt ihre Mutter. »Ja, Robert, da sind wir wieder. Würdest du dem Mann helfen, die Koffer auszuladen?«

»Laß mich los, Katie, mein Schatz. Du erdrosselst mich ja.«

»Ich freue mich doch so, daß ich dich wiederhabe.« Aber sie lockerte ihren Griff und schob die kostbare Spieldose zur Sicherheit weiter von der Tischkante weg. »Wo ist meine liebe Mrs. Franks? Ich laufe schnell zu ihr rüber, während Daddy die Koffer reinträgt. Darf ich?«

»Ach, mach doch, was du willst. Ich habe den Mann bereits bezahlt, Rob, und ihm auch ein Trinkgeld gegeben.«

»Das wäre meine Sache gewesen«, sagte Robert, und etwas an diesem schlichten Satz ließ seine Frau stutzen. Sie sah auch keine Anzeichen für den drohenden Zusammenbruch, den Mrs. Franks prophezeit hatte. Äußerlich wirkte er ganz ruhig und gefaßt. Während das Gepäck hereingebracht wurde, blickte sie sich um. Als der Fahrer gegangen war, bemerkte sie: »Eigentlich sieht es hier recht ordentlich aus.« Für ihre Verhältnisse war das ein hohes Lob.

»Sonst hatte ich ja nicht viel zu tun. Und vor dem Hungertod hat mich Mrs. Franks bewahrt. Die Alte ist wirklich fabelhaft.«

»Jetzt bin ich wieder da, und du bist nicht mehr auf die Nachbarn angewiesen.«

»Ich lasse meine Freunde nicht einfach fallen, wenn ich sie nicht mehr brauche.«

»Davon war auch nicht die Rede.«

»Ich dachte, du hättest es so gemeint.«

»Wir sollten nicht gleich wieder zu streiten anfangen, Robert, kaum daß ich zur Tür herein bin.«

»Es tut mir leid, Joyce. Ich wollte eine neue Seite aufschlagen, aber jetzt sehe ich, daß das Buch zu Ende ist.«

»Was soll denn das nun wieder heißen?«

»Schon gut. Was sagst du zu der großen Neuigkeit?«

»Was soll ich dazu sagen? Wir brauchen nichts weiter zu tun, als den Mund zu halten. Wenn der Mann unschuldig ist, passiert ihm schon nichts.«

»Oh, unschuldig ist er nicht.«

»Ich verstehe gar nichts mehr. Du wirst doch die Geschichte, die du mir damals erzählt hast, nicht *erfunden* haben?«

»Ich habe gar nichts erfunden. Und wenn, dann höchstens Ausreden. Aber jemand kann doch in einem Fall unschuldig sein, in einem anderen aber nicht. Midge Turner hat dieser Mann nicht ermordet, aber Lucy Trewen hat er ermordet, so wahr ich hier stehe.«

»Dann ist doch alles in bester Ordnung! Wenn ihn die Polizei wegen des falschen Verbrechens verhaftet hat, ist das ihre Sache. Laß sie ruhig dabei. Du hast eben ausnahmsweise einmal Glück gehabt. Nun mach das Beste daraus. Ich will mich bestimmt nicht in den Vordergrund spielen, aber Katie und ich haben einiges durchgemacht. Wir könnten beide eine Atempause gebrauchen.«

»So siehst du es also?«

»Ich denke eben vernünftig. Ich hätte nie erwartet, daß ausgerechnet du mit deinen Gewissensbissen hausieren gehst. Hast du dich deiner Freundin von nebenan schon anvertraut?«

»Nein.« Und er hatte auch kein Verlangen danach; die Achtung der alten Dame war ihm wichtig, er wollte sie nicht verlieren.

»Das ist auch besser so. Wenn ich dich schon nicht interessiere, dann nimm wenigstens Rücksicht auf Katie. Sie hat ihr ganzes Leben noch vor sich. Willst du ihr etwa alles verderben? Gerade deshalb hatten wir uns doch damals für diese Vorgehensweise entschieden.«

»Du hast entschieden.«

»Aber du hast mich um Hilfe gebeten. Ach, Robert, nun greif doch um Himmels willen zu, wenn sich dir eine Chance bietet, und laß uns gemeinsam ein neues Leben anfangen. Die Zukunft ist das einzige, was zählt.«

Sie war sehr ernst geworden. »Ich weiß, daß du nicht allein an allem schuld warst«, gab sie zu, obwohl ihr die Worte schwerfielen. »Beide Seiten haben Fehler gemacht. Ich werde dir Tante Em und Onkel Joe nicht mehr als Beispiel vorhalten. Wenn du willst, werde ich sie nicht einmal mehr besuchen. Und du kannst dir meinetwegen eine neue Stellung suchen, die dir besser gefällt. Und wir werden öfter ausgehen. Vielleicht könnte ich täglich ein paar Stunden berufstätig sein, damit wir nicht ganz so sehr knausern müssen. Ja, Rob?«

»Vielleicht. Ich muß darüber nachdenken.«

Nun tat sie einen falschen Schritt. »Jedenfalls kannst du das Alibi nicht platzen lassen.«

»Ach, meinst du?«

An diesem Abend klingelte es an der Tür, und als er öffnete, stand einer der Stammgäste aus dem *Bunch of Grapes* auf der Schwelle. Es war der Mann, der sich kurz vor Ostern so schnell in sein Haus zurückgezogen hatte, um Robert, der auf dem Heimweg war, nicht grüßen zu müssen – der Vorfall schien fast schon in ein früheres Leben zu gehören.

»Abend, Mr. Cave«, sagte der Mann verlegen. »Gute Nachrichten verbreiten sich schnell, und ich wollte Ihnen als erster dazu gratulieren, daß Sie, nun, Sie wissen schon, was ich meine. Niemand gibt gern zu, daß er im Unrecht war, aber wir finden, das sind wir Ihnen schuldig, und wenn Sie mich jetzt abblitzen lassen, dann geschieht uns das ganz recht. Aber ein paar von den Jungs und ich, wir wollten Sie gern auf unsere Kosten zu einem Gläschen ins alte *Bull and Bush*, ich meine natürlich, ins *Grapes,* einladen, in ein paar Tagen vielleicht, wenn Sie wieder etwas mehr Zeit haben. Was sagen Sie dazu?«

Robert zögerte nur einen winzigen Moment.

»Danke. Ich komme gern.«

»Anständig von Ihnen. Die anderen werden sich freuen. Sagen Sie mir Bescheid, wenn's soweit ist.«

19

Kaum war die Nachricht von Forbes' Verhaftung an die Presse gelangt, als Robert zum ersten Mal in seinem Leben zu spüren bekam, wie angenehm es war, sich im Wohlwollen der Öffentlichkeit zu sonnen. Die Leute aus der Siedlung strahlten ihn an und redeten betont freundlich über das Wetter, *ihre* Art und Weise, sich für die Unterstellungen zu entschuldigen. Auch Besucher kamen ins Haus: Joyces Geistlicher, ein paar Mütter von Mädchen, mit denen Katie befreundet war, Nachbarn – zweifellos von Neugier getrieben, aber nicht bösartig. Das Unglaublichste war, daß ein ortsansässiger Wohltäter, von Beruf Immobilienmakler, Robert einen guten Posten anbot. Robert war noch nie beliebt gewesen, nicht einmal in seiner Schulzeit. Bei Mannschaftsspielen war er stets unter den letzten, für die sich die eine oder andere Seite entschied. Bei Schulausflügen landete er unweigerlich an der Seite des Lehrers. Wenn er andere Jungen von Bewunderern umringt sah, durchfuhr ihn der Neid wie ein Messerstich; ihm selbst war es weder gegeben, mit der Masse mitzulaufen, noch im Mittelpunkt zu stehen. Oft werden auch die Schwachen und Hilflosen geliebt, doch ihm fehlte etwas, das mit diesen beiden Eigenschaften oft einhergeht, das gleichzeitig anzieht und irritiert und in Ermangelung eines besseren Ausdrucks als Charme bekannt ist. Und dabei hätte er die Liebe so dringend gebraucht, denn nur sie konnte ihn von den Fesseln seines Wesens befreien. Deshalb war ihm sogar einmal die unverbindliche Kameradschaft an der Bar eines Pubs wichtig gewesen.

Warum sollte er die Sonne nicht genießen, solange sie ihn wärmte? In Gesellschaft verblassen die Gedanken, denen man nachhängt, wenn man allein ist. Joyce hatte er nie vermißt, ganz im Gegenteil, aber es tat ihm gut, daß Katie wieder da war, daß sie ein und aus lief und ihre ganz eigene Art von Leben ins Haus brachte. Doch im Hintergrund lauerte die Gewißheit, daß er die Rolle des Totenschädels bei einem Gelage spielte. Er konnte zusehen und sich daran erfreuen, aber wirklich teilhaben konnte er nicht, denn solche Dinge betrafen ihn nicht mehr. Wenn er eingreifen wollte, mußte es rasch geschehen, ehe man Forbes vor Gericht stellte. Das Dilemma hatte Roberts Verstand geschärft wie ein Wetzstein, und er erkannte, daß er die Polizei in diesem Stadium mit einem Geständnis nicht nur in Verlegenheit bringen würde, man würde ihm womöglich nicht einmal glauben. Am Ende wäre das Opfer, zu dem er sich getrieben fühlte, während sich sein Inneres zugleich dagegen sträubte, ganz vergebens gewesen und hätte damit alle Bedeutung verloren. Gleichviel, es gab kein Entrinnen. Er ging zu Mrs. Franks.

Mrs. Franks hatte ihn oft genug besucht, doch nun betrat er zum ersten Mal ihr Haus. Er stand in dem überladenen, kleinen Wohnzimmer und betrachtete neugierig den Krimskrams, den sie um sich herum angehäuft hatte. Dennoch vermittelte sie den Eindruck, als habe sie hier einen sicheren Hafen gefunden. Sie war mit sich und der

Welt im reinen, genau das, was er sich wünschte. Und plötzlich wurde ihm klar, daß dies der schwerste Schritt war, daß er sich dazu überwinden mußte, ihr Vertrauen zu zerstören, obwohl es ihm so viel bedeutete. Genauso wäre es ihm bei Lucy ergangen, wäre sie noch am Leben gewesen.

»Mr. Cave«, sagte sie. »Was für eine nette Überraschung. Katie besucht mich ja sehr oft, aber ihr Vater war noch nie bei mir. Möchten Sie eine Tasse Kaffee?«

»Nein, keine Umstände.«

»Es macht gar keine Mühe.«

»Nein, bestimmt nicht. Ich will nur mit Ihnen reden.«

»Nun, dann setzen Sie sich. Ich empfehle Ihnen den Sessel, er paßt besser zu einem Mann.«

»Ist das nicht Ihr Platz?«

»Nein, ich sitze lieber am Tisch auf einem Stuhl mit gerader Lehne. In meiner Generation hat man noch gelernt, seinen Rücken zu schonen.«

Sie wartete geduldig. So hatte sie auch früher als Haushälterin oft in ihrem Zimmer gesessen und gewartet, welche Geheimnisse das jeweilige Familienmitglied ihr offenbaren wollte. Und nun stand ihr wieder eine Beichte bevor, dachte sie und musterte ihn mit scharfem Blick. Sie wußte nicht mit Sicherheit, worum es ging, aber es mußte etwas Ernstes sein, sonst wäre ihm der Anfang nicht so schwergefallen. Sich Antworten auf Fragen zu überlegen, die er noch gar nicht gestellt hatte, wäre töricht gewesen. Also schottete sie ihr Bewußtsein gegen alle äußeren Einflüsse ab und widmete ihm ihre volle Aufmerksamkeit, nicht anders, als sie es bei Katie getan hätte.

»Mrs. Franks, was ich Ihnen jetzt sagen muß, wird Sie leider sehr schockieren.«

»Mich schockiert nichts, Mr. Cave, jedenfalls nicht so, wie Sie es meinen.«

»Sie waren mir die ganze Zeit über eine so große Stütze, daß es mir wirklich leid tut, Sie zu enttäuschen. Wie ich es auch auszudrücken versuche, es wird nicht besser. Mit Lucy Trewens Tod hatte ich nichts zu tun, das schwöre ich, aber daß das andere Mädchen ertrunken ist, das Mädchen, für das man Forbes verhaftet hat – dafür bin ich verantwortlich, ich ganz allein.«

Obwohl sie fast mit so etwas gerechnet hatte, verschlug es ihr die Sprache. Und obwohl sie dies so voller Stolz von sich gewiesen hatte, war sie schockiert. Manche Dinge sind aus gutem Grund im Unterbewußtsein verborgen – Dinge, die allzu großen Schrecken verbreiten, wenn man sie an die Oberfläche zerrt. Er war ihr Schützling, und sie hatte ihr Herz an ihn gehängt; es tat weh, hören zu müssen, wie er sich selbst als Mörder anprangerte.

»Oh, ich weiß, es ist schrecklich – entsetzlich«, stammelte er. »Glauben Sie ja nicht, ich hätte das so ohne weiteres weggesteckt.«

Sie nahm alle Kräfte zusammen. Er brauchte jetzt Hilfe, keine Vorwürfe. »Gewiß nicht. Ich habe nicht deshalb gezögert. Auch ich habe mich nämlich falsch verhalten. Ich wußte schon lange Bescheid, Mr. Cave. Vielleicht nicht genau, aber ich konnte es erraten. Es war unrecht, mein Wissen zu verheimlichen. Vielleicht hätte es Ihr Gewissen erleichtert, wenn Sie schon früher darüber hätten reden können.«

Er sah sie fassungslos an: »Wie können Sie davon gewußt haben?«

»Lassen wir das im Moment. Ich *wollte* es nicht wissen, genausowenig, wie Sie es mir sagen *wollten.* Doch nachdem nun alles auf dem Tisch liegt, können wir auch noch einen Schritt weitergehen. Erzählen Sie mir, wie es zugegangen ist. Ich nehme an, es war ein Unfall.«

Nun war es an ihm zu zögern. Nach einer Pause sagte er gequält: »Daran würde ich gern glauben, und eigentlich glaube ich es auch. Geplant hatte ich es bestimmt nicht. Aber ich wollte sie loswerden, verstehen Sie? Ich hätte sie noch retten können, als sie ins Wasser fiel, aber ich habe es nicht getan. Ich bin weggelaufen. Das heißt, es war Mord, nicht wahr?«

Sie konnte es ihm nicht ersparen. »Ich glaube schon, Mr. Cave.«

»Ja«, sagte er bitter. »Damit stehe ich mit Forbes auf einer Stufe.«

Sie überlegte kurz, dann sagte sie: »Hängt das nicht davon ab, wie Sie sich weiter verhalten, Mr. Cave?«

»Deshalb bin ich hier. Sie haben mich schon einmal beraten, und deshalb wollte ich mich auch jetzt wieder an Sie wenden. Ich möchte die Sache in Ordnung bringen und ein Geständnis ablegen. Vielleicht können Sie mir sagen, wie ich das am besten anstelle.«

Darauf war sie nicht gefaßt. Er legte einfach seine gesamte Zukunft in ihre Hände, ehe sie selbst die Tragweite des Ganzen überblicken konnte.

»Nicht so schnell, mein Lieber, nicht so schnell. Die Polizei hat sich so viel Mühe gegeben und wird nicht begeistert sein, wenn Sie mit einem Geständnis in letzter Minute alles zunichte machen.«

»Das weiß ich. Sie werden wütend sein, aber das kann ich nicht ändern.«

»Sollten wir nicht versuchen, das rechte Maß zu wahren? Angenommen, man akzeptiert Ihre Aussage, was geschieht dann? Ein geständiger Mörder sitzt im Gefängnis – Sie. Ein zweiter, viel schlimmer und viel gefährlicher, läuft frei herum. Denn wenn man Mr. Forbes wegen des ersten Verbrechens unter Anklage gestellt hat, so liegt das sicher daran, daß man im Fall der armen Lucy nicht genügend Beweise auftreiben konnte.«

»Das ist es ja. Zum Teil ist das der Grund, warum ich es tun muß«, platzte er heraus.

»Lucy?«

»Ja.«

»Aber sie ist tot, Mr. Cave. Sie müssen an Ihre Frau und Ihre Tochter denken, und die sind am Leben.«

»Solange ich noch zeigen kann, welchen Einfluß sie auf mich hatte, ist sie nicht tot«, behauptete er eigensinnig.

Das war nicht ganz von der Hand zu weisen, dachte sie. An diese Art von Unsterblichkeit konnte sie glauben. Auch sie hatte ja die Hoffnung, daß nach ihrem Tod ein Teil von ihr in Katie weiterleben würde.

»Aber das ist es nicht allein«, fuhr er verlegen fort. »Es geht noch viel weiter. Es gäbe weit weniger Aufsehen, wenn man die Sache einfach laufen ließe, aber das kann ich nicht. Ich habe in letzter Zeit viel nachgedacht, und ich glaube, über Forbes' weiteres Schicksal habe nicht ich zu bestimmen. Früher oder später wird er sich für seine Sünden selbst verantworten müssen. Ich will Gerechtigkeit für mich.«

Der letzte Satz klang so leidenschaftlich überzeugt, als sei diese Gerechtigkeit eine Frau und nicht ein abstrakter Begriff. Und plötzlich verstand sie, daß es sich dabei nicht so sehr um die von der Gesellschaft zu ihrem eigenen Schutz aufgestellten Regeln handelte, sondern vielmehr um ein tief verwurzeltes, menschliches Bedürfnis, das es unter allen Umständen zu erfüllen galt. Nun, warum sollte er nicht die Verantwortung übernehmen für das, was er getan hatte? Damit würde er handeln wie ein Mann und nicht wie ein Schwachsinniger oder ein Kind. Und da ein bestimmtes Kind sie immer noch sehr beschäftigte, entfuhr ihr unwillkürlich die Frage:

»Was ist mit Katie? Was soll aus ihr werden?«

»Ich gehe davon aus, daß die Clarks einspringen und die beiden unterstützen werden, wenn man mich einsperrt. Die Möglichkeit dazu haben sie.«

»Ich meine nicht finanziell. Ich meine als Person.«

»Das weiß ich nicht. Aber wenn ich nicht mehr da bin, kann sie auch nicht zwischen uns hin und her gerissen werden, wie Sie es einmal befürchtet haben. Anfangs wird sie mir vielleicht ein wenig nachtrauern, aber im Lauf der Zeit kommt sie schon darüber hinweg. Sie wird ihren eigenen Weg gehen; sie hat heute schon mehr Courage als ich. Mag sein, daß sie sich jetzt für mich schämt, aber lieber jetzt als später. Irgendwann schämt sich jedes Kind für seine Eltern.« Er rang sich ein Lächeln ab. »Insgesamt macht mir das weniger Sorgen als die Frage, wie ich dieses verdammte Alibi platzen lassen soll.«

»Ich kann nur hoffen, daß Ihre Frau und ihre Verwandten keine Schwierigkeiten mit der Polizei bekommen«, sagte Mrs. Franks kühl. »Jedenfalls werden sie sicher froh sein, ihr Gewissen nicht länger damit belasten zu müssen.«

»Da irren Sie sich!« rief er. »Sie sind fest entschlossen, dabei zu bleiben, da kann ich sagen, was ich will. Zumindest denkt Joyce so, und das heißt nichts anderes, als daß ihr Onkel dahintersteckt.«

»Aber wenn Sie ebenso fest entschlossen sind, müssen sie doch nachgeben.«

»Von wegen! Lieber lassen sie mich frei herumlaufen. Sie wollen nicht als Lügner dastehen. Aber irgendwie schaffe ich das schon. Ich werde dieses Alibi entkräften, und wenn es das letzte ist, was ich tue.«

»So schwer sollte das eigentlich gar nicht sein«, bemerkte Mrs. Franks. »Wenn Katie so konservativ ist, wie ich glaube.«

»Wie? Sagen Sie mir nur, wie!«

»Und wenn Sie nichts dagegen haben, daß sie mit hineingezogen wird. Katie hat nämlich gehört, wie Sie und Joyce an dem betreffenden Abend das Haus verlassen haben. Sie müssen sich gestr... – ziemlich laut unterhalten haben, und davon ist sie aufgewacht. Dann hörte sie die Tür zufallen und ging hinaus an die Treppe. Während sie dort noch stand, hat die Kuckucksuhr neun Uhr geschlagen. Und das ist genau ihr Alter.«

»Woher wissen Sie das?«

»Sie hat es mir erzählt. Sie ist zu mir gekommen, um mich um Rat zu fragen, genau wie Sie, Mr. Cave.«

»Das hat sie Ihnen schon *damals* erzählt?«

»Nicht lange danach. Ich wollte sie noch verunsichern, was die Uhrzeit anging – sie könnte sich verzählt haben, sagte ich. Den Blick hätten Sie sehen sollen.«

Mrs. Franks überging Katies Streit mit ihrer Freundin und die damit verbundenen Komplikationen. Aber sie erzählte Robert, wie das Kalenderblatt aus dem Klassenzimmer in Katies Griffelkasten gelangt war, wo es aller Wahrscheinlichkeit nach immer noch lag und stummes Zeugnis ablegte für die Empörung eines Kindes, das man zum ersten Mal im Leben allein zu Hause gelassen hatte.

»Übrigens«, fügte Mrs. Franks hinzu, »hat mich erst das auf die Idee gebracht, daß etwas nicht stimmte. Ihre Frau hätte Katie niemals nachts allein gelassen. Sie hätte mich auf jeden Fall gebeten, hinüberzukommen und auf sie aufzupassen. Unter normalen Umständen.«

»Aber Katie hat sonst niemandem davon erzählt?«

»Wenn Sie damit die Polizisten meinen – die haben sie nie verhört. Mich übrigens auch nicht.«

Mrs. Franks glaubte auch zu wissen, warum. Man hatte Joyce Cave als harte Frau abgestempelt, die ihr schlafendes Kind ohne weiteres unbewacht lassen würde, solange nebenan eine freundliche Nachbarin wohnte. Wer wußte schon, daß Katie ihre schwache Stelle war.

»Und welchen Rat haben Sie Katie gegeben?«

Mrs. Franks besaß genügend Anstand, um zu erröten. »Den Mund zu halten.«

»Dann sind also auch Sie eine Komplizin?«

»Ich sehe mich lieber als wohlmeinende Zuschauerin. Aus ganz egoistischen Gründen. Ich wollte nicht, daß Katies Welt ins Wanken geriet.«

»Aber nun würde sie doch erst recht ins Wanken geraten.«

»Das läßt sich ohnehin nicht vermeiden. Aber die Entscheidung liegt bei Ihnen. Sie sind ihr Vater.«

»Es wäre nicht fair, sie zur Gegnerin ihrer Mutter zu machen, um die beiden dann miteinander allein zu lassen.«

»Die Gefahr besteht nicht. Wenn Katie mit ins Spiel kommt, wird Ihre Frau sofort auf Ihre Seite wechseln. Sie wird sich niemals gegen ihr eigenes Kind stellen.«

»Das heißt, daß Katie verhört werden müßte. Die Vorstellung gefällt mir nicht.«

»Glauben Sie mir, sie wird weniger darunter leiden als Joyce oder auch ich. Kinder haben sehr viel Sinn für Theatralik. Ich habe Kinder kennengelernt, für die sogar das Begräbnis ihrer Eltern eine Sensation war.«

Er lachte, dann verstummte er. Nach einer Weile fragte er stockend: »Mord? Würden Sie sagen, daß so etwas je verziehen werden kann?«

Sie fragte sich, von wem er sich wohl Vergebung erhoffte.

Von ihr? Von sich selbst? Von der Gesellschaft? Oder von einem Gott, den er nie verehrt und an den er nie so recht geglaubt hatte?

Sie konnte nur für sich selbst sprechen. Mord war das schwerste Verbrechen überhaupt, denn ein Mörder raubte Leben, dieses rätselhafte Gottesgeschenk, an das bisher nicht einmal die Wissenschaftler mit ihren schmutzigen Fingern herangekommen waren. Doch vor diesem speziellen Mörder, der da in ihrem Wohnzimmer saß, konnte sie nach dem ersten Schock der Erkenntnis keinen Abscheu mehr empfinden. Vielleicht hätte sie sich sogar zu der Ansicht durchringen können, die gräßliche Tat habe ihn gebessert und geläutert. Doch dieser unorthodoxe Gedanke war ihr zu gefährlich, sie schlug ihn sich rasch aus dem Sinn und sagte nur energisch: »Aber selbstverständlich.«

Ehe die Leute vom Polizeirevier kamen, um auf seinen Wunsch mit Joyce, Mrs. Franks und Katie zu sprechen, richtete er es so ein, daß er seine Tochter einen Moment für sich alleine hatte.

»Katie, bleib doch mal hier. Wo willst du denn schon wieder hin?«

»Ach, nach oben. Ich muß die Kuckucksuhr aufziehen. Der Tannenzapfen ist fast ganz unten.«

»Es dauert nur eine Minute. Du wirst mich in nächster Zeit nicht mehr allzu oft sehen. Es kann sein, daß ich fort muß.«

»Geh nicht«, stieß Katie heftig hervor. »Es wird dir nicht gefallen. Mir hat's auch nicht gefallen.«

»Ich gehe nicht gern. Aber es ist eine Art Strafe für etwas, das ich angestellt habe.«

»Ach ja,« sagte Katie ungerührt. »Fiona Lewis' Mummy hat gesagt, du hast etwas ganz Schlimmes getan. Meinst du das?«

»Schon möglich. Wenn du böse warst und dafür bestraft wirst, fühlst du dich dann besser?«

»J-ja. Aber wenn ich nicht bestraft werde und mich dafür nicht so gut fühle, ist es mir lieber. Kann ich jetzt gehen?«

Er gab auf. »Mrs. Franks möchte, daß du nachher zu ihr hinübergehst.«

»Ja, gut. Es dauert nicht lange.«

Katie würde seine heroische Geste also nicht zu würdigen wissen. Und nach ein oder zwei Jahren Gefängnis dachte er vielleicht nicht anders. Doch hier und jetzt, wo nichts mehr vor ihm lag als diese schwere Prüfung, da fühlte er sich wie ein ganzer Kerl, auch wenn mit dem Kerl an sich nicht viel Staat zu machen war.

Als John Trewen Forbes freigelassen wurde, zerbrach er sich den Kopf weder über seine glückliche Rettung noch über die Gefahr, daß man ihn für den Mord an seiner Cousine vielleicht doch noch zur Verantwortung ziehen würde. Er konnte es nicht erwarten, nach Hause zu kommen. Ein Wunsch, ein einziger Wunsch nur beherrschte ihn: Er wollte mit Laura abrechnen. Und als Laura Forbes von seiner unmittelbar bevorstehenden Ankunft erfuhr, mußte sie feststellen, daß die telepathische Verbindung zu ihrem Bruder wie durch ein Wunder wieder funktionierte. Sie ging in die Küche und legte das Brotmesser bereit.

Guy Cullingford im Diogenes Verlag

»Guy Cullingford hat interessante, ungewöhnliche Kriminalromane geschrieben, deren typisch englische Atmosphäre jeden, sogar jeden Engländer, überzeugt. Wenn man Guy Cullingford etwas als Fehler anlasten wollte, dann höchstens, daß ihre Schilderungen so unterhaltend sind, daß man über ihnen Verbrechen und Opfer aus den Augen verlieren kann...«
Twentieth Century Crime and Mystery Writers

Constance Lindsay Taylor, geboren 1907, publizierte jahrelang unter dem Namen Guy Cullingford erfolgreiche Kriminalromane, bis sie ihr sorgfältig gehütetes Pseudonym preisgab. Die Schriftstellerin lebt in der Nähe von London.

Post mortem
Roman. Aus dem Englischen von Helmut Degner und Peter Naujack

Wenn Wünsche töten könnten
Roman. Deutsch von Irene Holicki

Der Zauberer von Soho
Roman. Deutsch von Irene Holicki

Frauen gemeinsam sind stark
Roman. Deutsch von Nikolaus Stingl

My Unfair Lady
und andere Geschichten. Deutsch von Irene Holicki

Wer andern einen Strick dreht
Roman. Deutsch von Irene Holicki

Prügelknaben
Roman. Deutsch von Stefanie Neumann

Schritt ins Verderben
Roman. Deutsch von Irene Holicki

Agatha Christie im Diogenes Verlag

Der Fall der enttäuschten Hausfrau

Sechs Kriminalgeschichten. Auswahl und Einleitung von Peter Naujack. Aus dem Englischen von Günter Eichel und Peter Naujack

Geschichten der berühmtesten und erfolgreichsten Autorin der Welt, darunter *Zeugin der Anklage*, von Billy Wilder mit Marlene Dietrich und Charles Laughton verfilmt.
Seit Lucrezia Borgia hat keine Frau so viel an Morden verdient wie Agatha Christie.

Villa Nachtigall

Sieben Kriminalgeschichten. Auswahl von Peter Naujack. Deutsch von Günter Eichel und Peter Naujack

Geschichten der Schöpferin von Hercule Poirot und Miss Marple. Die Titelstory *Villa Nachtigall* wurde unter dem Titel *Love from a Stranger* zweimal verfilmt.

»Agatha Christie appelliert an die menschliche Neugier in uns allen.« *Margery Allingham*

Meistererzählungen

Deutsch von Maria Meiner, Marfa Berger und Ingrid Jacob

Alle Geschichten von Agatha Christie sind gut; die besten wurden für diesen Sonderband ausgewählt, darunter die mit Marlene Dietrich verfilmte *Zeugin der Anklage*.

Cyril Hare im Diogenes Verlag

»Cyril Hare, Pseudonym für Alfred Alexander Gordon Clark (1900–1958), geboren in Mickleham, England, studierte in Rugby und Oxford, arbeitete als Rechtsanwalt und später als Richter. Seine Romane und Detektivgeschichten sind ›A Must for Agatha Christie-Fans‹.«
Encyclopedia of Mystery & Detection

Mörderglück
und andere Detektivgeschichten
Auswahl und Einleitung von Michael Gilbert. Aus dem Englischen von Elizabeth Gilbert und Peter Naujack

Tragödie im Gerichtssaal
Roman. Deutsch von Robert Picht

Selbstmord ausgeschlossen
Roman. Deutsch von Karin Polz

Solo für Lucy
Roman. Deutsch von Kurt Bracharz

Mit einer Nadel bloß
Roman. Deutsch von Jobst-Christian Rojahn

Mord made in England
Roman. Deutsch von Klaus Prost

Der Tod ist nicht fair
Roman. Deutsch von Peter Naujack

Margery Allingham im Diogenes Verlag

»Margery Allingham sticht ins Auge wie strahlend helles Licht. Alles, was sie schreibt, ist von vollendeter Form.« *Agatha Christie*

Die Handschuhe des Franzosen
Fünf Kriminalgeschichten. Aus dem Englischen von Peter Naujack. Zeichnungen von Georges Eckert

Trau keiner Lady
Roman. Deutsch von Gerd van Bebber

Gefährliches Landleben
Roman. Deutsch von Brigitte Mentz

Süße Gefahr
Roman. Deutsch von Peter Fischer

Judaslohn
Roman. Deutsch von Edith Walter

Wenn Geister sterben
Roman. Deutsch von Brigitte Mentz

Überstunden für den Totengräber
Roman. Deutsch von Theda Krohm-Linke

Tänzer in Trauer
Roman. Deutsch von Irene Holicki

Polizei am Grab
Roman. Deutsch von F. A. Hofschuster

Blumen für den Richter
Roman. Deutsch von Marie Rieger

Der Hüter des Kelchs
Roman. Deutsch von Edith Walter

Der Geist der Gouvernante
Roman. Deutsch von Edith Walter

Der Fall Pig
Roman. Deutsch von Karin Polz

Ein böser Nachbar
Roman. Deutsch von Karin Polz

Zur Hochzeit eine Leiche
Roman. Deutsch von Edith Walter

Unschuldiger gesucht
Zwei Geschichten. Deutsch von Monika Elwenspoek

Gedankenschnüffler
Roman. Deutsch von Irene Holicki

Verschwundene Fracht
Roman. Deutsch von Klaus Schomburg

Der Dank des Einbrechers
Kriminalgeschichten. Deutsch von Anne Uhde

Schlag mich mit Blindheit
Roman. Deutsch von Gerd van Bebber

Der vollkommene Butler
Geschichten. Deutsch von Otto Bayer

Margaret Millar im Diogenes Verlag

»Margaret Millar beweist in ihren Krimis ein psychologisches Gespür für die Abgründe menschlichen Denkens und Handelns hinter den bürgerlichen Fassaden. Ohne Schnörkel, ohne jemals langatmig zu werden, erzählt sie spannende und beklemmende Geschichten, die den Leser nicht loslassen.« *Radio Bremen*

»Margaret Millars Blick ist so scharf wie der von Patricia Highsmith; noch entschiedener enthält sie sich jeden Effektes, jeder Extravaganz.«
Die Zeit, Hamburg

Die Feindin
Roman. Aus dem Amerikanischen von Elizabeth Gilbert

Liebe Mutter, es geht mir gut...
Roman. Deutsch von Elizabeth Gilbert

Ein Fremder liegt in meinem Grab
Roman. Deutsch von Elizabeth Gilbert

Die Süßholzraspler
Roman. Deutsch von Georg Kahn-Ackermann und Susanne Feigl

Von hier an wird's gefährlich
Roman. Deutsch von Fritz Güttinger

Fragt morgen nach mir
Roman. Deutsch von Anne Uhde

Der Mord von Miranda
Roman. Deutsch von Hans Hermann

Das eiserne Tor
Roman. Deutsch von Karin Reese und Michel Bodmer

Nymphen gehören ins Meer!
Roman. Deutsch von Otto Bayer

Fast wie ein Engel
Roman. Deutsch von Luise Däbritz

Die lauschenden Wände
Roman. Deutsch von Karin Polz

Banshee die Todesfee
Roman. Deutsch von Renate Orth-Guttmann

Kannibalen-Herz
Roman. Deutsch von Jobst-Christian Rojahn

Gesetze sind wie Spinnennetze
Roman. Deutsch von Jobst-Christian Rojahn

Blinde Augen sehen mehr
Roman. Deutsch von Renate Orth-Guttmann

Wie du mir
Roman. Deutsch von Renate Orth-Guttmann

Letzter Auftritt von Rose
Roman. Deutsch von Nikolaus Stingl

Stiller Trost
Roman. Deutsch von Klaus Schomburg

Ross Macdonald im Diogenes Verlag

»Ross Macdonald gilt schon heute als ein Klassiker des Kriminalromans. Kein anderer lebender Thriller-Autor ist in den USA und in Großbritannien so gefeiert worden wie er: die ›New York Times Book Review‹ und ›Newsweek‹ widmeten ihm mehrere Titelgeschichten – kein anderer ist so erfolgreich.
Lew Archer, Macdonalds grauhaariger und keineswegs heldenhafter Privatdetektiv, gehört zu der Spezies, wie sie vor ihm etwa Hammetts Sam Spade und, vor allem, Chandlers Philip Marlowe verkörperten.«
Luzerner Neueste Nachrichten

Durchgebrannt
Roman. Aus dem Amerikanischen von Helmut Degner

Geld kostet zuviel
Roman. Deutsch von Günter Eichel

Die Kehrseite des Dollars
Roman. Deutsch von Günter Eichel

Der Untergrundmann
Roman. Deutsch von Hubert Deymann

Dornröschen war ein schönes Kind…
Roman. Deutsch von Wulf Teichmann

Unter Wasser stirbt man nicht!
Roman. Deutsch von Hubert Deymann

Ein Grinsen aus Elfenbein
Roman. Deutsch von Charlotte Hamberger

Die Küste der Barbaren
Roman. Deutsch von Marianne Lipcowitz

Der Fall Galton
Roman. Deutsch von Egon Lothar Wensk

Gänsehaut
Roman. Deutsch von Gretel Friedmann

Der blaue Hammer
Roman. Deutsch von Peter Naujack

Der Drahtzieher
Sämtliche Detektivstories um Lew Archer I. Mit einem Vorwort des Autors. Deutsch von Hubert Deymann und Peter Naujack

Einer lügt immer
Detektivstories um Lew Archer II. Deutsch von Hubert Deymann

Sanftes Unheil
Roman. Deutsch von Monika Schoenenberger

Der Mörder im Spiegel
Roman. Deutsch von Dietlind Bindheim

Blue City
Roman. Deutsch von Christina Sieg-Welti und Christa Hotz

Dick Francis im Diogenes Verlag

»Die Bücher von Dick Francis haben die Grenzen des Krimis längst überschritten. Ihr Autor veranschaulicht Menschen, wie er sie kennt, in Verhältnissen, wie er sie noch besser kennt. Das ergibt auch hier tatsächlich den guten alten Roman.« *Süddeutsche Zeitung, München*

Dick Francis geboren 1920, war viele Jahre Englands erfolgreichster Jockey, bis ein mysteriöser Sturz seine Karriere beendete. Seit über 25 Jahren schreibt er Thriller, die alle das Pferderennen- und Wettmilieu als Hintergrund haben. Heute ist Dick Francis der unbestrittene Champion unter den Thriller-Autoren.

Todsicher
Roman. Aus dem Englischen von Tony Westermayr

Nervensache
Roman. Deutsch von Tony Westermayr

Blindflug
Roman. Deutsch von Tony Westermayr

Hilflos
Roman. Deutsch von Nikolaus Stingl

Peitsche
Roman. Deutsch von Nikolaus Stingl

Gefilmt
Roman. Deutsch von Malte Krutzsch

Galopp
Roman. Deutsch von Ursula Goldschmidt und Nikolaus Stingl

Handicap
Roman. Deutsch von Jobst-Christian Rojahn

Reflex
Roman Deutsch von Monika Kamper

Fehlstart
Roman. Deutsch von Malte Krutzsch

Banker
Roman. Deutsch von Malte Krutzsch

Gefahr
Roman. Deutsch von Malte Krutzsch

Weinprobe
Roman. Deutsch von Malte Krutzsch

Gegenzug
Roman. Deutsch von Malte Krutzsch

Unbestechlich
Roman. Deutsch von Jobst-Christian Rojahn

Außenseiter
Roman. Deutsch von Gerald Jung

Comeback
Roman. Deutsch von Malte Krutzsch

Sporen
Roman. Deutsch von Malte Krutzsch

Patricia Highsmith im Diogenes Verlag

»Die Highsmithschen Helden, gewöhnt an die pflaumenweiche Perfidie und hämisch-sanfte Tücke des Mittelstandsbürgertums, trainiert aufs harmlose Lügen und Verstellen, begehen Morde so, als wollten sie mal wieder Ordnung in ihre unordentlich gewordene Wohnung bringen. Da gibt es keine moralischen Skrupel, die bremsend eingreifen, da herrscht nur die Logik des Faktischen. Meist sind es Paare, enttäuschte Liebhaber, Beziehungen, die in der Sprachlosigkeit gestrandet sind, sich nur noch mittels Mißverständnissen einigermaßen arrangieren, ehe das scheinbar funktionierende Getriebe einen irreparablen Defekt bekommt. Diese ganz normalen Konstellationen sind es, übertragbar auf alle Gesellschaften, die die Autoren und Filmer im deutschsprachigen Kulturraum so faszinieren. Denn Patricia Highsmith findet für ihre seelischen Offenbarungseide immer die schauerlichsten, alptraumhaftesten Rahmen, die ihren ›Beziehungskisten‹ den rechten Furor geben.
Die Highsmith-Thriller sind groteske, aber präzise Befunde unserer modernen bürgerlichen Gesellschaft, die an Seelenasthma leidet.«
Wolfram Knorr/Die Weltwoche, Zürich

Der talentierte Mr. Ripley
Roman. Aus dem Amerikanischen von Barbara Bortfeldt

Ripley Under Ground
Roman. Deutsch von Anne Uhde

Ripley's Game
oder Ein amerikanischer Freund
Roman. Deutsch von Anne Uhde

Der Junge, der Ripley folgte
Roman. Deutsch von Anne Uhde

Ripley Under Water
Roman. Deutsch von Otto Bayer

Venedig kann sehr kalt sein
Roman. Deutsch von Anne Uhde

Das Zittern des Fälschers
Roman. Deutsch von Anne Uhde

Lösegeld für einen Hund
Roman. Deutsch von Anne Uhde

Der Stümper
Roman. Deutsch von Barbara Bortfeldt

Zwei Fremde im Zug
Roman. Deutsch von Anne Uhde

Der Geschichtenerzähler
Roman. Deutsch von Anne Uhde

Der süße Wahn
Roman. Deutsch von Christian Spiel

Die zwei Gesichter des Januars
Roman. Deutsch von Anne Uhde

Kleine Geschichten für Weiberfeinde
Eine weibliche Typenlehre in siebzehn Beispielen. Deutsch von Walter E. Richartz. Zeichnungen von Roland Topor

Kleine Mordgeschichten für Tierfreunde
Deutsch von Anne Uhde

Der Schrei der Eule
Roman. Deutsch von Gisela Stege

Tiefe Wasser
Roman. Deutsch von Eva Gärtner und Anne Uhde

Die gläserne Zelle
Roman. Deutsch von Gisela Stege und Anne Uhde

Ediths Tagebuch
Roman. Deutsch von Anne Uhde

Der Schneckenforscher
Elf Geschichten. Deutsch von Anne Uhde. Mit einem Vorwort von Graham Greene

Leise, leise im Wind
Zwölf Geschichten
Deutsch von Anne Uhde

Ein Spiel für die Lebenden
Roman. Deutsch von Anne Uhde

Keiner von uns
Elf Geschichten
Deutsch von Anne Uhde

Leute, die an die Tür klopfen
Roman. Deutsch von Anne Uhde

Nixen auf dem Golfplatz
Erzählungen. Deutsch von Anne Uhde

Suspense
oder Wie man einen Thriller schreibt. Deutsch von Anne Uhde

Elsie's Lebenslust
Roman. Deutsch von Otto Bayer

Geschichten von natürlichen und unnatürlichen Katastrophen
Deutsch von Otto Bayer

Meistererzählungen
Deutsch von Anne Uhde, Walter E. Richartz und Wulf Teichmann

Carol
Roman einer ungewöhnlichen Liebe. Deutsch von Kyra Stromberg

Über Patricia Highsmith
Zeugnisse von Graham Greene bis Peter Handke. Mit Bibliographie, Filmographie und zahlreichen Fotos. Herausgegeben von Franz Cavigelli und Fritz Senn

Magdalen Nabb im Diogenes Verlag

»Magdalen Nabb ist die geborene Erzählerin, ihre Geschichten sind von überwältigender Echtheit.«
Sunday Times, London

»Die gebürtige Engländerin und Wahlflorentinerin Magdalen Nabb muß als die ganz große Entdeckung im Genre des anspruchsvollen Kriminalromans bezeichnet werden. Eine Autorin von herausragender internationaler Klasse.«
Herbert M. Debes/mid Nachrichten, Frankfurt

»Nie eine falsche Note. Bravissimo!«
Georges Simenon

Tod im Frühling
Roman. Aus dem Englischen von Matthias Müller. Mit einem Vorwort von Georges Simenon

Tod im Herbst
Roman. Deutsch von Matthias Fienbork

Tod eines Engländers
Roman. Deutsch von Matthias Fienbork

Tod eines Holländers
Roman. Deutsch von Matthias Fienbork

Tod in Florenz
Roman. Deutsch von Monika Elwenspoek

Tod einer Queen
Roman. Deutsch von Matthias Fienbork

Tod im Palazzo
Roman. Deutsch von Matthias Fienbork

Magdalen Nabb & Paolo Vagheggi:
Terror
Roman. Deutsch von Bernd Samland